中国古代文学的脉络梳理与创作解读

程海涛 著

中国商业出版社

图书在版编目（CIP）数据

中国古代文学的脉络梳理与创作解读 / 程海涛著. -- 北京：中国商业出版社，2025.4
ISBN 978-7-5208-2612-9

Ⅰ．①中… Ⅱ．①程… Ⅲ．①中国文学－古典文学研究 Ⅳ．①I206.2

中国国家版本馆CIP数据核字(2023)第164385号

责任编辑：聂立芳

策划编辑：张　盈

中国商业出版社出版发行
（www.zgsycb.com　100053　北京广安门内报国寺1号）
总编室：010-63180647　编辑室：010-63033100
发行部：010-83120835/8286
新华书店经销
三河市悦鑫印务有限公司印刷
*
710毫米×1000毫米　16开　12.5印张　210千字
2025年4月第1版　2025年4月第1次印刷
定价：68.00元
****
（如有印装质量问题可更换）

前　言

　　文学作为一个民族文化的艺术体现，蕴含着解读民族文化的密码。要读懂一个国家的文化心理，阅读相关文学作品是有效的途径之一。中国古代文学成就颇高，先秦散文、秦汉歌赋、魏晋清谈、唐诗宋词、元代戏曲、明清小说等，在中国古代文学史上掀起了一个又一个文学艺术高峰。每一个时代，都有无数知名的文学家及对应的经典代表作。

　　通过研究中国古代文学，可以帮助我们认识和了解中国文学的辉煌成就和独特魅力，增强民族自信心和文化认同感，促进文化自信心的提升。此外，通过对中国古代文学的研究，还可以满足人们对于文学审美的追求，提高文化素养和审美水平。基于这两个原因，作者撰写本书，希望通过对中国文学的发展进行梳理和解读，帮助读者对中国古代文学有一个全面的认识，并在优秀作家和优秀作品的熏陶下，体味中华文化之美，提升审美情趣。

　　本书以时间为线索，对不同时代的代表性文学创作进行了分析，并对先秦文学、秦汉文学、魏晋南北朝文学、唐代文学、两宋文学、元代文学、明代文学、清代文学等进行了深入细致的分析与介绍。结合具体的作家与作品，对研究主题阐发，突出了每个时期创作的特点。本书的特点主要有以下几点：

　　（1）注重系统性和完整性。在研究过程中，将整个文学发展历程分为多个时期，如先秦、两汉、魏晋南北朝、唐、宋、元、明、清等，对每个时期的文学成就和代表作品进行分析，能够帮助读者系统认识和理解中国古代文学的发展和特点。

　　（2）强调文学与社会的联系。中国古代文学是与社会政治、经济、文化等方面紧密相联的，因此在研究过程中，我们非常重视文学发展的社会背景、历史背景和文化背景。

　　（3）突出文学作品的艺术价值。中国古代文学作品在表现形式和艺术创造力方面具有独特的魅力，在研究过程中，我们着重分析探讨了作品的艺术价值和审美特点，对中国古代文学的创作进行了拆解。

　　本书在写作过程中，参考了很多专家、学者的著述和文献资料，在此，作者对这些专家和学者表示衷心的感谢。由于时间和精力有限，书中难免存在疏漏，希望各位读者能够批评指正！

目 录

第一章　先秦文学浪漫与理性的对撞 …… 1
- 第一节　朴素浪漫的先秦神话 …… 1
- 第二节　崇尚理性的诸子散文 …… 6

第二章　秦汉文学的一统思想与多元表达 …… 15
- 第一节　秦朝大一统文学气象 …… 15
- 第二节　两汉文学创作及其思想价值 …… 18

第三章　魏晋南北朝文学的裂变与新生 …… 34
- 第一节　裂变与新生的南北朝文学 …… 34
- 第二节　魏晋南北朝的散文与骈文 …… 37
- 第三节　魏晋南北朝的诗歌创作 …… 38
- 第四节　魏晋南北朝的辞赋 …… 42
- 第五节　魏晋南北朝的小说 …… 45

第四章　盛唐气象：诗的盛世华章 …… 53
- 第一节　唐诗的兴起与发展 …… 53
- 第二节　唐代的诗歌创作研究 …… 64

第五章　两宋风华：词的璀璨时代 …… 71
- 第一节　宋词的兴起与文人的尝试 …… 71
- 第二节　词风变化以及两宋词作风格的比较 …… 75
- 第三节　群星闪耀的两宋词人 …… 80

第六章　元代新声：戏曲繁花似锦 …… 103
- 第一节　元杂剧的产生、兴盛与南移 …… 103
- 第二节　南戏的地方色彩及其民俗性 …… 108
- 第三节　北曲与南戏 …… 111

第七章　全面发展的明代文学 …… 124
- 第一节　明代的散文 …… 124
- 第二节　明代的诗歌 …… 130

  第三节 明代的词 ································· 135
  第四节 明代的散曲与民歌 ························· 137
  第五节 明代的戏曲 ······························· 141
  第六节 明代的小说 ······························· 149

第八章 集大成的清代文学 ································· 163
  第一节 清代的散文与骈文 ························· 163
  第二节 清代的诗歌 ······························· 167
  第三节 清代的词 ································· 173
  第四节 清代的戏曲 ······························· 177
  第五节 清代的小说 ······························· 184

参考文献 ··· 192

第一章　先秦文学浪漫与理性的对撞

先秦文学是我国文学发展的第一个阶段，包括从上古到秦统一六国以前的各个时期的文学，它奠定了我国文学优良传统、民族形式和民族风格的基础，具有开创性的典范意义。在这个时期，我国的各类文学都有所萌芽和发展，但没有形成相对独立的文学观念，没有区别文学与非文学的意识，甚至也没有出现专门从事文学创作的人。概而言之，在先秦时期，文学在许多时候，还是与一些其他的非文学的东西混杂在一起，以一种"混合体"的面貌出现的，因此，文史哲一体、诗乐舞结合是先秦文学的一大特色。

第一节　朴素浪漫的先秦神话

先秦时期，我国产生了相当数量的神话，这些神话大多是原始先民在社会实践中创造出来的，它以故事的形式表现了远古人民对自然、社会现象的认识和愿望。在先秦时期，神话以其特有的内容启发了后世的文学创作。可以说，先秦神话是中国古代小说的重要源头。

一、先秦神话的产生与发展

远古社会时期，生产力低下限制了人们的认知水平，人们因为不了解自然发展的规律，于是把自然界的各种运动和变化归于神的意志。他们以为变幻莫测的世界是由各式各样的神在控制着、支配着，于是便以自身为参照，运用想象的方式类化万事万物，认为它们和人一样是有生命、有意识、有灵魂的。远古原始人类将各种自然现象、自然物与自己完全等同起来，赋予它们形体、生命和意识，将它们"形象化""人格化"。

原始人类同样以自身为参照去理解自然万物的运作逻辑，以为有一个能够超越自身并操控着自然界一切的更大灵魂——神的存在，这样又将自然物神化。这就是被学者们称为"自然崇拜"（natural worship）或"万物有灵论"（animism）的初民世界观，也是先秦神话创作的哲学基础。"是"是语言和思想的逻辑界限，当"自然物'是'有灵的"这一伟大的判断建立以后，原始人类便进入先秦神话思维的阶段。在这个界限内，原始人的语言和思想是有逻辑的，也就是能够清楚明白；而在这个界限外，语言和思想是无逻辑的，也就是不能够清楚明白。

正是在"万物有灵论"的指引下，原始人展开了他们可以理解的先秦神话思维，开始了语言和思维的想象，以一种只能让我们去猜想的逻辑形式建构出了令我们永远想象的先秦神话。在原始人的心目中，实际事件和想象的建构是混为一体的，想象出来的先秦神话被当作已有的事实。英国文化人类学大师泰勒曾明确指出："日常经验的事实变为神话的最初和主要的原因，是对万物有灵的信仰。"这种思维称"原始思维"或"野性的思维"。先秦神话就是在这一特殊思维的制约下对自然和社会的反映。

原始初民按照自己能够感知到的具体形象去理解自然界。具体说来就是，原始初民以为自然界的一切都和人一样有形象、有意志、有思想，于是原始初民就用人格化的方式去同化自然力。所以，先秦神话中神的形象，就是人类按照自然界和人类自身的模子塑造出来的。例如，中国先秦神话中的神，几乎没有一个有真正的人形：人类始祖女娲、伏羲，是人首蛇身；居住在昆仑山上的西王母，是个豹尾虎齿的半人半兽；禹为了治水，曾变成一头大熊；水神共工这样的大神，是九首蛇身……这类"人神异形"的神，正是原始初民用人格化的方式同化自然力的结果，而且也说明这是原始社会最早的神。在原始人们看来，人与动物是可以互相通婚、互相变形、互相演化的。

先秦神话诞生后，不断发展壮大，其内容也由最初的宇宙起源神话、人类起源神话不断扩充，洪水神话、战争神话、人类文明神话等反映先秦社会发展的神话也不断产生。然而"一者华土之民，先居黄河流域，颇乏天惠，其生也勤，故重实际而黜玄想，不更能集古传以成大文。二者孔子出，以修身齐家治国平天下等实用为教，不欲言鬼神，太古荒唐之说，俱为儒者所不道，故其后不特无所光大，而又有散亡"，所以这些神话并未形成以一神为主宰的、神与神之间具有内在联系的、系统的神仙谱系，并在日后的流传过程中接连散佚，现存下来的神话篇目主要散见于《尚书》《诗经》《庄子》《列子》《楚辞》《山海经》《淮南子》《左传》《尚书》等典籍中。

二、先秦神话的内容和作品

从具体的内容来看，先秦神话主要包括以下几方面的内容。

（一）宇宙起源神话

宇宙起源神话是指解释人类和动植物赖以生存的宇宙或世界起源的先秦神话。汉文古籍记载的盘古开天辟地的先秦神话是中国古代最早的也是最为著名的宇宙起源神话：

天地混沌如鸡子，盘古生其中，万八千岁，天地开辟，阳清为天，阴浊为地。盘古在其中，一日九变，神于天，圣于地。天日高一丈，地日厚一丈，盘古日长一丈，如此万八千岁。天数极高，地数极深，盘古极长。后乃有三皇。（《艺文类聚》卷一引徐整《三五历纪》）

先秦神话里的盘古是开天辟地的大神，他用身体撑开了天地，使混沌的世界清朗起来，最终把世界创造成了现在的样子。

这是一则典型的卵生先秦神话，认为宇宙是从一个卵中诞生出来，这种看法在世界各地的原始初民中普遍存在。卵生是一种极其普遍的生命现象，先民们便由此设想宇宙也是破壳而生的。宇宙卵生先秦神话对中国的阴阳太极观念有极重要的影响。同时，宇宙生成的人格化、意志化过程也反映了先民对人类自身力量的高度肯定。

（二）人类起源神话

先民们不但对宇宙的起源非常感兴趣，而且也关注着人类自身的起源。人类起源神话往往和宇宙起源神话交织在一起，在某种程度上可以说，人类起源神话是宇宙起源神话的延续和补充。

有关人类起源的先秦神话，应首推女娲的故事。女娲补天，显示出女娲作为宇宙大神的重要地位。女娲经过奋力的拼搏和辛勤的劳动，终于重整宇宙，为人类的生存创造了必要的自然条件。女娲不仅有开辟之功，她也是人类的创造者。《太平御览》卷七十八引《风俗通》云：

俗说天地开辟，未有人民，女娲抟黄土做人。剧务，力不暇供，乃引绳于泥中，举以为人。故富贵者，黄土人；贫贱者，引縆人也。

这一则先秦神话意蕴丰富，它不但虚构了人类的产生，同时也试图阐释人类为什么会有社会地位的差别。

（三）英雄神话

英雄神话与人类起源先秦神话不同，主要讲述的是神族之间的战争。

中国中原地区流传着有关黄帝和炎帝的先秦战争神话。传说中黄帝和炎帝是活跃在中原的两个大部族的首领，分别兴起于相距不远的姬水和姜水，他们带领各自部落在向东发展的过程中发生了严重的冲突。

黄帝和炎帝曾为争夺帝位在阪泉发生过一次残酷的战争，《新书·益壤》称当时的战场是"流血漂杵"，传说黄帝居然能驱使熊、罴等猛兽为前驱参加战斗，更为这次战争增添了神奇的色彩。黄帝率领的熊、罴、狼等猛兽可能是指以这些动物为图腾的部落，它们分别代表不同的部落跟随黄帝参加战斗。阪泉之战以黄帝的胜利而告终，从而促进了炎黄两大部族的融合，华夏民族也由此而正式形成，并最终发展成为中华民族的主要成分。这则先秦神话实际是对一次历史事件的记录和解释。

蚩尤是炎帝的后裔，属于南方的苗蛮部族，他"好兵而喜战，逐帝而居于涿鹿"。黄帝和蚩尤之间的战争便发生在涿鹿之地。据《太平御览》卷七九引《龙鱼河图》载，"蚩尤兄弟八十一人，并兽身人语，铜头铁额，食沙子"，这可能是暗示蚩尤的军队已经装备了金属盔甲，这与当时冶金术的发展程度是相适应的。这场战斗十分激烈，"黄帝与蚩尤九战九不胜"，涉及风伯、雨师等天神，说明风、雨、旱、雾等气象也成了相互进攻的利器。

黄帝等远古之神之间征战的先秦神话，在一定程度上反映了氏族社会各大部落间的兼并与反兼并的战争。先秦神话中的黄帝和蚩尤等虽然是半人半兽的神话形象，但是，经过中国文人的修饰之后，人性的成分逐渐增多，已经开始接近历史人物传说了。

（四）洪水神话

洪水神话通常是以洪水为主题或背景的先秦神话，在世界各地流传得非常广泛。

国外的洪水神话，主要表现的是天帝对人类堕落的失望，洪水是天帝对人类的惩罚，而洪水过后的人类再造，则反映了对人性的反省和批判。而中国古代文献中所保留的洪水神话，则主要把洪水看作是一种自然灾害，着重要揭示的是与洪水抗争、拯救生灵的积极意义，看重的是人的智慧及斗争精神。在有关洪水的先秦神话中，鲧、禹父子毫无疑问地成为最杰出的英雄。

在传说中，为了止住泛滥于人间的水灾，鲧不惜冒生命危险去盗窃天帝的息壤。鲧因盗息壤而引起了天帝的震怒，最终被天帝所杀。鲧的悲惨遭遇，即使在后世，也一样赢得了人们深切的尊敬和同情。屈原在《离骚》中就曾为其鸣不平："鲧婞直以亡身兮，终然妖乎羽之野。"

鲧的儿子禹继承了鲧未完成的志向，一开始采取和鲧一样的"堵"的方法，但洪水凶猛，禹仍然难以遏止不断泛滥的洪水。经过分析，禹变"堵"为"疏"，开始采用疏导的方法。

为疏通水路，禹不辞辛劳地到各处探察河道和地形。《吕氏春秋》中曾记载，禹向北走到犬戎国，向南走到羽人裸民之乡，向东走到海边，向西走到三危之国。弥漫天下、祸害人间的洪水终于被大禹制服了，同时，一个不辞辛劳、为民除害而又充满智慧的英雄形象在中国文化史上树立起来。

中国的洪水神话集中反映了先民们在同大自然做斗争的过程中所积累的丰富经验和表现出的过人智慧。

三、先秦神话对文学创作的影响

（一）先秦神话为诗歌创作提供了素材

从世界范围看，先秦神话与诗的关系主要表现在先秦神话为诗歌创作提供了素材。世界上很多民族都有自己的史诗，其创作的主题即是先秦神话中的英雄故事，如《诗经·大雅》中就有关于商始祖与周始祖的诗歌。作为我国第一部诗歌总集，《诗经》是最早受先秦神话影响的文学作品，像禹、子契、后稷这些神性英雄，都在《诗经》中有所体现。在《诗经·商颂·玄鸟》中有"天命玄鸟，降而生商"的商始祖子契神话故事。其故事在《列女传》中有详细记载："契母简狄者，有娀氏之长女也。当尧之时，与其妹娣浴于玄丘之水。有玄鸟衔卵，过而坠之。五色甚好，简狄与其妹娣竞往取之。简狄得而含之，误而吞之，遂生契焉。"在《诗经·商颂》里还提到有大禹治水的神话。

（二）先秦神话为散文作家宣传自己的主张和见解提供了解释和说明

先秦神话在走向诗歌言志的同时，也走向了散文。在古代的散文创作中，先秦神话作为散文的题材与素材被征用与改造，成了解释和说明自己宣传政治主张与学说见解的资料。以《庄子》为例，其《应帝王》中的"倏忽与浑沌"寓言当脱胎于《山海经·西山经》中的"帝江"："有神焉，其状与黄囊，赤与丹火，六足四翼，浑沌无面目，是识歌舞，实为帝江也。"庄子把根植于原始思维的神话，加工改造为别有寄托的寓言，宣扬道家的"顺物自然"的思想和"天道无为"的主张。还有《庄子》中关于先秦神话的哲学寓言，如鲲化为鹏之说、河伯与北海若的对话、黄帝和广成子的论道、蜗角之争、十日并出等，虽均奇诡有趣，然而严格来说，究竟不是神话材料。庄子只是将这些先秦神话作为他的哲学观念的注脚，而这些也为先秦神话的保存起到了积极的作用。

（三）先秦神话为古代小说的诞生奠定了基础

先秦神话是人类祖先留下的宝贵的精神财富，它不仅是文学内容的一种，也是原始社会里包含宗教、政治、哲学、科学、史学以及艺术风俗等在内的浑然一体的社会意识形态。而随着人类社会的不断发展，社会分工和社会阶层不断产生，人类也在原有神话的基础上对其进行修正、补充或重新创造，从而使得其中的神的形象更趋近于人，先秦神话故事也更加合理和完美。这种做法也为古代小说的诞生奠定了良好的基础。

第二节 崇尚理性的诸子散文

丰富多彩的散文著作和风格各异的散文名家，为中国文学史拨开了光辉的一页，其中诸子散文对我国的散文创作产生了深远的影响。

一、散文的产生与繁荣

先秦的散文拉开了中国古代散文史的序幕，形成了中国散文史上的第一个黄金时代。先秦时期诸子散文的发展主要分殷商、西周、春秋和战国四个阶段，经历了从萌芽、发展到繁荣成熟的过程，走过了这一时期散文由简单记事到长篇大论，由官府独占到百家争鸣的基本发展历程，体现出自己独有的特色，在内容和艺术形式上逐渐形成了中国古代散文的雏形，为中国古代散文的发展开拓了较为广阔的视野。

殷商时期是先秦散文的萌芽阶段。文章的产生开始于文字记事。中国的文字大约产生于夏商之际，而文字记事大约是从殷商开始的。殷商时期宗教迷信之风极盛，鬼神权威至高无上，《礼记·表记》中有一句话概括了殷商时期的这一特点："殷人尊神，率民以事神。"可见殷商社会的各个角落都弥漫着浓郁的迷信气息，事无巨细，凡事都要先占卜，占卜成了殷商人一切行动的指南，祭祀几乎是殷商人日常生活中必不可少的内容。于是，占卜、祭祀也成为这一时期文字记载的主要内容，或刻于甲骨，或铸于铜器，或书于典册，这些足以展示了散文萌芽状态的甲骨卜辞、铜器铭文、《周易》卦爻辞和《尚书·商书》中的文告等。它们据事直书，几乎没有说教的文字，单纯质朴，内容简单，词语简短，或散或韵，已初步体现出先秦散文的一些特征。尤其是《尚书·商书》的 7 篇，是殷商史实的记录，为官方文献，与甲骨卜辞、铜器铭文及卦爻辞相比，内容更加丰富，篇制更为完整，其中叙述了较为复杂的历史事件，表达了富有时代特色的思想，甚至有些语言可以看出一定的技巧，使人感受到当时的气氛和语气。这些文字虽然简朴，却有一定的文学色彩，已不再是分散零碎的片段，而是初具规模的文章。

西周时期是先秦散文的发展阶段。这一时期，周人已从殷商的"敬天"转到"畏民"，兴礼作乐，建立了一整套严密的典章制度，其中包括史官的设置。《礼记·表记》概括了周人有别于殷人的特点："周人尊礼尚施，事鬼敬神而远之，近人而忠焉。"由于礼乐制度的建立和完善，散文也相应发生了很大变化，不仅有了历史经验和道德说教的内容，而且更加重视文采。这一时期主要的作品是《尚书·周书》和部分铜器铭文。《周书》原有数十篇，后来散佚，现存 19 篇，主要包括西周到春秋前期的作品，多是周武王至周穆王时王朝史官所记的文告和策书，即所谓"诰""命"等。尽管《周书》与《商书》同为官方文告，但《周书》在叙述历史事件、描摹人物语言方面更为突出，篇制更为完整，记事更加复杂，结构大都比较严谨，有些篇章层次清楚、有条不紊，显示出古代文章的日益成熟。但是，它们仍然古奥难懂，与春秋以后的散文差别很大。这一时期的铜器铭文，文体与《周书》相近，从其所记载的大量内容可知，当时散文的应用范围极为广泛。《周书》中的"诰""命"和铜器铭文为春秋以后散文的发展奠定了基础。

春秋时期是先秦散文的兴盛阶段。周代后期礼乐崩塌、王纲不振，散文得到划时代的发展。这一时期，散文的代表作品多为史传著作，有孔子依据鲁国史料编纂而成的《春秋》，有相传为左丘明撰的国别史史书《国语》及敷衍《春秋》大义的史书《左传》。它们的出现标志着史传散文的日臻成熟，并在文辞上呈现出新的特征。它们已从官方文告变为私人著述，虽然仍有说教文字，但已多是往哲先贤的教诲之言，其内容更加广阔丰富，记言记事更富有文采，叙事状物、镂刻人物、语言表达和结构布局都达到很高的水平，不仅形成了完整的篇章，而且讲究遣词用语。

战国时期是先秦散文的繁荣鼎盛阶段。这一时期出现了历史上有名的"百家争鸣"的局面，文化学术由此发生了巨大的变革，散文也发生了空前的变化。这一时期散文的种类很多，艺术成就也很高。春秋末年到战国初年，诸子散文开始崭露头角，出现了《论语》《老子》《孙子兵法》等著作，基本上是语录体、格言体，文字简洁质朴，篇章短小，内容往往具有深刻的哲理性和策略性，是哲理散文的初创阶段。战国中期出现了以论辩体说理文为主要形式的《孟子》《墨子》和《庄子》，它们在体制上已具有一定规模，语言生动活泼，表达自由酣畅。其他各家著作，如《公孙龙子》《申子》和《竹书纪年》等，大体上也产生于这个时期。战国晚期，各国统一的条件趋于成熟，于是出现了为大一统帝国的建立制造舆论的《荀子》《韩非子》《吕氏春秋》等著作。从文章的体式来看，这一时期的散文已经由《论语》《孟子》那样的语录体、对话体发展为长篇大论乃至专门论著，结构严密，讲求逻辑和修辞，反映了先秦说理文的高度成就。

二、诸子散文的伟大成就

从成就上看，先秦散文的两座高峰便是以记载历史事件和人物为主的史传散文和以议论为主的诸子散文。其中史传散文首先用于古代史官记载历史事件的过程中，甲骨卜辞和殷商铜器铭文是最早的记事散文，《尚书》和《春秋》提供了记言、记事文的不同体例。之后的《左传》《竹书纪年》和《晏子春秋》为叙事体之典范，《国语》《战国策》则为记言体之典范。这些史传散文的出现，标志着叙事散文的成熟，开启了中国叙事文学的传统。诸子散文是先秦时期"百家争鸣"时局出现后产生的一大景观，主要记载了诸子百家的理论思想，其中《论语》《老子》《墨子》《孟子》《庄子》《荀子》《韩非子》等成为中国说理散文创作的典范。它们以成熟的说理文体制、形象化的说理方式、丰富多彩的创作风格和语言艺术影响了后世说理散文的创作。史传散文和诸子散文双峰并峙，在内容、体裁、风格、结构、语言艺术等方面各显风采，各自以其杰出的艺术成就促成了中国散文的第一次繁荣，对后世产生了深远的影响。

诸子散文以议论说理为主。先秦诸子包括各种不同的学术流派和政治观点。据《汉书·艺文志》记载，主要有儒、道、阴阳、法、名、墨、纵横、农、杂、小说10家，其中最重要的是儒、墨、道、法，无论在思想文化还是在散文创作上，它们的影响是无法估量的。

诸子散文属于理论性著作，因而它们在散文发展史上的贡献主要体现在论说水平的提高上，实际上也体现了人的主体思维水平的提高，而人的主体思维水平的提高反映到作品中，就形成了诸子散文的独有特色。

这时期最具有代表性的诸子著作有儒家的《论语》《孟子》《荀子》《礼

记》，道家的《老子》《庄子》《列子》，墨家的《墨子》，法家的《韩非子》《管子》，杂家的《尸子》，还有兵家的《孙子兵法》以及名家的《尹文子》《公孙龙子》等。下面将通过对《论语》《庄子》《韩非子》的分析来探讨先秦诸子散文的特色。

（一）《论语》

1. 孔子与论语

《论语》的知识产权无疑是属于孔子的，但《论语》不是孔子亲手写的，是他人记录、整理、编订的。至于是哪些人，众说纷纭。

班固在《汉书·艺文志》认为：“《论语》者，孔子应答弟子时人及弟子相与言而接闻于夫子之语也。当时弟子各有所记。夫子既卒，门人相与辑而论纂，故谓之《论语》。”班固认为"夫子既卒，门人相与辑而论纂"，孔子去世后弟子核对记录。孔子死后埋葬在曲阜北面的泗水旁边，许多弟子都为他守丧三年，三年期满才相别离去。这一特定的时段，正是孔子的弟子回忆老师当年教诲，互相核对"听课笔记"的极好机遇和场合，所以，班固所谓的"夫子既卒，门人相与辑而论纂"是大致可信的。

《论语》主要记载了孔子（公元前551—479）及其弟子的言行，并通过这些记载集中体现了孔子的思想。孔子的核心思想是"仁"，在《论语》中一共用了100多次"仁"，有50多个章节谈到"仁"，孔子认为"仁"就是"爱人"。"爱人"作为"仁"的重要精神内涵具有广泛的适用性，由"爱人"所推导出的一系列思想都深刻体现出孔子对一般社会民众的关注，以及对整个人类社会发展中实现人之间共同和谐发展的关切，这种以博大宽厚的胸怀来爱护民众的精神，是"仁"的一种表现方式，即孔子的民本思想。

此外，在如何实行"仁"的问题上，孔子主张要克制自己，恢复"礼治"，即"克己复礼为仁"。这里的"礼"就是社会秩序中的行为标准和规范。孔子把"礼"作为行"仁"的规范和目的，使"仁"和"礼"相互为用，这样便建构了一种和谐的共存关系。孔子还主张"推己及人"，即"己欲立而立人，己欲达而达人"和"己所不欲，勿施于人"。前者是说自己要想站得住脚，也要设法让别人站得住脚；自己的事要想行得通，也要设法让别人的事行得通。孔子实质上是在说，在自己谋求生存与发展的同时，也要帮助他人生存与发展。后者是说，自己不想要的东西，就不要强加给别人。"己所不欲，勿施于人"是儒家思想的精华，也是中华民族根深蒂固的信条。

2. 《论语》的创作特点

（1）《论语》采用了语录体，它或是记录孔子的只言片语，或是记录孔子与弟子及时人的对话，呈现出了短小简约的特点，但还没有构成单片的、形式完整的篇章。

（2）《论语》虽以说理为主，同时也常常抒情。书中在记录孔子及其弟子的言谈时，总是力求如实地反映出他们丰富而复杂的感情，许多文句和章节，带有浓厚的抒情色彩。如"甚矣，吾衰也！久矣，吾不复梦见周公"（《述而》），短短几句，抒发出孔子对周公和西周政治梦寐以求的无限思慕之情。

（3）《论语》大量运用了排比、递进、并列、对偶等修辞方法，句式长短相间、错综变化，造成纡徐婉转、抑扬唱叹的效果。如"知者不惑，仁者不忧，勇者不惧"（《子罕》）；"志于道，据于德，依于仁，游于艺"（《述而》）。像这样的并列句在《论语》中有很多，从而显示出辑录者驾驭语言的功力。

（4）多用语气词，这也是《论语》语言风格的重要特色。《论语》是语录体，它的基本要求是反映谈话的本体形态，如实地传达谈话者的语气。孔门师生均是宽仁长者、博雅君子，他们讲学论道，甚至争论问题，都不作斩绝之语，而是多以疑问、感喟、反诘的语气表示，因此"之、乎、者、也、焉、欤"等语气词在《论语》中随处可见。如《论语》泰伯篇："子曰：'大哉，尧之为君也！巍巍乎，为天为大，唯尧则之。荡荡乎，民无能名焉。巍巍乎，其有成功也，焕乎，其有文章。'"

《论语》除了在语言艺术以及故事记叙等方面对中国文学史产生了重要的影响外，它首创的语录体也常常被后人所效仿。例如《论语》出现之后的《孟子》《墨子》《荀子》以及其他一些文章都受到了语录体的极大的影响。

（二）《庄子》

1．庄子与《庄子》

对于《庄子》的作者的看法，历来学者都认为当为庄子。庄子（约公元前369—前286），名周，继老子之后道家学派的重要学者，先秦杰出的散文家。庄子学问渊博，《史记》说他"著书十余万言"。《汉书·艺文志》说，《庄子》一书五十二篇。而现存的《庄子》只有内篇七篇、外篇十五篇、杂篇十一篇，共三十三篇。但这三十三篇，通常认为并非全为庄子所作，根据历来学者的看法，大抵认为内篇七篇为庄周自作；至于外篇和杂篇中，可能也有庄子自作的篇章，但亦杂有门人后学的手笔。所以各家注本，对内篇均无异议，至于外篇、杂篇中有无庄子手笔，已难确考。今人也有认为《秋水》《天下》为庄子自作，然无确证，难成定说。

《庄子》包括内篇、外篇、杂篇三部分，其中内篇包括《逍遥游》《齐物论》《养生主》《人间世》《德充符》《大宗师》《应帝王》；外篇包括《骈拇》《马蹄》《胠箧》《在宥》《天地》《天道》《天运》《刻意》《缮性》《秋水》《至乐》《达生》《山木》《田子方》《知北游》；杂篇包括《庚桑楚》《徐无鬼》《则阳》《外物》《寓言》《让王》《盗跖》《说剑》《渔父》《列御寇》《天下》。这些篇章大都展现了庄子的哲学观点。总结起来，《庄子》一书所体现的哲学观点主要有以下几个。

（1）万物为一。即天地是由"道"神秘地产生出来的，认为"道未始有封"，以主观精神将宇宙间各式各样的对立界限一概取消，从而达到"道通为一"，即彼物与此物毫无分别，都是一，都是道的具体显现。

（2）无为而治。庄子发展了老子的"无为"思想，认为人类应该顺其自然，如果是人为去"治天下"，任何人为的微小成就，都好比"穿牛鼻"那样人为地破坏自然的"道"。

（3）主张"忘己"。庄子认为只有这样才能完全超脱一切。达到"无己"的办法是"坐忘"，即对外界来的任何干扰和引诱都不受影响，变得毫无爱憎，麻木不仁，连自身的存在也忘掉了。如果能够达到"无己"的程度，就能与大自然混为一体了，从而获得人生的最大自由，这就是《庄子》中所强调的不需要等待任何条件就可以自由自在地"逍遥游"。

（4）主张避世。庄子处在战国中后期战乱频仍的年代，社会动荡不安，封建统治者任意杀戮，君臣关系紧张，人与人之间尔虞我诈，造成了庄子消极的处世哲学。

需要指出的是，虽然庄子的这些思想具有强烈的批判现实精神，这种愤世嫉俗的态度也对后世文人产生过积极的影响，但是，这套处世哲学只不过是一种企图逃避现实的自我催眠而已。

2. 《庄子》的创作特点

（1）浪漫主义色彩浓烈。庄子天资卓越，聪明勤奋，其文章别具洞天。李白曾赞叹《庄子》中的散文"吐峥嵘之高论，开浩荡之奇言"（《大鹏赋》）；

清人刘熙载在《艺概·文概》中称赞《庄子》中的散文"意出尘外，怪生笔端"，精确地道出了《庄子》文章奇伟超拔的想象力。

我们读《庄子》就会发现，庄子刻画现实、反映现实，不是描写他眼睛所看到的现实情景，而是从对现实的否定立场出发，描写着自己的追求，编织着自己的幻想。庄子的想象大胆奇特、丰富多彩，文学笔触挥洒自如，意境恢宏壮阔，富于浓厚的浪漫主义色彩，表现出纵横跌宕、浩渺奇警的文章风格，创造了光怪陆离、云谲波诡的艺术世界。这些奇特、丰富的想象是用虚构的手段、夸张的手法，通过各种比喻、寓言体现出来的。

（2）广泛运用寓言故事。一部《庄子》，寓言占十分之九。他之所以选择寓言这一形式，是因为他认为世人都"沉浊"，不可同他们"庄语"，因而"以卮言为曼衍，以重言为真，以寓言为广"（《天下》），即通过"寓言""重言""卮言"三种方式来表达他的思想。这里所说的"寓言"，包括一些神话式的幻想故事，也包括通常借事物寓言的故事；"重言"是借用某些历史故事和古人的话来说理；"卮言"是指随机应变的直接辩论。

（3）结构形式奇诡莫测。至庄子时代，论说文意的发展在形式构造上已经达到能够从正面有中心、有层次、有条理地表达自己观点的程度。庄子追求的是主体精神的自由，其思维方式着重于哲理的体验，其个性又轻"形骸"讲超脱，所以以《内篇》为代表的作品，特点是重内在意志的表达，而不讲章法规矩、形式结构。表面上看，庄子的文章似乎很"散"，然而们由于其文章内在的逻辑联系，加上他行文时喜欢用相反相成、因势利导的方法，因而其文章不但不散，反而表现出腾挪跌宕、摇曳多姿的特点。如《逍遥游》主要讲对精神自由的追求，《齐物论》阐发万物齐一、是非齐一的哲学观，《养生主》谈处世养生之道，《德充符》论精神超越形骸，《大宗师》述说何谓"道"和"真人"，如此等等，各有内在中心，写法上却不守任何成格，或着手就是寓言，或从人物的对话起笔，或通篇罗列故事，或随意插入议论，"无端而来，无端而去"，"意出尘外，怪生笔端"，总体上形成"看是胡说乱说，骨里却尽有分数"的特点（《艺概·文概》）。后人论散文写作的要点在形散而神不散，《庄子》是最好的范例。

（4）语言高度形象化。《庄子》的语言高度形象化，具有美的特征。其文章的形象和美趣闪耀着艺术化的光彩，其中不乏铺张形容。如《逍遥游》一文，用满纸荒诞之言描写了藐姑射山奇妙的神人之形象，其肌肤、身段、饮食、活动、神态俱妙不可言。如《马蹄》写马的外形："马，蹄可以践霜雪，毛可以御风寒，龁草饮水，翘足而陆，此马之真性也，虽有义台路寝，无所用之。"这些文字都给人一种美感，增添了文章的魅力。有的则妙趣横生，逸笔妙致，有如天额。如《外物》篇写任公子钓大鱼，极力渲染饵之重、竿之长、鱼之大以及鱼的挣扎和海的波涛、声响，形成一组惊心动魄的图画，真是恣意恢张，动人心魄，文采飞扬。

《庄子》在文学上的影响极大，自贾谊、司马迁以来，历代文学大家无不受到它的感染与熏陶。他们在思想上，或旷达不羁、愤世嫉俗，或颓废厌世、悲观消极，从而催生了许多成就斐然的作品。这些作品从寓言到小说，从诗歌到散文，从形式到内容，从文学到哲学，或多或少都带有庄子的印记。因此，现代文学家郭沫若甚至提出，秦汉以来的中国文学史大多数都是在《庄子》的影响下发展的（见《庄子与鲁迅》）。

（三）《韩非子》

《韩非子》是法家的经典著作，其文严峻峭刻，干脆犀利，寓言丰富，在先秦诸子散文中独树一帜，是先秦时期辩论艺术的集大成者，在诸子散文乃至整个中国文学史上有着颇为重要的地位。

1. 韩非与《韩非子》

韩非（约公元前280—233），出身韩国贵族，是所谓"诸公子"之一。其生平事迹见于《史记·老庄申韩列传》。《汉书·艺文志》载《韩子》（唐宋后为与韩愈相区别，改为《韩非子》）五十五篇，与流传本篇数相同，其中大部分为韩非所著，少数篇当为后学所辑录。《韩非子》的主要思想包括两个方面。

（1）法治思想。韩非批判地吸收了前期法家，其中包括田齐法家的"法""术""权""势"相结合的思想，形成了他的"法""术""势"相结合的法治思想。他认为，要治国，就必须用严刑峻法。韩非把"法"比做"隐括"，即使弯曲木料变直的工具，也就是要求以法令作为统一全国思想的标准。由于法令是要求人人遵守的，所以《韩非子·难三》主张把法"编著之图籍，设之于官府，而布之于百姓"，使国家的各个角落，无论男女老少、尊卑上下都知道。韩非的法治思想，继承了《管子》、李悝、商鞅的法治思想而更加系统化。

（2）耕战思想。韩非总结了前期法家李悝、吴起、商鞅的耕战思想，比商鞅更为彻底。他不仅把不事耕战的其他职业都视为社会的害虫，而且要取消有爵位却不事耕战的旧贵族的特权。

2. 《韩非子》的创作特点

（1）就体制而言，在《韩非子》出现之前，寓言故事都是零星分散地存在于诸子散文或历史散文之中，充当说理的一种手段或叙事的一个部分，还没有成为完全独立的文学体裁。到《韩非子》出现开始，人们才开始有意识、有系统地收集、整理、创作寓言故事，并且将其分门别类编辑成为各种形式的寓言故事集，把写作寓言故事当成著述的重要课题，有着明确而自觉的预定意图。从此以后，中国古代寓言进入了新的发展阶段。

（2）《韩非子》中的寓言多是哲理深邃，讽刺尖刻的社会寓言。《韩非子》寓言最精彩的首推那些嘲笑愚人的滑稽故事和带有箴诫性质的民间传说。其中人物大都无名无姓，只称"有人""某人""宋人""郑人""齐王""燕王"等，故事情节基本出于虚构，或者经过很大夸张，大多具有深邃的哲理性和尖锐的讽刺性以及熟练的艺术技巧，所以一直被视为韩非寓言的代表作。

（3）《韩非子》中的寓言故事也有熔铸古人、为我所用的历史故事。韩非继承了诸子散文喜欢在行文和谈话中援引历史故事从中吸取经验教训以资借鉴的传统，《韩非子》中的历史故事数量大大超过前人，运用方法也有许多新的创造。他已不限于简单地引述史实作为佐证，而是按照古为我用的原则，重新塑造古人；根据表达思想的需要，故意改编历史；并用形象化的手法，去补充历史细节。《韩非子》历史故事中的人物，姓名是真实的，但事迹往往属于传说附会。这种手法是从《庄子》那里学来的，不过他不像庄子那样借古人之口大谈玄理，而主要是作为政治斗争的工具。

（4）《韩非子》句子整齐，节奏鲜明，多用韵文。散文中夹杂韵语，先秦典籍早已有之，但多为散文中的片段，很少从头至尾都押韵的，韩非则是在前人基础上，把先秦韵文的写作技巧又向前推进了一步，如《韩非子·主道》《韩非子·扬权》两篇文章，无论文字、句式、韵律、手法都超越他的前辈，俨然是独树一帜的韵文新体。

《韩非子》一书重点宣扬了韩非法、术、势相结合的法治理论，达到了先秦法家理论的最高峰，为秦统一六国提供了理论武器。同时，也为以后的封建专制制度提供了理论根据。

第二章 秦汉文学的一统思想与多元表达

在中国历史上,秦王朝作为一个中央集权的封建国家只存在了15年,虽然短暂但是却对中国文学的发展产生了深刻的影响。两汉时期,中国的疆土进一步扩大,各民族进一步融合,特别是在汉武帝时期,达到了汉朝的全盛时期,经济繁荣,文化发达,文学的价值开始受到统治者的重视,两汉文学开创了中国文学发展的新局面。

第一节 秦朝大一统文学气象

秦代由于持续时间短暂,统治者又实行严厉的文化专制政策,因此极大地抑制了文学的发展。纵观整个秦朝的散文作品,主要有秦统一六国之前由秦相吕不韦召集门客编成的《吕氏春秋》和李斯的《谏逐客书》。秦统一六国后,出自李斯之手的泰山等地所刻石文为我国最早的碑文体。

一、秦代的文学创作

(一)吕不韦与《吕氏春秋》

吕不韦(生年不详,卒于前235年),姜姓,吕氏,名不韦,卫国濮阳(今河南省安阳市滑县)人,一说阳翟(今河南禹州)人,战国末年著名的商人、政治家、思想家,官至秦国丞相。《吕氏春秋》是吕不韦召集众多门客编纂而成的一部类似百科全书的传世巨著,该书的成书年代在公元前239年左右。

《吕氏春秋》编者众多,内容自然也不免驳杂,所以《汉书·艺文志》把它列为"杂家"。在《吕氏春秋》中所取的各家学说中,以道家、儒家、阴阳家思想为主。但是,它与纯粹的儒、道、阴阳各家学说都有不同,在杂取各家为己所用的过程中,同时也对各家学说进行了改造,从而构成自己的理论体系。《吕氏春秋》全书共分为十二纪,每纪五篇;八览,每览八篇;六论,每论六篇,再加一篇序文,共161篇(今存160篇)。全书条分缕析，篇章划分十分整齐，从结构上组合成了一个所谓"法天地"的完整体系。十二纪按照一年十二个月的顺序排列，是时间的纵向流程，古人认为季节的推移源于天的作用；八览由八方、八极等观念而来，是空间的横向划分，来自地理范畴；至于六论，则是由六亲、六义等人间现象脱胎而来。

由于《吕氏春秋》出于众人之手，因此风格并不完全统一。在该书中，有些文章精炼短小，文风平实畅达，用事说理颇为生动，仍然可以称得上是优秀的文学散文。例如，《重己》篇讲自己的生命如何重要，从人不爱倕之指而爱己之指、人不爱昆山之玉而爱己之玉说起，层层深入，语言朴素恳切；《贵公》篇讲"圣人之治天下也，必先公"的道理，先提出论点，再以荆人遗弓、桓公问管仲等具体事例说明，叙述生动明快；其他如《贵生》《用众》《顺民》《正名》《察传》《似顺》等篇也各有特色。

《吕氏春秋》在寓言的创作和运用上具有独特的手法，往往先提出论点，然后引述一个或数个寓言对其进行论证。例如，《当务》篇先提出"辨""信""勇""法"四者不当的危害，然后连用"盗亦有道""楚有直躬者""齐人之勇"和"太史据法"四个寓言来说明道理；《察今》篇为了说明"因时变法"的主张，后面也连用"荆人涉雍""刻舟求剑"和"引婴儿投江"三个寓言故事。总的来说，《吕氏春秋》中的寓言生动简练，中心突出，结尾处往往点明寓意，一语破的。

《吕氏春秋》在文学方面的另一个主要成就是创作了丰富多彩的寓言。全书中共有 200 多则寓言故事，这些寓言大都是化用中国古代的神话、传说、故事而来，还有些是作者自己的创造，在中国寓言史上具有相当重要的地位。

（二）李斯的散文

李斯（生年不详，卒于前 208 年），楚国上蔡（今属河南）人。秦代政治家、文学家和书法家曾经跟从荀子学习帝王之术，公元前247年入秦，为秦相吕不韦舍人。

公元前 237 年，李斯刚好入秦十年。这时的韩国苦于秦国对其进行征伐，乃使水工郑国说服秦国开凿水渠，企图耗费秦国人力而不能攻韩。郑国的间谍活动被发觉后，秦国的宗室大臣认为，那些外来人大抵都是各诸侯国派来游说和充当间谍的，建议秦王把一切来自他国的客人都驱逐出境，李斯也在被逐之列。于是李斯写了《谏逐客书》这一封信给秦始皇，指责陈逐客的错误。《谏逐客书》以逐客不利于秦的统一为中心,首先铺叙历史上客卿辅助秦国并使之国富兵强的事实,以明客卿不曾有负于秦;其次胪陈秦看重他国的玩好之物,而轻视客卿的事实,论定其重物轻人的错误;最后分析纳客和逐客的利害关系,指出逐客非但不利于秦的统一大业,还会使秦国趋于危亡。

二、秦朝大一统文学对后世文学的影响

秦始皇以雷厉风行之势,结束了以小国寡民为特征的社会结构,建立了大一统的国家形式,树立了大一统的国家观念,明法度,定历律,使得"海内为郡县,法令由一统"(《史记·秦始皇本纪》),天下"车同轨,书同文",对中国政治、经济、文化的发展做出了很大贡献。但是由于对暴力的崇拜,对文化的轻视,秦王朝实行了残酷的文化专制政策。"焚书坑儒"使战国以来蓬勃自由的学术思想遭到致命打击,从而结束了百家争鸣的学术时代。秦代文人也因此而噤若寒蝉,不敢操翰,致使秦统一后文学园地几乎一片荒芜。

秦始皇喜欢神仙道术,求仙寻药,追求长生不老,加之他的几次巡游,当时可能有仙话流传。相传他曾让博士官做过《仙真人诗》,并让乐工谱曲歌唱,以求万寿无疆。这种风气对汉代的学术氛围有一定的影响。另一方面,为了彰显帝功,炫耀武力,他进行了几次大规模的巡游,所到之处,皆刻石记功,著名的有《峄山刻石》《泰山刻石》《琅琊刻石》《芝罘刻石》《碣石刻石》《会稽刻石》。多为应制之作,皆出自李斯之手,形式模仿雅颂,都是四言韵句,语言有很高的概括力。其书法艺术很受后人推崇,对汉初的文风及后代的碑文有一定的影响。元代郝经盛赞李斯的刻石书法"拳如钗股直如筋,屈铁碾玉秀且奇,千年瘦劲益飞动,回视诸家肥更痴"。鲁迅在其《汉文学史纲要》中也评价说,秦刻石文"质而能壮,实汉晋碑铭所从出也"。除书法艺术外,秦刻石文字所显示出的那种君临四方、包举宇内、垂于天下的胸襟气魄,对后世处于封建上升时期的汉代的文艺思潮有很大影响。

皇帝临位,作制明法,臣下修饬。廿有六年,初并天下,罔不宾服。亲巡远方黎民,登兹泰山,周览东极。从臣思迹,本原事业,只诵功德。治道运行,诸产得宜,皆有法式。大义休明,垂于后世,顺承勿革。皇帝躬圣,既平天下,不懈於治。夙兴夜寐,建设长利,专隆教诲。训经宣达,远近毕理,咸承圣志。贵贱分明,男女礼顺,慎遵职事。昭隔内

外,靡不清净,施于后嗣。化及无穷,遵奉遗诏,永承重戒。(《史记·秦始皇本纪》)

秦始皇时期,北筑长城,西巡陇西,东临渤海,南下会稽,修治驰道,封禅泰山,表现出对外部未知世界的积极探索精神和无上的追求。这种精神的物质外化便是雄奇壮丽的长城、勇武的秦陵兵马俑。这种雄宏壮阔的气势、虎视一切的眼光气度,表现出发扬蹈厉的民族精神。紧承其后的大汉帝国,正是秉此而来,表现出泱泱大汉气象和壮美、巨丽的美学追求,以及对物质世界和自然对象的征服主题,在辞赋、诗歌、史传、小说、文论等方面都取得了辉煌的成就。这正是北方的理性精神,南方的浪漫色彩和秦帝国的恢宏气势的共同产物。

除上述几方面外,秦地民谣及民间故事等也是秦文学的有机组成部分。秦早期的民谣,由于年代久远,流传、保存下来的很少。

第二节　两汉文学创作及其思想价值

从一定意义上说,诗的兴起,是把诗从音乐中解放出来,使之成为一种具有独特审美个性的艺术形式。汉代处于诗兴起的阶段,他们在民歌中汲取营养,在巨大的社会变革中获得新的认识,用五言诗取代传统四言诗成为新的诗歌样式,而完整的七言诗篇的产生,极大地影响了后世的诗歌表现方式、艺术风格和创作手法。

一、多样的两汉文学形式

(一)汉赋的繁荣与表达

辞赋起源于战国后期,最初文学家们在创作辞赋时常以问答体的方式来铺陈描写,因而最初辞赋的篇章大都十分短小,均在二百字左右。进入汉代以后,辞赋对各种文体兼收并蓄,成为处于时代中心位置的文体形式,盛极一时。汉代的辞赋类作品,依其内容和表现形式,大体可以分为两种类型:一种以抒情为主,体制基本与先秦的楚辞相同,这类作品一般称之为"辞"或"骚",又叫骚体赋;一种以状物为主,铺排摹绘,夸饰文采,这类作品即典型的"大赋"或"汉赋"。到了东汉中后期,汉赋中出现了一种句法类于大赋但篇幅比较短小、铺叙摹绘的成分减少而抒情成分极大增加的赋作，这类作品被称为"抒情小赋"，认为是汉赋发展的新趋向。本节内容主要对汉代辞赋的发展进行概要的论述与分析。

1. 西汉的辞赋

西汉辞赋是汉代文学最具有代表性的样式，它介于诗歌和散文之间，韵散兼行，可以说是诗的散文化、散文的诗化。西汉辞赋对诸种文体兼收并蓄，形成新的体制。它借鉴楚辞、战国纵横之文主客问答的形式以及铺张恣肆的文风，又吸取先秦史传文学的叙事手法，并且往往将诗歌融入其中。西汉辞赋的文体来源是多方面的，是一种综合型的文学样式，它巨大的容量和颇强的表现能力在很大程度上得益于此。这里主要对西汉的骚体赋与散体大赋进行介绍。

（1）骚体赋。骚体赋的流行始于汉初，这种赋在形式上深受楚辞的影响，其篇幅都不太长，内容多为抒发身世感慨，情调一般比较抑郁。在汉初，骚体赋创作中成就最大的当属贾谊。贾谊在辞赋的创作中继承了楚辞中骚体的创作特色，创作了一系列骚体赋，其中最著名的篇章为《吊屈原赋》《鹏鸟赋》《旱云赋》。抒情述志、情感浓郁，是贾谊辞赋的重要特色，这一点与楚辞有明显的承继关系，而与后来的汉赋有别。

（2）散体大赋。进入汉武帝时期以后，随着汉室政权的巩固，以表现观外界事物，如繁华的京师市邑，浩大的宫殿苑囿，丰饶的水陆物产，壮观的田猎歌舞场面等的散体大赋取代了骚体赋而逐渐兴起，成为当时辞赋非常流行的一种体式。这一时期的散体大赋多是为封建统治阶级"润色鸿业"服务的，其表现手法倾向于以宏丽夸饰的文辞进行铺写。汉武帝好大喜功，且本人又喜爱文学，曾招纳了许多文学之士在自己身旁，提倡鼓励辞赋的写作，以"润色鸿业"。其后的几位皇帝亦如此。因此，赋的题材以"京殿苑猎"为主，多是为统治者歌功颂德的作品，很少有主观抒情成分。另外，这一时期人们的普遍心理状况是自豪和充满自信的，视野是开阔的，文人在文学创作方面喜好用绚丽夸饰的语言、铺陈描述的手法来描写壮观气象。

在汉初的散体大赋作者中，成就最突出的当属枚乘和司马相如。

枚乘（生年不详，卒于公元前140），字叔，淮阴（今江苏淮阴）人。作为西汉初年的辞赋大家，枚乘的赋作流传至今的有五篇，其中《七发》的艺术水平最高。《七发》写楚太子有病，吴客前去探视，"说七事以启发太子"（《文选》卷三十四李善注），因以名篇。赋中，吴客认为楚太子患病的根由在于"久耽安乐，日夜无极""纵耳目之欲，恣支体之安"，要想治愈，必须改变不健康的生活方式，遂讲述音乐、饮食、车马、宫苑、田猎、观涛、要言妙道七件事，一步步启发太子。

司马相如（公元前179—前118），字长卿，蜀郡成都人。在辞赋的创作道路上，司马相如可谓大家，他的散体大赋最著名的当属《子虚赋》和《上林赋》。从《子虚赋》和《上林赋》这两赋内容的宏阔、用事的广博、结构的雄伟、文采的绚烂来看，两篇文章都很好地体现了司马相如"合綦组以成文，列锦绣而为质"和"苞括宇宙，总览人物"的作赋主张。

除了散体大赋以外，司马相如也有写得很有抒情色彩的赋，那就是他的小赋。如《长门赋》，据说是司马相如为失宠的陈皇后而作。这篇作品借陈皇后废贬长门之事，抒发司马相如自己的悲凉感受，艺术水平很高，尤其在情景交融的情感抒发方面，表现形式已相当成熟。

2. 东汉的辞赋

在东汉时期，尤其是汉安帝之后，辞赋作品主要是描写客观外界事物，以铺陈夸饰为主要艺术手段的散体大赋衰落，而以抒发主观情志为主要内容、艺术手法相对更为灵活的抒情小赋则蓬勃兴起。

在抒情小赋作家中，成就最高的当属张衡。张衡（78—139），字平子，南阳西鄂人。张衡留下的辞赋有十几篇，其中既有散体大赋，也有抒情小赋。散体大赋以《二京赋》为代表，此赋乃是模拟班固的《两都赋》所作，但规模更为宏大，是以京都为题材的赋作中篇幅最长者。但其影响最大的还是抒情小赋《归田赋》。《归田赋》是中国文学史上第一篇描写田园隐居乐趣的作品，同时也是第一篇比较成熟的骈体赋，在内容、形式和写作艺术上都深刻影响了后来辞赋的发展。

（二）两汉的散文

两汉时期的散文主要涉及政论和哲理方面，与先秦诸子散文相比取得了较大的发展。相对来说，两汉散文的内容更加丰富，形式更完备，风格更加多样化。从主基调上来看，汉代政论哲理散文以务实求效为主，抒情成分较少。汉代书信体散文中的抒情成分比较重，甚至成为文章的主要内容。虽然书信本身乃是一种实用文体，但大多数具有文学价值的书信内容更加注重在感情上的交流，因而成为个人心声的披露。除此以外，历史散文如《史记》《汉书》等也具有相当高的文学价值。

1. 政论哲理散文

西汉初期，一些散文作家由于受到百家争鸣遗风的熏染，畅所欲言、干预政治的意识高涨。与此同时，战国时的那种救世、弭乱的主题，不得不转化为维持太平统一的局面，为新王朝提供长治久安之策。因此，这一时期的散文作家在散文创作的形式上大多继承先秦诸子的文风，表现出一种气势磅礴、感情激切、纵横驰骋、铺陈张扬的风格；内容上都能写出新的时代主题，即总结秦之所以亡、汉之所以兴的原因，作为巩固现政权的借鉴。影响较大的西汉前期散文家主要有贾谊和晁错。到了西汉中期，西汉初期那种纵横驰骋的文风仍在延续，但已接近尾声，以董仲舒为代表的平易朴实、雍容典雅的文风正在形成。而与董仲舒同时的淮南王刘安依然倾向于道家，因此西汉后期，政论哲理散文的内容中大多充斥着阴阳灾异之说，写作上引经据典，尤其是引用《诗经》的诗句作为理论依据。这种文风的主要代表人物有刘向和受刘向影响的谷永、鲍宣等。

东汉前期，优秀政论哲理散文在内容上提倡古文经学，批判谶纬之说，文风也有复古的倾向。其中，数王充的政论哲理散文影响最大。到了东汉后期，由于朝廷政治日趋腐败，神学化的今文经学逐渐遭人唾弃，"举大义"的古文经学得以大兴，各种异端思想相继出现，由通儒而趋通脱，成为时尚。这时的散文作家目击时艰，尖锐地指摘时弊，评论政治得失，提出救弊扶危的主张，文多愤激不平之气。语言日趋骈偶也是这时散文的发展趋势。这个时期影响较大的政论哲理散文作家有王符、崔寔、荀悦、仲长统等。

下面，主要就贾谊、晁错、刘安、董仲舒、刘向、王充、王符的政论哲理散文进行简单的介绍。

贾谊（公元前200—前168），洛阳人，文帝时召为博士，一年中迁为大中大夫，并拟任以公卿之位，因被周勃等大臣排挤，外放为长沙王太傅，后转为梁怀王太傅。怀王堕马而死，贾谊感到自己身为太傅，没有尽到责任，忧郁而死。贾谊著名的政论文有《过秦论》《陈政事疏》（一题作《治安策》）《论积贮疏》等，《汉志》著录"贾谊五十八篇"，隋唐志皆作《新书》十卷。贾谊的政论哲理散文具有战国纵横家的文风，善于在历史事实的强烈对比中分析利害冲突，在描写的铺张渲染中造成充沛气势，议论说理毫无顾忌，行文畅达，语言犀利，富于文采。如《过秦论》为了渲染秦国的声威，极力夸张六国合纵抗秦的盛况，"尝以十倍之地，百万之众，叩关而攻秦"，而其结果则是秦人"追亡逐北，伏尸百万，流血漂橹"

"秦无亡矢遗镞之费,而天下诸侯已困矣"。但这个"威震四海"的王朝,却被"率罢散之众数百"的陈胜"奋臂大呼"而土崩瓦解。在这种渲染对比之中总结出亡秦的教训,"仁义不施而攻守之势异也",就极为有力。又如《陈政事疏》中,开篇就逐一分析现实政治存在的问题,提出解决的办法。文章出言大胆,直率热忱,既反映了这时国家强盛、统治者尚能容许切直之言,也表现了作者积极热情、直率敢言的精神。

晁错(约公元前200—前154),颍川郡(今河南禹州市)人。汉文帝时,晁错因通晓文献典故为太常掌故,奉命去济南跟随伏生学习《尚书》,学成归来后升为博士,拜太子家令,举贤良文学,对策高第。后来,景帝即位,迁御史大夫,晁错上疏请求削藩,于是吴楚七国以诛晁错为名发动叛乱,晁错被景帝以朝衣朝冠腰斩于东市。他的著名政论哲理散文有《贤良文学对策》《言兵事疏》《论贵粟疏》《守边备塞疏》等。

刘安(前179—前122),淮南王刘长之子,汉武帝的叔父,汉文帝十六年(前164)袭封淮南王,汉武帝元狩元年因谋反被发觉而自杀。西汉前期,适应社会经济、政治的需要和变化,黄老思想盛极一时,后来,儒家学说日益受到重视,而其他各家思想余绪未绝。刘安"招致宾客方术之士数千人"集体编写的《鸿烈》(后称该书为《淮南子》)是汉初社会思想情况的反映,书中的文艺思想也是当时思想文化在文艺方面的表现。总的来说,它记载了古代许多宝贵的艺术经验,继承和发挥了先秦诸子特别是道家以及儒家的文学思想,提出了不少关于文艺的精辟见解,对后世的文学思想也产生了不小的影响。

董仲舒(前179—前104),广川(今河北景县)人。历任江都王相和胶西王相,后托病辞官,"以修学著书为事"。其著作甚多,今存有《贤良对策》(又称《天人三策》)以及《春秋繁露》等。最能代表董仲舒的思想和文风的作品要数《天人三策》。其中,一策倡教化而轻刑罚,二策主张黜奸选贤、教化爱民,三策主要阐述其天人相应、"大一统"等核心思想。从行文的角度来看,该文章逻辑严密,环环相扣,联类引证,雍容稳妥,已经没有了西汉初期散文的纵横排宕之气。从发展的角度来看,董仲舒的阴阳灾异思想和文风的变化,都对西汉中后期的散文创作产生了很大的影响。

刘向(约前77—前6),字子政,本名更生,彭城(今江苏徐州)人,汉宗室。刘向的散文继承董仲舒,在引经据典方面有所发展。例如,刘向在《条灾异封事》中广引《诗经》《周易》《论语》等经典,推衍《春秋》

的灾异地意图宗旨，谏议黜奸进贤，论证以人和致天和的思想。刘向的一些名篇如《极谏用外戚封事》谏议罢黜外戚王氏，《谏营昌陵疏》主张薄葬，都具有广征经典的特征。刘向奏疏文的行文有一个特点：结构严整，逻辑清晰，往往先以正论开篇，继之以反证，然后总结观点，最后落脚在所针对的时事之上。《新序》十卷和《说苑》二十卷是刘向散文的代表作，两书都是采集群书中的逸闻琐事编纂而成，寓含劝诫训教之意。其中，很多篇章类似于后来的志人小说，在刘向的散文中最具文学价值。例如《新序·节士》《说苑·君道》两篇以简短描写人物言行，传达其形貌和精神，主要是继承了《左传》的写人笔法，但是由于它不再穿插于历史叙述之中，而成为独立的故事，就具有了更多的文学意味。这类故事，对后来的文言小说（尤其是志人小说）有不小的影响。

王充（27—约97），字仲任，会稽上虞（今属浙江）人。王充所著《论衡》八十五篇，是我国思想史上一部唯物主义的重要著作，充满着批判精神。王充在《论衡》的《自纪篇》《对作篇》《案书篇》《须颂篇》《艺增篇》《佚文篇》《超奇篇》等篇中，针对当时"华而不实，伪而不真"的文风，作了尖锐的批判，并提出了不少进步的文学主张。这些主张主要包括以下几个方面。

第一，重视文章的内容与形式统一。《论衡》一书认为文章的内容和形式应当是"外内表里，自相副称"。

第二，重视文章的通俗性，主张书面语言应当与口语相一致。西汉以来，辞赋盛行，且喜用艰涩生僻的词句，文章佶屈聱牙，文坛上弥蔓着一股"深覆典雅，指意难睹"的坏风气。针对这种风气，王充主张文章要写得朴实、浅显。

第三，重视文章的实用价值。王充认为文学应当起到"劝善惩恶""匡济薄俗"的教育作用。

第四，重视文章的独创性，反对模拟因袭。汉代文坛，模拟因袭的风气很盛，王充大抵以模拟为能事，即使像扬雄那样著名的辞赋家，也模拟司马相如的作品，"卷舌而同声，拟足而投迹"（扬雄《解嘲》），对所谓古人先贤则"信之入骨"。王充对这种弊习进行了辛辣的讽刺和批判。

王符（生卒年不详），字信节，安定临泾（今甘肃镇原）人。在王符的政论哲理散文著作中，对当时社会上各种丑恶现象及不合理的制度多有指斥，切中时弊。在议论政治得失时，常采用正反对照和排比的写作手法，具有较强的说服力和感染力。他历数当时经济、政治及社会风气等方面本末倒置、名实相违的种种状况，指出此"皆衰世之务"，并引用许多历史教训来警告统治者。他把社会祸乱的根源归咎于统治者的昏暗不明，向往贤能治国、明君尊贤任能、信忠纳谏，要求统治者"论士必定于志行，毁誉必参于效验"，建议采取考功、明选等措施来改革吏治；他反复强调"国以民为基，贵以贱为本"（《救边》），即使谈天命，也说"天以民为心，民之所欲，天必从之"。强调统治者要重视民心的向背；他强调要崇本抑末，重视发展农桑，爱惜民力；他批判迷信卜筮、交际势利等不良社会风气。王符批判靡丽浮华的文风，其《潜夫论》一书的文字皆朴实无华，准确简练。

总的来说，王符的文章是非明确，内容切实，说理透辟，指斥尖锐；且引经据典，纵横而论，犀利尖刻；语多排偶，表现了东汉后期政论哲理散文骈偶化的趋势。

2. 书信体散文

两汉的书信体散文是先秦书信体散文的进一步发展。相对来说，先秦的书信体散文主要是陈述政治方面的意见，与春秋时列国使者往来的辞令和战国游士的说辞相似，抒情的成分很少，可以说是政论文的旁支。今存两汉的书信仍多与政治相关，但抒情的因素扩展了，有些已基本或完全是个人的抒情之作，具备了陆机所云"函绵邈于尺素，吐滂沛乎寸心"（《文赋》）的特点，成为魏晋以后抒情性书信的先导，对我国抒情散文的形成起着重要的作用。

两汉书信的抒情，往往着眼于两个角度：一是自陈积悃（久积的诚挚之心），一是规劝对方。前者著名的有邹阳《狱中上梁王书》、司马迁《报任安书》、杨恽《报孙会宗书》等，后者则有枚乘《上书谏吴王》、朱浮《与彭宠书》、李固《与黄琼书》等。这些书信的内容虽大都牵涉某种政治上的问题，有所评议、抗争或讽喻，但都能以强烈感情加以贯串；故在写法上，往往熔叙事、议论、抒情为一炉，抒情与议论尤不可分；议论多带抒情色彩，抒情则寄寓着对事物的赞叹或否定。

3. 历史散文

中国古代统治者普遍重视历史经验的总结，因此历史散文一直得以持续发展。而且记载历史，从一开始就有一个突出特点，即重视历史人物的"言"和"事"。先秦的历史散文所记的"言"和"事"只是列举提纲，缺少对历史人物具体活动的描写，或者只是把人物作为某一历史事件的附庸，或者只是某个历史人物的生活片段，无法展现出历史人物一生完整的精神面貌和性格特点。直到司马迁的《史记》，才出现了生动鲜明的历史人物形象、曲折紧张的历史故事，是后世散文的典范。而班固的《汉书》则开始倾向于对翔实历史资料的收集、考核和记载，但也属于此时期较有代表性的历史散文。

（1）司马迁的历史散文

司马迁（前145—前87），字子长，冯翊夏阳（今陕西韩城）人，著有《史记》。《史记》是一部伟大的历史著作，是记载我国整个封建时代历史正史——"二十四史"之首，对我国史学产生了重要的影响。《史记》创造了纪传体的形式，成为后来封建正史的典范。《史记》是我国第一部纪传体通史，它记载了从传说中的黄帝到汉武帝太初年间大约3000年的历史。全书采用以历史人物为中心，通过为历史人物写传记来写出整个时代的历史。《史记》共分130篇，由十二本纪、十表、八书、三十世家、七十列传这五个部分组成。"本纪"记载历代帝王的政绩，是全书叙事的提纲；"表"是各个历史时期的简要大事记，是全书叙事的联络和补充；"书"是关于天文、历法、水利、经济、文化等方面的专门史；"世家"主要记述贵族侯王的历史；"列传"则是各种不同类型、不同阶层人物的传记（少数列传记外国史和少数民族史）。这五种体例，以本纪为纲，互相配合，体制严密，既反映出几千年错综复杂的历史面貌，又刻画出一批栩栩如生的历史人物形象，开我国纪传体正史之先河；同时，还改变了分封割据的历史概念，建立了大一统的历史观。

《史记》不仅建立了我国纪传体的史学，也开创了我国的传记文学，是我国第一部传记文学总集。《史记》问世之后，中国才算有了真正意义的传记文学。《史记》的本纪、世家、列传中所描写的一系列历史人物，如同一轴历史人物画卷，生动地展现了广阔的社会生活，不仅表现了司马迁对历史的高度概括力和卓越的见识，也表现了司马迁卓越的审美能力和杰出的艺术才能。

《史记》的文学成就突出表现在塑造了许多栩栩如生的历史人物的艺术形象。司马迁为了写好历史人物，在历史题材的提炼和组织、人物性格的描写等方面都积累了丰富的经验，表现了他独特的审美观念和审美趣味。

在《史记》中，司马迁对于人物的描写既不平铺直叙地介绍梗概，也不静止地介绍人物言行，而是通过许多紧张斗争的场面，将人物置于复杂的矛盾冲突的尖端，让人物在紧张的斗争中，表现出各自的长处和弱点，表现出他们各自的性格特征。例如《鸿门宴》，整个故事斗争尖锐，矛盾复杂，而在司马迁笔下却写得井井有条，一波未平，一波又起，前后相因，腾挪跌宕，把当时的斗争形势，用艺术的画面再现出来。各个人物的形象，如项羽的骄傲自大、坦率轻信；刘邦的善于听取意见和会笼络人；张良的沉着机智、从容不迫；范增的老谋深算；樊哙的粗豪勇猛、临危不惧，无不在这场斗争中得到充分的表现。故事化的手法和生动的场面描写，使《史记》的人物传记饶有波澜，人物形象各具特色，因而成为文学与史学相结合的典范著作。

（2）班固的历史散文

班固（32-92），字孟坚，扶风安陵（今陕西咸阳东北）人。班固出身儒学世家，其父班彪、伯父班嗣，皆为当时著名学者。班固一生著述颇丰，作为史学家，其编纂的《汉书》是继《史记》之后中国古代又一部重要史书，"前四史"之一；作为辞赋家，班固是"汉赋四大家"之一，其创作的大赋《两都赋》开创了京都赋的范例。

《汉书》在体例上基本沿袭《史记》，只是改"书"为"志"，废"世家"并入"列传"，全书由十二纪、八表、十志、七十列传共四部分100篇组成，记载了西汉一代从汉高祖元年（前206）到王莽地皇四年（23）共229年的历史。《汉书》是我国第一部纪传体断代史，为后来各朝正史开创了新的体例。

东汉初期，儒家思想在思想界已居统治地位，班固受正统儒学的影响较深；他又出身于世代仕宦家庭，其姑祖是西汉成帝的婕妤，与汉王朝关系密切；再加上《汉书》是奉旨修撰，必须遵循最高封建统治者的旨意，因此《汉书》的唯心主义天命论和封建正统思想比较浓厚。

（二）乐府诗的兴起与特点

1. 乐府与乐府民歌

乐府原意为管理音乐的一个宫廷官署。秦时有专门的乐府机关，官属少府，所制之乐供郊庙朝会用。汉初设乐府令，掌宗庙祭祀之乐。汉武帝时，乐府除造作、郊祀、宴饮乐曲之外，兼采各方诗乐，以观政教、娱声色。自此，乐府各方诗乐荟萃，雅乐、俗乐并存。至魏晋六朝，人们将乐府所唱的诗，汉人原叫"歌诗"的也叫做"乐府"。建安时期，有古题乐府；到了唐朝，又有新题乐府。但唐朝的所谓乐府已经基本与音乐无关，而着眼于社会内容，实际上指称的乃是一种批判现实的讽刺诗。

为了区别于文人制作的乐府诗歌，习惯上把来自民间的诗歌称为"乐府民歌"。现存两汉乐府诗的作者包括从帝王到平民的各个阶层，这些乐府诗有的作于庙堂，有的采自民间，像司马相如这样著名的文人也曾参与过乐府诗歌的创作。汉武帝之后的几个皇帝继续延续乐府搜集民歌的职能。在东汉时，管理音乐的机关改为太子乐署和黄门鼓吹署。其中，后者尤其重要，实际发挥着原先乐府的作用，东汉乐府诗主要是由黄门鼓吹署收集和保存的。现存的汉代乐府民歌大多产生于东汉。

汉代乐府采集的民歌共有 138 首，采地有当时的吴、楚、汝南、燕、代、邯郸、河间、齐、郑、淮南、河东、洛阳及南郡，几乎遍及全国各地，可见其规模之大。所采集的民歌经装订成集后，迅速蔓延开来，渐渐替代雅乐，成为当时社会上普遍流行的一种诗歌体式。作为一种可以演唱的新诗体，乐府民歌自诞生以来，一直是中国诗歌的生命源头。它关注现实，"缘事而发"的本身创作丰富了中国诗歌的思想库藏和表现手法，为"建安风骨"及大唐诗歌提供了丰富的营养成分。

2. 乐府民歌的作品分析

现存汉代乐府民歌大都收录在宋代郭茂倩所编的专书《乐府诗集》里。《乐府诗集》把从汉代至唐代的乐府诗收集在一起，共分为 12 类，即：郊庙歌辞、燕射歌辞、鼓吹曲辞、横吹曲辞、相和歌辞、清商曲辞、舞曲歌辞、琴曲歌辞、杂曲歌辞、近代曲辞、杂歌谣辞、新乐府辞。两汉乐府诗主要保存在郊庙歌辞、鼓吹曲辞、相和歌词和杂歌谣辞中，其中以相和歌辞数量最多。

《汉书·艺文志》中有对西汉乐府民歌的相关记载："自孝武立乐府而采歌谣，于是有代、赵之讴，秦、楚之风。皆感于哀乐，缘事而发。"这就是说，两汉乐府民歌都是创作主体有感而发，具有很强的现实针对性。

汉代乐府民歌的创作以现实生活为中心，题材广泛，内容丰富。总的来说，汉乐府民歌主要可以分为以下几种类型。

第一类是对底层平民百姓疾苦生活的反映，是来自社会最底层的呻吟和呼号。随着社会贫富分化日益严重，豪族日富，黎民百姓日贫，社会矛盾日益尖锐，"贫民常衣牛马之衣，食犬彘之食""卖田宅，鬻子孙以偿债"（《汉书·食货志》）。因此，在汉乐府民歌中有不少对这种贫苦、艰难生活的真实反映和对自身所受迫害的控诉，如相和歌辞中的《东门行》

《妇病行》《孤儿行》等。其中，《妇病行》全文内容如下：

　　妇病连年累岁，传呼丈人前，一言当言，未及得言，不知泪下一何翩翩。"属累君两三孤子，莫我儿饥且寒。有过慎莫笪笞，行当折摇，思复念之！"

　　乱曰：抱时无衣，襦复无里。闭门塞牖，舍孤儿到市。道逢亲交，泣坐不能起。从乞求与孤买饵，对交啼泣，泪不可止。"我欲不伤悲不能已。"探怀中钱持授交。入门见孤儿，啼索其母抱，徘徊空舍中，"行复尔耳，弃置勿复道！"

　　从内容来看，此民歌描述一个妇人因病早逝，其丈夫以及子女贫困交加、生活无着的惨况。诗歌选择了两个生活场面，前一部分是正曲，主要描绘了妇病连年累岁，在垂危之际将孩子托付给丈夫；后一部分是"乱"，即尾声，写病妇死后，丈夫不得不沿街乞讨，而遗孤在家里痛哭呼喊着母亲。两部分相互联系，相互照应，构成一个整体。妇人在即将病死的时候，放心不下孩子，反复叮咛丈夫千万不要让孩子受冻挨饿，一定要疼爱孩子。而在后一部分，病妇的担心成为现实，丈夫无力抚养和照顾好孩子，面对徒有四壁的家和啼饥号寒的孩子，悲不自禁，预感到孩子必将夭折的命运。在叙述病妇一家艰难的生活时，作者不仅仅是写他们物质生活的贫困，更重要的是描写了他们精神上的痛苦：病妇对孩子的牵挂；丈夫无力赡养遗孤的愧疚和悲哀；遗孤思念病逝的母亲，这些都使得诗歌更具有感染力。

　　表现平民疾苦和反映富贵之家奢华的乐府民歌同被收录在相和歌辞中，如《相逢行》，展示的是与苦难世界完全不同的富贵之家景象：

　　相逢狭路间，道隘不容车。
　　不知何年少，夹毂问君家。
　　君家诚易知，易知复难忘。
　　黄金为君门，白玉为君堂。
　　堂上置樽酒，作使邯郸倡。
　　中庭生桂树，华灯何煌煌。
　　兄弟两三人，中子为侍郎。
　　五日一来归，道上自生光。
　　黄金络马头，观者盈道傍。
　　入门时左顾，但见双鸳鸯。
　　鸳鸯七十二，罗列自成行。

音声何嘈嘈，鹤鸣东西厢。
大妇织绮罗，中妇织流黄。
小妇无所为，挟瑟上高堂。
丈人且安坐，调丝方未央。

此诗与《妇病行》等形成对比鲜明、反差极大的两幅画面。一边是饥寒交迫，在死亡线上挣扎；一边是奢侈豪华，不知人间还有忧愁事。一边是连自己的妻儿都无法养活；一边是妻妾成群，锦衣玉食，而且还豢养大群水鸟。这两组乐府民歌最初编排在一起带有很大的偶然性，它们的客观效果是引导读者遍历天堂地狱，领略到人间贫富悬殊、苦乐不均的两极世界。

第二类是描述战争给人们带来的苦难。自汉武帝以后，对外战争开始频繁起来，无论是正义还是非正义的战争，都给人民造成深重的灾难，有不少乐府诗反映了战争给从军者带来的痛苦，如《十五从军征》：

十五从军征，八十始得归。
道逢乡里人，家里有阿谁？
遥看是君家，松柏冢累累。
兔从狗窦入，雉从梁上飞。
中庭生旅谷，井上生旅葵。
舂谷持作饭，采葵持作羹。
羹饭一时熟，不知饴阿谁。
出门东向看，泪落沾我衣。

这首诗通过叙述一名老兵归家的所闻所见，抒发了主人公悲痛的情感，揭露了当时不合理的兵役制度和战争给人们带来的痛苦，反映了当时的社会现实。全诗笼罩着一层悲哀的气氛，围绕着战争给主人公带来的悲痛进行叙事。

"十五从军征，八十始得归。"士兵十五岁便奔赴战场，直到垂垂老矣才得以归乡，期间一直未能回来。虽然诗中未能讲述士兵数十年的军旅生活如何度过，但从行文中可以看出，在这么长的兵役时间里，老兵的军旅生活并不美好，他全部的人生几乎都献给了战争。"道逢乡里人，家中有阿谁？遥看是君家，松柏冢累累。"刚回到家乡的老兵，急切地询问相邻家中的情况。虽然战争漫长，但在老兵的心中还有着想与家人团聚的希望。可是乡人的回答让他倍感失望，长期的兵荒马乱，自己的家人早已不在了。看上去老兵似乎是幸运的，他在长期的战争中活了下来，可是，当他历尽苦难，回到魂萦梦牵的家，见到的却是亲人俱亡、坟茔累累的情景，此处又是战争所带来的悲痛。"兔从狗窦入，雉从梁上飞。中庭生旅谷，井上生旅葵。"家里早已经变得破败不堪，作者并没有直接描写庭院的荒凉凄楚，而是以老兵的视角撷取几个画面：见人来野兔钻进家畜的窝中，野鸡惊飞到屋内梁上，井边、中庭随意生长着野葵和野谷，人去屋空、人亡园荒，让人心神倍伤。"舂谷持作饭，采葵持作羹。羹饭一时熟，不知贻阿谁。出门东向看，泪落沾我衣。"没有了亲人做伴，老兵只好自己动手做饭，可是饭做熟了，有谁和他一起吃呢？现在只剩下他孤零零的一个人，怎不叫人悲痛呢？出门茫然向外看去，不禁老泪纵横。最后两句进一步抒发了老兵心中的悲哀。这首诗不仅充分表现了老兵个人的悲剧，同时也反映了当时整个社会现实的黑暗，表现了比个人不幸更深广的全体人民的不幸和社会的凋敝、时代的动乱。

此诗全部用五言写成，格式整齐，构思巧妙、用笔简练，情景融合，紧紧抓住老兵到家前后的感触进行抒写，使读者如临其境。从内容上看，全诗每四句为一层，一共四层，随着人物从远而近，从进家门到出家门，听到、看到的景物，从热望到失望，层层推进，将老兵的苦难和悲痛之感逐步引向高峰，从而深深地打动读者。

第三类是爱与恨的坦率表白。汉代乐府民歌对男女两性之间的爱与恨作了直接的坦露和表白。爱情婚姻题材作品在两汉乐府诗中占有较大比重，这些诗篇或是来自民间，或是出自底层文人之手，因此，在表达婚恋方面的爱与恨时，都显得大胆泼辣，毫不掩饰。

鼓吹曲辞收录的《上邪》是女子自誓之词：

上邪！我欲与君相知，长命无绝衰。山无棱，江水为竭，冬雷震震夏雨雪，天地合，乃敢与君绝。

这首民歌用语奇警，别开生面。指天为誓，表白自己对爱情矢志不移，没有任何力量能够阻止。

两汉乐府民歌中的女子对于自己的意中人爱得真挚、热烈，可是一旦发现对方移情别恋，中途变心，就会变爱为恨，果断地与他分手，而绝不犹豫徘徊。《有所思》反映的就是未婚女子这种由爱到恨的变化及其表现：

有所思，乃在大海南。
何用问遗君，双珠玳瑁簪。
用玉绍缭之。
闻君有他心，拉杂摧烧之。

摧烧之,当风扬其灰!
从今以往,勿复相思,相思与君绝!
鸡鸣狗吠,兄嫂当知之。
妃呼狶!
秋风肃肃晨风飔,东方须臾高知之。

这首诗中的女主人公爱得热烈,恨得痛切,她的选择是痛苦的,同时又斩钉截铁,义无反顾。

《孔雀东南飞》所写的是另一种类型的爱与恨。《孔雀东南飞》又题《焦仲卿妻》或《古诗为焦仲卿妻作》,是一首长达1 700多字的叙事诗。全诗围绕着刘兰芝夫妇和封建家长的矛盾展开。诗中主人公刘兰芝和焦仲卿是一对恩爱夫妻,可是却被不喜欢刘兰芝的婆婆生生拆散。刘兰芝回到娘家,又被其兄逼迫改嫁太守之子。最后,刘兰芝和焦仲卿赴水悬树,双双自尽,用死捍卫了忠贞不渝的爱情。焦仲卿和刘兰芝的婚姻是被外力活活拆散的,作者在叙述这一婚姻悲剧时,爱他们之所爱,恨他们之所恨,倾向是非常鲜明的。

除了上面的两种情况以外,两汉乐府民歌还有像《陌上桑》和《羽林郎》这类的诗。在这类作品中,男女双方根本没有任何感情基础,是素不相识的陌生人,男方企图依靠权势将自己的意愿强加于女方。于是,出现了秦罗敷巧对使君、胡姬誓死回绝羽林郎的场面。这两首民歌的作者也是爱憎分明,对秦罗敷和胡姬给予充分的肯定和高度的赞扬,嘲笑好色无行的使君和金吾子。

第四类是对游子思乡之情的表述。汉代时期,许多人或因为战争、徭役,或因为灾荒、求学,不得不背井离乡、漂泊异地。于是就产生了表现游子思乡之情的民歌,如《悲歌》:

悲歌可以当泣,远望可以当归。
思念故乡,郁郁累累。
欲归家无人,欲渡河无船。
心思不能言,肠中车轮转。

在这首诗中,诗人思念故乡的情愫在心中郁结已久,他试图用"悲歌"和"远望"来缓解思乡之痛,可是思乡之情却越来越重。自己已经没有家人了,这种思乡之情也无人可以倾诉,只能使心情更加沉重。

第五类是对人们乐生恶死的愿望的表述。汉代乐府民歌表达了强烈的乐生恶死愿望。如何超越个体生命的有限性,是古人苦苦思索的重要课题,汉代乐府民歌在这个领域较前代文学作品有更深的挖掘，把创作主体"乐生恶死"的愿望表现得特别充分。《薤露》《蒿里》是汉代流行的丧歌，送葬时所唱，都收录在相和歌辞中。《薤露》写道："薤上露，何易晞。寒晞明朝更复落，人死一去何时归！"意思是说，薤上零落的露水，是何等容易干枯。露水干枯了明天还会再落下，人的生命一旦逝去，又何时才能归来。《蒿里》更言："蒿里难家地？聚敛魂魄无贤愚。鬼伯一何相催促，人命不得少踟蹰。"对正常的死亡都能引起如此巨大的悲哀，夭折、横死产生的剧痛更是难以诉说。

《日出入》由太阳的升降联想到人的个体寿命：

日出入安穷，时世不与人同。

故春非我春，夏非我夏，秋非我秋，冬非我冬。

泊如四海之池，遍观是邪谓何？

吾知所乐，独乐六龙。

六龙之调，使我心若。

訾，黄其何不徕下！

这首民歌的意思是，太阳每天东出西入，日复一日，年复一年，永远没有穷尽。但人的生命却是有限的，生为出，死为入，一出一入便走完了人生的历程，从而和反复出入、永恒存在的太阳形成鲜明的对照。于是，作者大胆地想象，太阳是在另一个世界运行，那里一年四季的时间坐标与人世不同，因此，太阳才成为永恒的存在物。诗人期待能够驾驭六龙在天国遨游，盼望神马自天而降，驮载自己进入太阳运行的世界。

除此以外，汉乐府中还有一些讽刺诗、寓言诗、丧歌、郊祀歌等，在各个方面反映了汉代的社会现实和民众的思想感情，它的现实主义精神对后世诗歌产生了极为深远的影响。

二、两汉文学多元表达的意义与影响

两汉文学的多元表达，无疑是中国古代文学史上的一大亮点。它不仅在当时展现了社会文化的繁荣和文学艺术的高度发展，更对后世的文学创作产生了深远的影响，提供了丰富的创作资源和启示。

汉赋作为两汉文学的代表，其华丽的辞藻和宏大的结构，无疑为后世的文学创作提供了宝贵的艺术经验和美学追求。汉赋以其铺陈、夸张的叙述方式，展现了当时社会的风貌和文人的精神世界，这种独特的艺术表达方式，对后世的文学创作产生了深远的影响。后世的诗人、作家在创作过程中，往往会借鉴汉赋的艺术手法，以追求更加生动、形象的表达效果。

乐府诗的朴实自然和真挚情感，也为后世的诗人提供了深入人心的创作灵感和情感表达的范例。乐府诗源于民间，其语言朴实、情感真挚，能够深入人心，引起读者的共鸣。这种独特的表达方式，对后世的诗人产生了深远的影响，使他们在创作过程中更加注重情感的表达和语言的自然流畅。

史传文学的严谨纪实和深刻洞察，不仅为后世历史学提供了珍贵的历史资料，更为文学创作提供了丰富的思想启迪。史传文学以其严谨的纪实手法和深刻的历史洞察，揭示了历史的规律和人类社会的发展，这种独特的表达方式，使后世的文学创作更加注重历史的真实性和思想的深刻性。

更为重要的是，两汉文学的多元表达还促进了不同文学形式之间的相互交流和融合。这种交流和融合，不仅推动了中国文学艺术的不断发展和创新，更使得后世文学创作在形式、内容、风格等方面都呈现出了更加丰富多彩的面貌。在两汉文学的影响下，后世的文学创作更加注重形式的多样性和内容的丰富性，以满足不同读者的审美需求。同时，两汉文学的多元表达也为后世的文学创作提供了广阔的创作空间和无限的创作灵感，使中国文学在历史的长河中不断焕发出新的生机和活力。

第三章 魏晋南北朝文学的裂变与新生

在中国历史上,魏晋南北朝是一个大混乱、大动荡的时期,但是文化思想、文学艺术在这一时期却是非常活跃的,散文、骈文、诗歌、辞赋、民歌、小说等的创作都取得了极高的成就。因此,在整个中国古代文学史中,魏晋南北朝占有非常重要的地位。

第一节 裂变与新生的南北朝文学

魏晋南北朝时期,中国社会经历了深刻的变革。政治上的分裂和动荡,经济上的发展和繁荣,文化上的多元和交融,都为文学的裂变与新生提供了肥沃的土壤。在这一时期,文言文仍然是主要的文学语言,但诗歌、散文等文学形式也得到了充分的发展。同时,文学的主题和风格也发生了显著的变化,反映出当时社会的精神面貌和文化追求。

一、魏晋南北朝文学的裂变

(一)政治裂变与文学响应

魏晋南北朝时期,政治上的分裂和动荡成为社会的常态。这种政治环境对文学产生了极为深远的影响。由于现实政治的种种问题和不公,文人学者们普遍感到不满和失望。他们无法通过直接参与政治来改变现状,于是转而通过文学作品来表达自己的思想和情感。这些文人学者们,以他们敏锐的观察力和深邃的思考,通过诗歌、散文等文学形式,将他们对社会现实的批判、对理想社会的向往、对人性善恶的探讨等等,都融入到了自己的作品中。他们的作品不仅反映了当时社会的真实面貌,也寄托了他们对美好未来的憧憬和追求。

政治的动荡也为文学的发展提供了难得的机遇。在相对稳定的社会环境中,文学的发展往往会受到各种社会规范和政治权力的限制。但在魏晋南北朝这样的动荡时期,社会规范和政治权力的控制力相对减弱,这为文人学者们提供了更加广阔的创作空间和自由度。他们可以更加自由地选择自己感兴趣的题材和风格进行创作，无需过多顾及政治因素和社会舆论的压力。

（二）经济变革与文学风貌

魏晋南北朝时期，随着经济格局的重大变革，文学的面貌也随之焕然一新。这一时期，江南地区得到了前所未有的开发，农业生产逐渐繁荣，商业和手工业也蓬勃发展。同时，北方民族的融合也为经济带来了新的活力和机遇。这种南北经济的交流与融合，不仅促进了社会的繁荣，也为文学的发展奠定了坚实的物质基础。

经济的繁荣为文人学者们提供了更加优越的生活条件。他们不再为生计而奔波劳碌，有了更多的时间和精力投身于文学创作。因此，这一时期的文学作品数量大增，质量也得到了显著提升。文人学者们能够更加专注于挖掘内心的情感世界，探索人性的深邃与奥妙，从而创作出更加富有感染力和艺术魅力的作品。

然而，经济的变革也带来了新的社会问题和文化冲突。随着贫富差距的扩大和社会阶层的分化，社会矛盾日益尖锐。同时，南北文化的差异和碰撞也引发了人们对传统价值观和道德观念的反思。这些社会问题和文化冲突在文学作品中得到了广泛的反映和探讨。文人学者们通过笔下的文字，揭示了社会的黑暗面和人性的扭曲，表达了对社会不公和道德沦丧的深刻忧虑。他们的作品不仅具有深刻的思想内涵，也充满了强烈的批判精神和人文关怀。

（三）文化交融与文学创新

魏晋南北朝时期，文化领域呈现出一派多元交融的繁荣景象。这一时期，佛教从印度传入中土，并逐渐盛行开来，其深邃的哲理和丰富的文化内涵为文学创作注入了新的活力。同时，玄学作为一种本土哲学思想也在这一时期兴起并迅速发展，其强调内在精神和自然之道的理念对文学创作产生了深远影响。

在多元文化的熏陶下，文人学者们的创作视野得到了极大的拓宽。他们不再局限于传统的儒家思想和文学主题，而是积极吸收佛教和玄学的思想精髓，将其融入到自己的作品中。这使得文学作品的主题变得更加丰富多样，既有对现实社会的深刻反思，也有对人生哲理的深入探讨，还有对自然之美的热情讴歌。

此外，在文学风格和艺术手法上，魏晋南北朝时期的文人也进行了大胆的探索和创新。他们勇于突破传统的束缚，尝试运用各种新颖的表现手法来传达自己的思想和情感。例如，五言诗和七言诗在这一时期逐渐成熟并成为主要的诗歌形式，其简洁明快的语言风格和丰富的意象表达深受读者喜爱。同时，散文也取得了显著的进步，其朴实自然、流畅明快的文风成为文人表达思想情感的重要载体。

三、魏晋南北朝文学的新生

（一）诗歌的发展与创新

魏晋南北朝时期是诗歌发展的黄金时期。这一时期的诗歌作品不仅数量众多，而且质量上乘。陶渊明、谢灵运等诗人的作品，以其清新自然、豁达洒脱的风格，赢得了广泛的赞誉和传颂。同时，这一时期的诗歌在形式上也进行了大胆的创新，如五言诗、七言诗等新的诗歌形式的出现，为后世的诗歌发展奠定了坚实的基础。

（二）散文的崛起与发展

与诗歌相比，魏晋南北朝时期的散文也取得了显著的成就。这一时期的散文作品以其朴实自然、流畅明快的风格，深受读者的喜爱。同时，散文在内容上也更加贴近现实生活，反映了当时社会的风土人情和文人学者的思想情感。这种以现实生活为题材的散文创作，不仅丰富了文学的表现手法和艺术风格，而且也为后世的散文发展提供了有益的借鉴和启示。

（三）文学理论的探索与构建

魏晋南北朝时期的文学发展还体现在文学理论的探索与构建上。这一时期的文人学者们不仅关注文学作品的创作和欣赏，而且对文学的本质、功能、价值等理论问题进行了深入的探讨和研究。这种对文学理论的关注和探索，不仅提高了文学创作的自觉性和艺术性，而且也为后世的文学研究提供了宝贵的思想资源和理论支撑。

魏晋南北朝时期的文学作品不仅具有深厚的历史文化底蕴，而且充满了创新精神和艺术魅力。同时，这一时期的文学发展也为后世的文学发展提供了有益的借鉴和启示。因此，我们应该更加重视对魏晋南北朝时期文学的研究和传承，以期能够更好地理解和欣赏这一时期的文学风貌和文化内涵。

第二节　魏晋南北朝的散文与骈文

一、魏晋南北朝的散文创作

魏晋南北朝时期，散文的创作取得了非常重要的成就，出现了一批影响较为深远的散文家，如曹操、曹丕、曹植、"建安七子"、诸葛亮、陶渊明、郦道元、李密、杨衒之、颜之推、范晔等。下面具体分析一下曹操、曹丕、曹植、诸葛亮、陶渊明的散文创作。

曹操的散文创作。曹操（155—220），字孟德，小字阿瞒，沛国谯（今安徽亳县）人。曹操的散文豪爽、坦率、质朴、自然而通脱。曹操的散文中，最具异彩的是他的教令。例如，在《让县自明本志令》一文中，他自述了自己的身世和夙愿，坦率而恳切，而且毫不讳言地表明了自己的功高盖世。曹操的文章称心而言，敢言无忌，字里行间都流露出率真之气，文章形式自由随便，语言朴质自然，不尚华词，开创了清峻、通脱的建安文风。

曹丕的散文创作。曹丕（187—226），即魏文帝，字子桓，曹操次子。曹丕的散文有着华美的语言，骈偶的气息也比较重，还有着非常浓郁的抒情气氛。即使是议论文，也能写得情致缠绵、一唱三叹。曹丕的散文，就所抒发的情感来说，多为当下的悲欢契阔之情。

曹植的散文创作。曹植（192—232），字子建，曹丕弟。他自幼十分聪慧，对诸子百家均有涉猎，再加上性情自然而坦率，因而深得曹操的喜爱。曹植的散文文辞靡丽恣肆，情感细腻委婉。在曹植的传世散文中，章表是非常重要的一类，如《求自试表》《求通亲亲表》《陈审举表》《谏取诸国土息表》等。这些文章都写得意气奔放，情真意切，哀婉动人。

诸葛亮的散文创作。诸葛亮（181—234），字孔明，琅邪阳都（今山东沂水）人，三国时期杰出的政治家和军事家。诸葛亮的散文，以作于建兴五年（227）正值他第一次出师北伐之时的《出师表》一文最为著名。文中，他积极劝导刘禅要广开言路、励精图治、明于赏罚、亲贤臣、远小人，以便完成统一大业。除了《出师表》外，诸葛亮还有一篇散文值得注意，那就是《诫子书》。《诫子书》中，诸葛亮劝导儿子要勤学立志、加强修德、增长才干，这样才能行所作为。

陶渊明的散文创作。陶渊明（365—427），字元亮，又名潜，号五柳先生，江州浔阳柴桑（今江西九江附近）人。陶渊明的散文不尚气势，自然而真淳，在淡泊中抒发了自己的感怀与志节，如《五柳先生传》。陶渊明的散文还有着高远的意趣,在平和中表现了自己对美好生活与理想社会的憧憬,如《桃花源记》。

二、魏晋南北朝的骈文创作

骈文发端于先秦、两汉时期,形成于魏晋,成熟大盛于南北朝时期。总体来说,魏晋南北朝时期的骈文讲究对偶、声律和辞藻之美。下面具体分析一下嵇康、王羲之、孔稚珪和庾信的骈文创作。

嵇康的骈文创作。嵇康(223—263),字叔夜,谯国铚(今安徽宿县西)人。嵇康的骈文以论文为多,特别以析理持论见长,而且笔锋犀利,见解精辟。例如,他在《管蔡论》一文中,将一向被公认为坏人的管叔、蔡叔说成是忠贤之人,还说他们仅仅是因为不了解情况才会怀疑周公"将不利于成王"。嵇康的这种观点在当时来说是非常新颖的,因而在引起了不小的轰动。嵇康的骈文中,最为著名的是《与山巨源绝交书》。

王羲之的骈文创作。王羲之(303—361),字逸少,琅琊临沂(今山东省临沂市)人,因官至右军将军又被为"王右军"。王羲之的骈文清新流畅,且以情韵取胜,最有代表性的作品就是《兰亭集序》。文中,他描绘了晋穆帝永和九年(353)三月三日那天,自己与谢安、孙绰等人在会稽兰亭聚会的盛况,并即事抒怀,发出了人生聚散无常、年寿不永的深沉感慨以及对生活的无限热爱。

孔稚珪的骈文创作。孔稚珪(440—501),字德璋,南齐会稽山阴(今浙江绍兴)人。孔稚珪的骈文以讽刺见长,最有代表性的作品是《北山移文》。在这篇文章中,他假借北山山灵的口吻,对"身在江湖,心悬魏阙"的假隐士的虚伪面目进行了揭露。

庾信的骈文创作。庾信(513—581),字子山,南阳新野(今河南)人,梁朝著名宫廷诗人庾肩吾之子。庾信的骈文"集六朝之大成,而导四杰之先路,自古迄今,屹然为四六宗匠"(《四库提要》);多为表启碑铭类的文章,有着十分精美的形式,但并不具有较大的价值。

第三节 魏晋南北朝的诗歌创作

一、正始诗派的诗歌创作

正始诗派指的是魏齐王曹芳正始时期以阮籍、嵇康为代表的"竹林七贤"的诗派。正始时期，政治混乱，司马氏集团把持朝政，阴谋篡权，大肆诛杀异己，迫害滋多。这一时期的诗人政治理想落潮，普遍出现危机感和幻灭感，因而其诗歌很少反映民生疾苦和抒发豪情壮志，而是注重抒写个人的忧愤。另外，由于正始玄风的影响，诗歌逐渐与玄理结合，诗风由建安时期的慷慨悲壮变为词旨渊永、寄托遥深。

阮籍（210－263），字嗣宗，陈留尉氏（今河南开封）人。阮籍的诗歌被王夫之誉为"旷代绝作"，以《咏怀诗》82首为代表作。《咏怀诗》并非作于一时一地，而是阮籍对政治感慨的记录，是他对当时的社会愤懑而凄厉的呐喊，是他对自己充满矛盾与痛苦心灵的袒露，因而思想与内容都较为复杂，令读者难以琢磨。正如钟嵘《诗品》中所说："言在耳目之内，情寄八荒之表，……颇多感慨之词，厥旨渊放，归趣难求。"同时，这些诗写理想、抒感慨、发议论，极大地影响了后世政治抒情组诗的创作。

二、玄言诗派的诗歌创作

玄言诗派指的是盛行于东晋时期的以孙绰、许询为代表的诗人创作的以谈玄说理为主要内容的诗歌流派。玄言诗是老庄玄理和山水之美相混合的产物，以老庄玄学为中心内容，以诗歌形式谈玄说理，但作品缺少诗意，"理过其辞，淡乎寡味"（钟嵘《诗品序》），因而文学成就并不高。孙绰和许询是玄言诗派最有代表性的诗人，下面具体分析一下他们的诗歌创作。

孙绰（320－377），字兴公，太原中都（今山西平遥南）人。孙绰是玄言诗派的重要代表，其诗歌流传至今的有13首，多为四言诗，而且充满玄理道义，形式呆板，枯淡乏味。总的来说，孙绰是以玄理为题材创作玄言诗的一代文宗，在中国诗歌发展史上有着不可忽视的地位。

许询，生卒年不详，字玄度，高阳（今河北蠡县南）人。他终身不仕，好游山水，常与谢安等人游宴、吟咏，曾参与兰亭雅会。他善析玄理，是当时清谈家的领袖之一，与孙绰并为东晋玄言诗的代表人物。

三、太康体诗派的诗歌创作

太康体诗派指的是晋武帝太康年间（280－289），以"三张"（张华、张载、张协，一说是张载、张协、张亢兄弟）"二陆"（陆机、陆云兄弟）、"两潘"（潘岳、潘尼）"一左"（左思）为代表的诗歌流派。太康体诗以繁缛为特点，诗风绮丽，既没有建安文学的慷慨悲凉之音，也没有正始文学的沉郁遥深之调。另外，太康体诗追求形式的华美，但内容却相对较贫弱。

在太康体诗派中，成就较高的是陆机和左思。

陆机（261—303），字士衡，祖父陆逊和父亲陆抗都是吴国的重臣。陆机今存诗100多首，包括《拟古诗十九首》、乐府、酬唱、赠答、自抒胸臆、赐宴、纪游等。他的《拟古诗十九首》和乐府诗都是拟古之作，约占一半以上。这些作品尽管大都模拟得惟妙惟肖，但诗人自己的性情未在其中体现，题材内容以及表现的手法缺少创新，终觉乏味。

左思（生年不详，卒于305年），字太冲，临淄（今属山东）人。左思的诗歌流传至今的有14首，大多精美可观，尤以《咏史诗》八首最为人称道。在这一组诗中，我们可以充分感到诗人卓越的情操。这组诗虽是"咏史"实为"咏怀"，是诗人借古代之人和古代之事抒发自己的人生感慨，特别是自己对门阀制度压抑人才的愤懑。总的来说，《咏史诗》八首无论所咏何事，都服从于抒发情感的需要，开创了咏史诗借咏史来咏怀的新路，对后世咏史诗的发展产生了重大的影响。

四、田园隐逸诗派的诗歌创作

田园隐逸诗派指的是以东晋诗人陶渊明为代表，抒写田园隐逸生活为主要题材的诗歌流派。东晋一朝玄风尤甚，整个诗坛也笼罩着玄风。直至晋末的陶渊明出现，才用自己不谐流俗、风格独特的田园隐逸诗篇照亮了诗坛，才使诗歌艺术的脉络重新接上。因此，他被后人称为"田园诗之祖""隐逸诗人之宗"。

陶渊明流传至今的诗歌有120多首，题材主要包括田园隐逸诗、咏史诗、咏怀诗、行役诗、赠答诗等，其中田园隐逸诗成就最高。他的田园隐逸诗有的描写了躬耕的生活体验，这是其田园隐逸诗最有特点的部分，也是最为可贵的部分；有的描写了农村的凋敝以及自己生活的穷困；有的描写了劳动的艰辛；还有的通过描写田园景物的恬美、田园生活的简朴，表现了自己悠然自得的心境。陶渊明的田园隐逸诗冲破了玄言诗谈玄说理、淡乎寡味的阴霾，给诗坛吹进了一股清新自然的田野之风。

五、山水诗派的诗歌创作

山水诗派指的是以谢灵运为主要代表，以摹写山水风光为主要题材的诗歌流派。山水诗的出现不仅使山水成为独立的审美对象，为中国诗歌增加了一种题材，而且开启了南朝一代新的诗歌风貌。山水诗派最有代表性的诗人是谢灵运和颜延之。

谢灵运（385—433），陈郡阳夏（今河南太康）人，晋室南渡后世居会稽（今浙江绍兴）。谢灵运的山水诗"尚巧似"（钟嵘《诗品》）和"极貌以写物"（刘勰《文心雕龙·明诗》），善于捕捉自然山水的变化及其特征，不肯放过过目的每一个细节，然后用精工绮丽的文辞进行细腻入微的刻画，力图将它们一一真实地再现出来。谢灵运的山水诗将诗歌从"淡乎寡味"的玄理中解放了出来，加强了诗歌的表现力和艺术技巧，开辟了诗歌表现的新领域，是开创山水诗派的诗人。

颜延之（384－456），字延年，琅琊（今属山东临沂）人。颜延之的山水诗与谢灵运的山水诗的共同特点是"尚巧似"（钟嵘《诗品》），但比谢灵运的诗歌更加凝练规整，锤炼雕饰，喜堆砌辞藻，搬弄典故，但缺乏情致。

六、永明体诗派的诗歌创作

永明体诗派指的是在南齐武帝永明年间以聚集于竟陵王萧子良左右的"竟陵八友"（沈约、谢朓、王融、萧衍、萧琛、范云、任昉、陆倕）为代表的格律诗派。永明体诗的主要特点是强调诗歌的声律，语言有自然声调的抑扬。永明体诗的出现使得中国古典诗歌在艺术形式美的完善进程中向前迈进了一大步，奠定了后来律诗形成的基础，诗歌由此由古体向近体转变。但是，永明体诗过分注重形式，从而给诗歌的创作产生了一些消极的影响。在永明体诗派中，诗歌创作影响最大的是沈约和谢朓。

沈约（441－513），字休文，吴兴武康（今属浙江）人，南朝文学家、史学家。沈约的诗颇注意内容，强调继承风骚和建安时期的'以情纬文，以文被质'（沈约《宋书·谢灵运传论》）的传统。但他同魏晋以来的许多文人一样，都不注意文学的讽喻和教化的功能，加之他长期为地方大僚掌书记，后又长期在宫廷任职，与民众少接触，故其诗多为抒发个人的情愫和朋友之情，以及为写景、咏物与应诏、应制之作，缺乏深刻的社会内容，但其抒情之也亦颇有佳篇。关于沈约诗歌的风格，钟嵘在《诗品》中概括为"长于清怨"。沈约的乐府诗如《有所思》《临高台》《夜夜曲》及抒怀之作《古意》《秋夜》《登高望春》《伤春》等都有"清怨"的风格特征。

谢朓（464－499），字玄晖，陈郡阳夏（今河南太康）人，因与谢灵运同族，故有"小谢"之称。谢朓积极参与了永明体的创作，讲究平仄四声的永明声律的运用，因而其诗歌"圆美流转"，音调和谐流畅，读来琅琅上口，悦耳铿锵。谢朓是一位对后世诗歌的发展产生重要影响的诗人，特别是深刻影响了唐诗的发展与繁荣。

七、宫体诗派的诗歌创作

宫体诗派指的是以梁简文帝萧纲为首倡导的,包括庾肩吾、陈后主(陈叔宝)、庾信、徐陵、徐摛以及刘孝绰等宫廷文人以及梁元帝萧绎为代表的诗歌流派。宫体诗主要是南朝君主和贵族声色娱乐生活的反映,题材以咏物、艳情居多,在情调上伤于轻艳,在风格上比较柔靡缓弱,在内容则十分贫乏空虚。宫体诗在形式上多采用新体,宫体诗人"转拘声韵,弥尚丽靡"(《梁书·庾肩吾传》)"好为新变,不拘旧体"(《梁书·徐摛传》),也在一定程度上促进了新体诗的发展。在宫体诗派中,对诗歌创作影响较大的是陈后主和庾信。陈后主是南北朝时期陈朝最后一任皇帝。陈后主并不是一个称职的皇帝,但在文学方面却很有造诣。他创作了大量以宫廷生活为主要内容、风格浮靡轻艳的宫体诗,但流传下来的不多。庾信的诗歌主要抒发了自己的羁旅之愁和亡国之哀,因而多悲愤、幽怨之情,且风格遒劲而深沉,是南北文学合流的成果,既有着极高的思想价值,也有着较高的艺术价值。

第四节 魏晋南北朝的辞赋

魏晋南北朝时期,辞赋创作出现了繁盛局面,并出现了一些新的特点,如抒情化的复归,体现出明显的诗赋合流趋势;在题材范围方面有了大大扩展,不论是登临、凭吊、悼亡、伤别、游仙、招隐,还是咏物、说理、抒情、叙事等,都有所涉及;在语言方面逐渐骈偶化,出现了骈赋这种新的辞赋形式;在艺术风格方面,由汉代散体大赋的堆垛板滞转变为清深绮丽。

一、曹魏的辞赋创作

曹魏时期,辞赋的创作发生了重大的转变。刘师培在《论文杂记》中指出:"建安之世,七子继兴,偶有撰著,悉以排偶易单行,即非有韵之文,亦用偶文之体,而华靡之作,遂开四六之先,而文体复殊于东汉。"曹魏时期的辞赋作家约有 50 余人,流传至今的辞赋作品(包括残篇)249 篇。其中,以曹植、王粲和阮籍的辞赋创作最为著名。

曹植的辞赋大都是"触类而作",内容包括自己的生平遭际、升沉哀乐、与亲友的欢会离别以及自己对军国大事的看法等。这些作品,或低徊咏叹,或慷慨悲歌，或抑郁愁苦，或奋发激昂，或浅近如话，或文采缤纷，体现出鲜明而多样的风格。在曹植的众多辞赋中，《洛神赋》最为著名，也最能代表他的艺术成就。《洛神赋》的构思和手法都受到了宋玉《神女赋》的启发，"感宋玉对楚王神女之事，遂作斯赋"，同时以浪漫的手法，通过幻想的境界，描述了一个神人相恋但又无法结合最终不得不分离的悲伤爱情故事，并生动传神地刻画了一个端庄秀丽的神女形象。

王粲的辞赋流传至今的有25篇，但大都残缺不全，有的仅仅是存残句，唯一完好无缺者只有《登楼赋》一篇。《登楼赋》作于王粲在荆州依附刘表之时，而所登之楼，或以为在江陵，或以为在襄阳。当时，王粲虽依附于刘表，但并没有得到刘表的重用，因此郁郁寡欢，产生了怀才不遇的感慨，又眼见兵燹日炽，国家离乱，有家难归，内心的忧惧和悲愤难以排解，故而借助登楼骋望之机寓情于景，写下了这篇辞赋。在辞赋中，王粲先是描绘了荆州的险要与富庶，并抒发了自己因战乱而与故乡阻隔的情怀；接着进一步抒发了自己对故乡的思念之情，并通过将眼前之景和欲归不得的忧思联系在一起，揭露了当时南北"壅隔"的政治背景；最后抒发了自己对时艰未平、壮怀莫展的感慨。

阮籍的辞赋流传至今的只有几篇，且颇有特色。这些辞赋大多并不直接涉及时事，但其愤世嫉俗之情却随时借题喷涌而出，表现出尖锐的讽刺性，其代表作品是《大人先生传》和《猕猴赋》。

二、两晋的辞赋创作

在整个魏晋南北朝时期，两晋的辞赋创作是最为繁盛的。这一时期有作品存留的辞赋作家达一百一十多人，流传至今的辞赋作品（包括残篇）有五百二十余篇，约占魏晋南北朝辞赋总数的一半。潘岳、陆机、左思、陶渊明、郭璞、孙绰等都是这一时期辞赋创作的大家。

潘岳（247—300），字安仁，荥阳中牟（今属河南）人。晋惠帝时谄事权臣贾谧，后为孙秀所害。潘岳的辞赋流传至今的有二十余篇，多为抒情小赋，其中最负盛名的是《秋兴赋》和《闲居赋》。

陆机的辞赋流传至今的有二十余篇，其中以《文赋》为佼佼者。《文赋》是一篇非常重要的文学理论批评著作。在赋中，陆机对自己创作这篇赋的缘由进行了说明。这篇赋充分发挥了赋"体物"的特点，有着鲜明的艺术特色。

左思的辞赋流传至今的不多，保存较完整的只有《三都赋》和《白发赋》，其中又以《三都赋》最为著名。《三都赋》是左思精心创作的一篇作品，"门庭藩溷皆著纸笔，遇得一句，即便疏之(《晋书·文苑传·左思传》)"，终于积十年之功而成此文。《三都赋》仍然延续了汉大赋的套路，堆砌名物、铺张扬厉、层层铺叙、文辞富赡，而创意不足。赋中只有描写蜀地富饶及风俗的两段较有警策性，其他的大都缺乏精彩生动之笔。

陶渊明的辞赋流传至今的只有3篇，即《感士不遇赋》《闲情赋》和《归去来兮辞》，其中又以《归去来兮辞》最为著名。北宋欧阳修在评价这篇赋时曾说："晋无文章，惟陶渊明《归去来兮辞》一篇而已。"《归去来兮辞》作于陶渊明自彭泽令上辞官归隐之际，是他脱离仕途回归田园的宣言。总的来说，这篇赋在结构上自然流转，在语言上真诚质朴，并多用骈偶句，在平易流畅中流露出整饬之美。

三、南北朝的辞赋创作

南北朝时期，辞赋创作获得了进一步发展，鲍照、谢灵运、颜延之、谢惠连、谢庄、江淹、沈约、谢朓、萧纲、萧绎、徐陵、顾野王、张正见、江总、陈叔宝、庾信等都是这一时期著名的辞赋作家，下面具体分析一下鲍照、江淹和庾信的辞赋创作。

鲍照（约414—466），字明远，东海（今山东郯城）人。鲍照的辞赋流传至今的有十余篇，或咏物，或抒情，但都包含着志士失意的悲愤以及深沉而悲凉的人生感慨，风格沉挚而雄浑，激荡着一股慷慨之气。其中，以《芜城赋》最为著名。

江淹（444—505），字文通，济阳考城（今江苏境内）人。江淹的辞赋流传至今的有二十余篇，他的辞赋往往将普遍而抽象的人生感受作为描写对象，并将其具象化，从而生动形象地刻画出了人生感受。这在其最著名的辞赋《恨赋》和《别赋》中有着鲜明的体现。

庾信是赋史上最杰出、最重要的辞赋作家之一，流传至今的辞赋有15篇，包括《春赋》《七夕赋》《灯赋》《对烛赋》《镜赋》《鸳鸯赋》《荡子赋》《三月三日华林园马射赋》《小园赋》《枯树赋》《伤心赋》《象戏赋》《竹杖赋》《邛竹杖赋》和《哀江南赋》。其中，以《小园赋》和《哀江南赋》最为著名。《小园赋》和《哀江南赋》在六朝辞赋中艺术成就非常高，就是在历代辞赋中也是极其罕见的，因而是当之无愧的南北朝辞赋的高峰和集大成之作。

第五节　魏晋南北朝的小说

中国古代小说在魏晋南北朝时期形成并逐渐繁荣，这一时期的小说不仅数量较多，而且内容丰富。从内容上看，这一时期的小说大体可以分为三类：一类是谈鬼神怪异的志怪小说，一类是记录人物轶闻琐事的志人小说，还有一类是内容驳杂的杂史传、杂俎小说。

一、志怪小说的创作

魏晋南北朝时期是中国历史上大动荡与大分裂的时代，也是一个对宗教极为虔诚的时代。人们对宗教的虔诚既包括对外来佛教文化的信仰，也包括对传统的神仙鬼怪的信仰，这为志怪小说的兴起提供了丰厚的养料。据统计，现存和可考的魏晋南北朝时期的志怪小说达八九十种，数量大大超过了之前志怪小说的总和。

（一）曹魏的志怪小说创作

在曹魏时期，志怪小说主要有两种类型：一类是灵异志怪小说；另一类是仙道志怪小说。

1. 灵异志怪小说的创作

曹魏时期的灵异志怪小说的代表作是托名曹丕的《列异传》和无名氏的《神异传》，其中又以《列异传》最为重要。

《列异传》是一部专门记载怪异故事的小说集，也是我国历史上第一部完全意义上的志怪小说，预示着志怪小说繁荣时代即将到来。它继承了汉代《汲冢琐语》《异闻记》等杂记鬼神怪异故事的传统，并加以推陈出新，从而扩展了志怪小说的题材和表现范围。有关该书的真实作者，现在已难考证，《隋志》著录为魏文帝曹丕撰，《唐志》著录为晋张华撰，鲁迅则认为"文中有甘露年间事，在文帝后，或后人有增益，或撰人是假托，皆不可知。两《唐志》皆云张华撰，亦别无佐证，殆后有悟其抵牾者，因改易之"。在这部小说集中，上自黄帝，下迄曹魏，时间较为漫长，内容也非常丰富，大凡鬼怪、神仙、奇人异术、精怪、传说等，皆有涉猎。

2. 仙道志怪小说的创作

曹魏时期的仙道志怪小说的代表作是《十洲记》和《神仙传》，其中又以《十洲记》最为重要。《十洲记》又名《海内十洲记》《海内十洲三岛记》，是由魏方士或道徒所撰写的。这部小说从汉武帝向东方朔询问海上十洲（祖洲、瀛洲、炎洲、玄洲、长洲、元洲、流洲、生洲、凤麟洲和聚窟洲）的情况开始写起，然后假托东方朔的口气讲述了海上十洲三岛的奇闻异事，刻画细腻，叙述生动，神奇逼真。

（二）两晋的志怪小说创作

在两晋时期，志怪小说主要有四类，即：灵异志怪小说、仙道志怪小说、佛教志怪小说、博物志怪小说。

1. 灵异志怪小说的创作

灵异志怪小说在两晋时期发展极快，不仅数量多，而且成就高，代表作品是干宝的《搜神记》、戴祚的《甄异传》、葛洪的《集异传》和祖台之的《志怪》等。其中，以干宝的《搜神记》成就最高。

干宝（生年不详，卒于336年），字令升，东晋著名史学家、小说家。干宝写作《搜神记》主要有两个资料来源：前人的记载以及自己的刻意求访。书中的内容广博，大凡神话传说、神仙方术、鬼怪精怪、梦祥灾异、地理博物等无不囊括，而且思想涉及儒、道、释、民间宗教等各个方面。因此，《搜神记》是一部内容驳杂、思想丰富的集大成之作。

《搜神记》具体可以划分为六类。其中的神话传说类，都有着优美的故事、感人的情节，因而流传广泛，是全书的精华部分。《搜神记》在艺术上取得了不俗的成就，以"发明神道之不诬"相标榜，以记录"怪异非常之事"为目标，在具体叙事操作上，既秉史家实录之笔——真实记录各类民间异闻，又不乏天娇绮丽之文——故事的讲述完整逼真。大多数作品在原本片段式的记录上有所扩展，从而有了具体场景描写，这种史笔文趣的交融，奠定了志怪笔记小说的叙事体制，并最终促成了唐代之传奇体和清代《聊斋志异》"用传奇法，而以志怪"的志怪叙事风范；丰富了故事的情节，增加了故事的内容，有利于人物形象的塑造，也使故事显得头尾完整，在一定程度上改变了此前小说粗陈梗概的状况；故事情节曲折动人，波澜起伏；人物语言生动传神，很符合人物的性格特征，艺术感染力很强；很多篇章插入了一些诗歌，表现了诗歌与小说的进一步融合，为开创我国小说"韵散结合"的传统做了有益的尝试。总之，《搜神记》是一部艺术成就很高的志怪小说，对后世小说影响巨大。

2. 仙道志怪小说的创作

两晋时期的仙道志怪小说的代表作是王浮的《神异记》、葛洪的《神仙传》和曹毗的《杜兰香别传》等。其中，以葛洪的《神仙传》成就最高。

葛洪（283—343），字稚川，句容（今江苏句容）人，《晋书》卷七十二为《葛洪传》。葛洪年少好学，博览群书，"尤好神仙导养之法"。晚年隐居广州罗浮山，自号抱朴子，著述不辍。

《神仙传》是葛洪在广泛收集当时各种神仙故事的基础上编纂而成的，文字较长，诸仙事迹记载完备，描写细腻。这部小说在艺术上取得了不俗的成就，所涉及的人物大多是现实中的真实人物，如墨子、华子期、魏伯阳、张道陵、葛玄、左慈、刘根等，传说中的虚构人物如"广成子""若士""彭祖"等只有少数几个，大大增加了可信度，拉近了仙凡之间的距离，有利于宣扬神仙可学、长生可求思想，进一步扩大了道教的影响；篇幅加长，内容更趋复杂，描写更为细腻；故事情节曲折变化，想象奇特夸张。总之，《神仙传》在很大程度上促进了仙道志怪小说的发展。

3. 佛教志怪小说的创作

两晋时期的佛教志怪小说，其产生与佛教在我国的传播有着密切关系，是宣扬佛教神奇灵验的志怪小说，"大抵记经像之显效，明应验之实有，以震悚世俗，使生敬信之心"。

佛教志怪小说想象奇特丰富，变化神奇万端，故事头尾完整，叙述细致严密，矛盾冲突激烈，具有较强的故事性。但因其是为了宣扬一种佛教信仰，强调佛神的神通广大和法力无边，劝导人们信佛从善，以达到佛教所追求的超度众生、脱离苦海的目的，故而宗教色彩浓重、人物形象模糊、故事情节疏略。东晋谢敷的《观世音应验记》是这一时期佛教志怪小说的代表作，也是我国第一部专门记载佛教故事的小说。《观世音应验记》原名《光世音应验记》，共有故事十余条，是宣扬观世音神奇灵验之作，现存佚文七条，所有的故事都是同一种模式，缺少变化，人物形象模糊，结构单调，立意不高，不是意在娱乐，而是为了说教，为了宣扬佛教信仰，这是佛教志怪小说初始时期的现状。

4. 博物志怪小说的创作

两晋时期的博物志怪小说，深受先秦两汉地理博物小说的影响，代表作是张华的《博物志》和郭璞的《玄中记》。其中，以《博物志》的成就最高。

张华（232—300），字茂先，范阳方城（今河北固安）人，两晋时期政治家、文学家、藏书家著有《博物志》。《博物志》内容十分庞杂，大凡地理山水、异域遐方、异产异物、珍禽异兽、医药物理、五方人民、异闻杂说等皆包含在内，对后世影响较大。这部小说在艺术上有着较高的成就，其不拘泥于山川动植物等单一题材，而是增加了史补、杂说等内容，从而使得内容更为丰富，小说性更强；在结构安排上采用了"以类相从"的方式，即先将所有的内容分为若干类别，然后对每一个类别再作细分；增加了此前同类小说很少会涉及的人名考、文籍考、典礼考等内容，从而增强了学术性和科学性，提高了可信性。

（三）南北朝的志怪小说创作

在南北朝时期，志怪小说的创作进入了全面繁荣时期。这一时期的志怪小说，总体来说主要有三类：灵异志怪小说、仙道志怪小说和佛教志怪小说。

1. 灵异志怪小说的创作

南北朝时期的灵异志怪小说，数量达 21 部，其中影响较大、成就较高的是陶渊明的《搜神后记》。《搜神后记》又名《续搜神记》《搜神续记》，是《搜神记》的续作，题材与《搜神记》大致相同，主要记载了魏晋南北朝时期的奇闻轶事包括仙佛神迹世态人情、人鬼之恋、人不畏邪等内容。《搜神后记》与《搜神记》相比，内容较少，但故事的篇幅比较整齐且头尾完整、叙述清楚，没有粗糙之病，因而艺术成就高于《搜神记》。

2. 仙道志怪小说的创作

南北朝时期的仙道志怪小说存留多达 10 部，其中以《周氏冥通记》影响最大。《周氏冥通记》是梁代的志怪小说集，陶弘景撰写。《周氏冥通记》是陶弘景将弟子周子良根据其梦中经历写成的通仙记录进行整理并加注，内容不外乎服食养生、治病疗疾、求仙方法、神仙境界、生死宿命、因果报应、不杀生灵等，意在宣扬神仙实有思想。故事都是断续篇章，缺少内在的联系，而且内容十分琐碎，没有突出的主题，无甚意趣。

3. 佛教志怪小说的创作

南北朝时期的佛教志怪小说不仅数量多，内容广博，而且篇幅长，艺术性高。在众多的佛教志怪小说集中，以《宣验记》成就最高。《宣验记》又名《宣验志》，原书已佚。这部小说集主要宣扬了信佛治病、劝善惩恶、不杀生、泛爱、因果报应、佛力广大等思想，小说的情节曲折离奇，想象奇特丰富，对一些境界的描绘也很神奇，因果关系十分清楚，因而有着较生动的故事性。

二、志人小说的创作

志人小说的滥觞可追溯至先秦两汉时期，但志人小说并不是历史传记，而是撷取人物特定情势下的神情举止、只言片语，多以日常生活为素材，通过写意的手法加以描绘，突出人物的音容笑貌，表现人物的个性特点和精神品质。魏晋南北朝时期，志人小说逐渐形成，这既与魏晋时期玄学的发展有着非常直接的关系，也与小说文体的自身发展有一定的关系。还需要特别指出的是，志人小说形成于魏晋南北朝时期是一种非常笼统的说法，其真正的形成时期是东晋时期。也就是说，在曹魏和西晋时期并不存在真正意义上的志人小说。因此，下面主要分析东晋时期和南北朝时期的志人小说创作。

（一）东晋的志人小说创作

东晋时期，志人小说逐渐形成，总体来说作品数量不多，成就不高。孔衍的《说林》、裴启的《语林》、戴逵的《竹林七贤论》和郭澄之的《郭子》是这一时期较为著名的志人小说。

裴启的《语林》的出现，正式确立了志人小说的地位。裴启（生卒年不详），字荣期，东晋河东（今山西运城东）闻喜人，因《语林》蜚声文坛。《语林》出现于东晋中期的哀帝隆和年间，所记上起汉魏，下迄两晋，以东晋为多；内容大凡朝政、吏治、世风、人情等无所不包，涉及的人物有帝王将相、贵族豪富、文士庶民等，影响很大，具有划时代的意义。不过，这部小说在隋唐时已亡佚，现存佚文有一半为《世说新语》所收，今人周楞伽有《裴启语林》辑注，周本除补出几条前人遗漏的外，又将佚文按时代编排，分为五卷，是目前收集得最为完备的本子。

总之，《语林》的内容广博，对当时上层社会的各个方面皆有反映，其用很短的语言文字勾勒出人物形象品貌的写作方式，被后世志人小说所继承。

（二）南北朝的志人小说创作

南北朝时期，志人小说也大量产生，现存和可考的志人小说有十余部，其中以刘义庆的《世说新语》成就最大。

刘义庆（403—444），彭城（今江苏徐州）人，是当时著名的文人领袖，《宋书》卷五十一、《南史》卷十三对其生平事迹有所记载。

《世说新语》的出现，标志着志人小说的创作在南朝宋初达到高峰。刘义庆大量采集了前人的志人小说、史著和文集，按照自己的思想道德观念加以分门别类，从而构成了一部展现魏晋"名士"风度的巨著，是一部广泛吸收前人成果的集大成之作。正如鲁迅在《中国小说史略》中说："然《世说》文字，间或与裴郭二家书所记相同，殆亦犹《幽明录》《宣验记》然，乃纂辑旧文，非由自造。"

《世说新语》的这种集大成并非一味地照抄，而是作者按照自己的道德观、文学观做了筛选、分类工作，并对选中的一部分内容做了精心的加工，从而使这些故事更富于文学观赏性。

《世说新语》的记事，上自秦末，下至南朝宋初，主要记述了魏晋间士大夫们的逸闻琐事，进而生动展现了魏晋上层社会特有的社会风貌。具体来说，《世说新语》的思想内容可以分为六类：①谈玄说道，如《规箴篇》记载高僧慧远在庐山讲佛，孜孜不倦地教诲弟子；②对社会现实进行批判，对统治阶级的残暴进行揭露，如《汰侈篇》中描述了石崇与王恺斗富，其奢侈和虚伪程度令人咋舌；③对"魏晋风流"进行描写，如《雅量篇》中记载一代名士嵇康在临刑前"神气不变，索琴弹之，奏《广陵散》"，这种视死如归、镇定自若的行为可谓是超凡脱俗的最好表现；④对妇女才华进行赞美，如《文学篇》中记载谢安一日与儿女讲论文义，雪下大了，便问："白雪纷纷何所似"，儿子谢朗说"撒盐空中差可拟"，而女儿谢道韫则说"未若柳絮因风起"，谢安听到女儿的回答后大乐，由此可见谢道韫文才之高；⑤对当时的学术活动和文学创作情况进行记载，如《巧艺篇》记载了顾恺之画人常常不点睛，因为在他看来，"四体妍蚩，本无关于妙处；传神写照，正在阿堵中"，从而强调了眼神对画好人物的决定性作用；⑥对社会风俗和社会风尚进行展现，如《方正篇》中记载了王胡之非常贫乏，乌程令陶范送他一船米，而他却不肯接受，原因是自己是士族，求援也只向士族求援，而不会向寒门求救，可就可见当时门第观念之深。《世说新语》全面而深刻地反映了魏晋时代社会生活的各个方面，从而为我们留下了一份极其宝贵的思想文化遗产，提供了一份极好的解读魏晋士人思想生活的参考资料。

《世说新语》在艺术方面也取得了不俗成就：①善于剪裁材料，突出重点，笔墨所及，往往并非重大的事件，亦非人的一生，而是从生活中撷取的一个小片段、小镜头，借三言两语，抓住人物、情节的微妙传神之处，略加点染，点到即止，从而避免了因事情过多而产生不必要的干扰；②善于抓住最能表现人物性格特征的典型细节，并巧妙运用对比、想象、比喻等手法来刻画人物，从而使人物情态毕现，栩栩如生；③语言简洁含蓄，大多数的人物语言都能符合人物的个性和身份特征，生动而传神。这些都深刻地影响了后世同类小说的创作。

三、杂史传、杂俎小说的创作

魏晋南北朝时期的杂史传、杂俎小说也获得了一定的发展，并取得了可喜的成就。

（一）魏晋南北朝的杂史杂传小说创作

杂史之名始见于《隋书·经籍志》，即那些记载"帝王之事"，但又有别于正史，且"体制不经，又有委巷之说，迂怪妄诞，真虚莫测"的史书；杂传即记载各类小人物以及怪异故事的书籍。而魏晋南北朝时期的杂史杂传小说，内容比史家传记虚幻得多，而且往往杂有众多琐碎之事，其中以《汉武故事》最为著名。

《汉武故事》的作者不详，主要是以武帝为中心人物，以其不凡的经历为主要线索，记载了其一生的奇闻逸事，内容包括武帝幼年及即位后内宫的生活、武帝微服出巡和寻仙求道的故事、武帝死后逸事等，未涉及武帝的军国大事和丰功伟绩。由于该书是根据民间流传的汉武帝轶事编纂而成，因而所记多不合史实，小说意味浓郁。

值得注意的是，《汉武故事》不仅多方位地展示了汉武帝的个性特征，还对其他人物有传神描绘，如富于心机的王皇后、骄妒失宠的陈皇后、骄横跋扈的长公主、传说岁星下凡的东方朔、英年早逝的霍去病、亦人亦神的淮南王刘安、以死力谏的汲黯、仗势欺人的田蚡等，都给人留下了深刻的印象，也充分显示了作者细致的刻画能力和高超的写作技巧。

总的来说，《汉武故事》将历史传说和神奇幻想结合，写景细致，语言简雅，对话生动，小说意味浓郁，对后世的唐代的传奇小说和仙道小说有一定的影响。

（二）魏晋南北朝的杂俎小说创作

杂俎小说是既非志怪，又非志人，也非史传小说的小说，内容驳杂、题材多样，往往天文、地理、珍奇、异物、历史、典制、人物、传说等内容均备，具有一定的趣味性、娱乐性和观赏性。

曹魏时期的杂俎小说有邯郸淳的《艺经》；两晋时期的杂俎小说有史道硕的《八骏图》和鲁褒的《钱神论》；南北朝时期的杂俎小说数量较多，有江淹的《铜剑赞》、陶弘景的《古今刀剑录》、顾烜的《钱谱》、刘霁的《释俗语》、庾元威的《论书》、信都芳的《器准》等。不过，这些杂俎小说大都已失传，或是内容不全，后世人看不到完整的内容了。

第四章 盛唐气象：诗的盛世华章

隋唐五代时期是中国古代文学发展的新阶段，隋代存在时间较短，其文学具有过渡性。唐代是隋唐五代时期文学发展的重要时期，散文、诗歌、传奇、词等各方面高度发展，晚唐五代时期词的发展为宋词的繁荣打下了基础。

第一节 唐诗的兴起与发展

唐诗的兴盛有着复杂的原因，国力强盛、经济繁荣、社会安定、民族关系密切、中外文化交流频繁、各种艺术的蓬勃发展，这些都是唐诗兴盛发展的条件。但唐诗发展除上述条件之外，另有一些社会原因也值得注意。

一、唐诗兴起的历史文化因素

（一）思想禁锢少，文禁松弛

在唐代，儒、释、道各种思想都有了一定的发展，它们之间相汇相融。统治者对儒、道、释三家都很重视，儒、道经典都被列为科举考试的重要内容，佛教也得到武后、宪宗的提倡，其他宗教和学说也未受到排斥。"遍观百家""好语王霸大略""喜纵横任侠"，成为唐代许多文人的共同风尚；在政治上，他们往往高谈济苍生、安社稷、致君尧舜。正因为思想禁锢较少，造成了知识分子思想的活跃，对文学产生了深刻的影响。儒家的仁政思想，对杜甫、白居易等现实主义诗人的创作有明显的影响；藐视礼法，独与天地精神往来的思想，在李白等浪漫主义诗人的作品里焕发着光彩；佛教的流传，则对王维等诗人的思想影响较大，在他们的诗篇里随处可见。

（二）统治者的大力提倡

封建社会君主集权时代，政治势力给予文学和诗歌以很大的影响。汉代的赋、建安时期的诗文、梁陈时期的宫体文学，都可以看到政治与文学的密切关系。唐代统治者对于文学、音乐以及诗歌都大力提倡：唐太宗先后开设文学馆、弘文馆，招延学士，编纂文书，唱和吟咏。唐高宗、武后更好乐章，常常自制新词，编为乐府。中宗时期，君臣赋诗宴乐，时有所闻。《唐诗纪事》中载：

中宗正月晦日，幸昆明池赋诗，群臣应制百余篇。帐殿前结彩楼，命昭容（上官婉儿）选一首为新翻御制曲。从臣悉集其下，须臾纸落如飞，各认其名而怀之。

《大唐新语》亦有类似记载：

神龙之际，京城正月望日盛饰灯影之会，金吾弛禁，特许夜行，贵游戚属及下隶工贾，无不夜游。车马喧阗，人不得顾。王主之家，马上作乐以相夸竞，文士皆赋诗一章，以记其事，作者数百人。

唐玄宗时期，这种风气更盛。玄宗兼诗人、乐师及优伶于一身，经常与臣妃唱和。其他如唐宪宗、唐穆宗、唐文宗、唐宣宗也都爱好诗歌，以诗识拔人才。如此厚待礼遇诗人，提高了诗人的声誉，给天下士人以鼓舞。特别是唐代以诗取士，于是诗歌一门，成为青年士人的必修科目，成为文人入仕求官的捷径。这种考试制度，对于提倡作诗的风气、加强诗歌技巧的训练、诗歌的普及，产生了重要作用。《全唐诗》序云：

盖唐当开国之初，即用声律取士，聚天下才智英杰之彦，悉从事于六义之学，以为进身之阶，则习之者固已专且勤矣。而又堂陛之赓和，友朋之赠处，与夫登临宴赏之即事感怀，劳人迁客之触物寓兴，一举而托之于诗，虽穷达殊途、悲愉异境，而以言乎摅写性情，则其致一也。（清爱新觉罗·弘历）

统治阶级的提倡，使广大阶层爱好诗歌成为时代的风尚，从而无疑促进了诗歌创作的繁荣。

唐代诗人众多，无论是帝王、贵族、官员、文人，还是僧尼、道士、歌妓，都有出色的诗人。诗歌在唐代已成为一种最普通的文学形式，阶层广泛，可以说无所不涉，而读者也更加普遍，每有好诗，便妇孺皆知，家喻户晓，传遍天下。

由于作者众多，因此唐诗的数量惊人。《唐诗纪事》所录唐代诗人一千一百五十家，清代《全唐诗》所录共二千余家，诗有四万八千九百余首。诗歌的繁荣也使其体裁均臻完备。明胡应麟《诗薮》云："甚矣，诗之盛于唐也！其体，则三、四、五言，六、七、杂言，乐府、歌行、近体、绝句，靡弗备矣。"（《诗薮·外编卷三》）。

（三）创作群体独特的社会经历

唐代诗人许多来自社会的中下层，他们都有丰富的生活感受和对社会现实的深刻认识，对社会情况、人民生活比魏晋六朝那些上层士大夫们更为熟悉，思想感情精神面貌也比他们更充分而健旺，更接近人民大众，如高适、岑参、王昌龄、李白、杜甫、韩愈、柳宗元、孟郊、张籍、白居易、李商隐、皮日休、聂夷中、杜荀鹤等。还有那些本来就是婢女歌妓、僧尼、道士、山村野老的诗作者，他们有着丰富的生活基础，更容易学习《诗经》、汉魏乐府的优良传统，更注重反映现实，反映人民的生活与感情，也因此丰富了诗歌的内容和形式。君主贵族所掌握的诗坛转移到中下层知识分子及人民大众手里，是唐诗得以高度发展的重要原因。

另外，从初唐到盛唐是太平盛世，社会一直处于上升局面，因此许多诗人的作品里都反映了这种社会现实，表现为昂扬乐观、积极向上的盛唐气象，为诗歌繁荣也创造了有利的条件。

（四）诗人地位的变化

内容丰富是唐诗的一个重要特色，能够反映各种各样的社会生活，无论是艺术创作的形式上还是内容的广泛性上，唐诗都达到了一定的艺术高度。从唐朝诗歌的内容上，我们可以体会到唐代社会的生活状态以及人们的价值观念。在唐诗中，我们既可以领略唐代雄伟壮丽的大地山河，也可以感受威武肃杀的边疆战场，还可以感受妙趣横生的市井生活。人、事、物、情都可以成为唐诗歌咏的对象，唐诗已经融入唐朝生活的方方面面，流传下来的唐诗勾勒出了唐代社会的全貌。唐代诗歌始于君主的个人爱好与提倡，因此它的发展是自上而下的，唐初除了少数的民歌以外，大部分诗歌是在君主和贵族的组织下创作的，他们养尊处优，缺少对社会生活的体验，诗歌的辞藻和形式是他们最为注重的，因此这个时期的唐诗在内容上具有一定的局限性，主要集中反映宫廷风尚与贵族的上层生活。随着诗歌在市井的不断普及，唐诗创作的内容越来越丰富，比如《古诗十九首》的很多作品都与民间生活紧密相关，反映了唐朝时期人们的生活面貌。

建安文学的价值在于他们能够客观地认识和面对现实，将民歌的内容和创作技法吸收到上层文学的创作当中。到了两晋、南北朝，门阀之风极盛，文学几乎成了贵族炫耀家族底蕴与个人修养的资本，文人们为了谋生，上行下效，附和达官贵族的个人喜好，谈玄则大家谈玄，信佛则大家信佛，做宫体诗则大家做宫体诗。他们的生活和创作完全脱离了现实的个人想象，他们不了解底层人民的生活，更难以体会劳动人民的艰辛和痛苦，他们的作品虽然辞藻华丽、对仗工整但局限在特殊阶层和特殊群体的情感漩涡中难以升华。从两晋大量的游仙、玄学、佛学诗歌中我们可以看出当时作品的内容是多么空虚，人们宁愿将自己的精力和才华放在追求虚无缥缈的仙佛之上，也不去关注苦苦挣扎在社会底层的劳动人民。两晋及南北朝诗人中，左思、陶渊明、鲍照出身较为穷困，只有他们的作品中我们能看到底层人民生活的真实状况，只要他们的作品才能代表文学创作的良心。我们从不否认才华对于文学作品的重要作用，但创作的责任感更是我们衡量文学作品的作用标尺。唐代这种状况得到了改变，盛唐时期的著名诗人都不是特权阶级的代表，他们出身于不同的社会阶层，他们的诗歌关注的不再是浮华荒唐的贵族生活，丰富的社会经历使这些人的创作有了深刻的基层情感。在困顿生活的磨炼下，他们对基层人民的情感有了更深刻的体验，这成了他们创作诗歌的情感来源。

唐代的诗人在吸收前人文学精华的基础上，从艺术角度和内容角度对诗歌进行了创新，将朴素的阶级情感和丰富的个人经历融入自己的创作之中，诗歌变得更加务实。由于他们具有同情人民的思想感情，具有现实生活的基础，才能在唐代各阶段的人民生活中和统治阶级内部矛盾的斗争中，挖掘具有现实性、政治性的题材，以优秀的艺术技巧，写出形式多样、风格多样、内容充实的诗歌。同时，由于唐代的科举考试打破了过去几百年的门阀制度，使得中下层知识分子可以通过考试，登上政治舞台，其目的虽是使"天下英雄入吾彀中"，为封建统治者服务，但客观上也反映了文学的进步性，形成一个文化发展、思想解放的新时代。从前被压迫的中下层的知识分子，在政治上、文化上得到了自由发展的机会，于是文学的创作就冲破了六朝贵族文学的束缚，深刻广泛地反映了人民的生活与情感，丰富和提高了文学的内容与形式。君主贵族所掌握的诗坛转移到中下层知识分子的手里，是使唐诗发达起来、充实起来的最重要的原因。

二、唐代诗人对诗的创新与发展

唐代的诗歌创作，在其漫长的历史中，大体说来有三变：初唐对齐梁之变；中唐对盛唐之变；晚唐对中唐之变。这亦即通常所谓初、盛、中、晚四个发展阶段，每个阶段各有其独特的精神风貌。那么唐诗的进程何以呈现出这种特色迥异的阶段性发展和创作风貌呢？自然，"文变染乎世情"，然而，我们对此不能作简单的理解，不能忽视"文变"与"世情"之间还存在"作者"这一必不可少的中介环节，否则，就会滑入社会决定论的错误之中。文艺作品在表现"世情"的同时，显示出作者的主体性与创造精神。唐诗的阶段性演进，正是唐代诗人对"世情"的创造性表现的产物，从中我们可以充分感受到唐代诗人创新求变的追求。

（一）承前启后的初唐精神

艺术的发展与时代的变迁并不总是同步进行的，有时也会表现出某种滞后性。初唐的诗歌创作，最初是承继齐梁宫体余绪，诗风浮靡，但由于唐朝开国后整个社会呈现出一片勃勃生机，荡涤了旧有的"污泥浊水"，新的生命便成长起来。诗坛受到新时代的激荡与感召，于是旧的诗风就渐为一种趋于变革的诗风所取代。所以说这是一个承前启后、除弊布新的时代。

初唐的诗歌创作面临两个至关重要、必须完成的任务：一是总结六朝以来诗歌声律化的成果，二是完成诗风的转变。前者由沈佺期、宋之问以及号称"文章四友"的李峤、崔融、苏味道、杜审言完成，他们的作品实现了五、七律格律形式的基本定型化，使五、七律有可能成为盛唐以至整个唐代诗歌的重要样式；后者则由"初唐四杰"与陈子昂来完成。

"初唐四杰"（即王勃、杨炯、卢照邻、骆宾王）于高宗麟德、乾封年间步入诗坛。他们受到唐初重行动、重事功的时代精神的激发与感召，开始对南朝那种具有"美丽的毒素"（闻一多语）的绮艳浮靡诗风不满，力图求变求新。他们的作品刚健清新，表现出一种被时代所激发起来的热切奋发、躁动不安的情绪：这是一种对建功立业的渴望、对一展才华的渴求以及对社会人生的思考与展望。这些主题已不再是梁陈宫体对女性美的平庸鉴赏以及应制、咏物的旧题材所能表现的；在艺术表现上，或是自出机杼、新颖而稚嫩，仿佛早春初开的花朵，或是虽铺陈用典、辞藻华丽，但情调已自不同。总之，他们的诗在主题、内容、情调及表现手法上都已在实现对齐梁宫体的改变，使人们感受到新时代脉搏的有力律动。

但是，"初唐四杰"只是在创作上开始了对六朝诗风的改变，还未能从理性与理论上彻底根除六朝之病。承继初唐四杰未竟之业而在理论与创作方面最终完成对齐梁诗风变革的是陈子昂。《唐才子传》云："唐兴，文章承徐、庾余风，天下祖尚，子昂始变雅正。"陈子昂正是深感于六朝以来诗歌"兴寄、风骨都绝"而乃以复古自命。他倡言"兴寄"，强调"汉魏风骨"，俨然是以承接古诗之断绪自许，表现出一种历史使命感，这正是诗人的主体意识的显露。他要求从内容到形式再到风格都彻底摒弃六朝以来的凡俗庸滥，而恢复古诗传统——它已不适合这个崭新的时代。其复古的目的是要寻求一种更能适应新时代要求的新诗风，从而端正唐诗发展的方向。为此，他标举出"汉魏风骨"，其实质是要求将新的时代精神、新时代的朝气与活力注入诗歌。这是时代对诗歌的要求，陈子昂自觉而有力地担当起这一时代使命，"凡所著论，世以为法"。他的创作努力体现他的理论主张，洗净铅华，"感激顿挫，显微阐幽，庶几见变化之朕，接乎天人之际"（卢藏用语）。细读他的《感遇诗》《登幽州台歌》诗作，不难体会其境界之高、风骨之健。他在《登幽州台歌》中写道："前不见古人，后不见来者，念天地之悠悠，独怆然而涕下。"这种空古绝今、雄视环宇的巨大孤独感，唯有体验到某种伟大使命感的人才会具有。

从唐开国起经过一百多年的探索、酝酿、积累，各方面的条件都已成熟，盛唐诗人所要做的便是在感受盛唐时代精神的基础上将风骨、声律与辞采创造性地融合。

（二）雄浑壮阔的盛唐气象

有人说初唐诗歌与其说是盛唐的头，不如说是六朝的尾。这种说法有失偏颇，只注意到初唐因袭六朝的一面，而漠视其变革的一面。从各方面来看，尤其在某种内在气质方面，盛唐诗歌乃是初唐的探索、变革所结出的灿烂之果。

盛唐诗歌之盛，虽与开元盛世有关，但之所以称为诗的盛唐，却不是因为它在时间维上包含了开元盛世，如从时代看，它实际上还包含了安史之乱后的十年，就是说在时间维上它是一个治乱交替时期。盛唐之所以成为诗的盛唐，是因为盛唐诗歌体现了盛唐的气象，从而使自身表现出可称为"盛唐气象"的美学风貌，这是盛唐诗歌总体风貌，具体到诗人，则体现为"李翰林之飘逸，杜工部之沉郁、孟襄阳之清雅，王右丞之精致，储光羲之真率，王昌龄之声俊，高适、岑参之悲壮，李颀、常建之超凡"。

那么，作为客观表现对象的盛唐的气象到底意指什么？胡应麟在《诗薮》中极有见地地指出"海日生残夜、江春入旧年"可作为盛唐的象征，这两句诗出自开元诗人王湾的《次北固山下》：

客路青山外，行舟绿水前。潮平两岸阔，风正一帆悬。海日生残夜，江春入旧年。乡书何处达，归雁洛阳边。

这些诗句虽然写的是行旅，却无常见的客愁，而全是一派乐观的展望：

第四章 盛唐气象：诗的盛世华章

在那残夜已尽、黎明来临的海面上冉冉升起的红日，不正是大唐王朝国运隆盛的象征吗？而那与新年一同到来的充满无限生机的春天又给人多少无限的憧憬与展望！"海日生残夜，江春入旧年"二句正是通过将一种极光明、极新生的事物引入旧事物的躯壳而成为盛唐气象的绝妙写照。很显然，盛唐气象，其首要内容就是它的理想主义、浪漫精神以及由此孕育而出的英雄主义与进取精神，其中包含积极干预现实的主人翁精神。在盛唐诗人的众多作品中，我们都能感受到这种盛唐气象的光芒。

以这种理想主义、英雄主义为表现对象的盛唐气象体现在诗歌艺术风格上就是严羽所谓"笔力雄壮、气象浑厚"。

何谓"笔力雄壮，气象浑厚"？据余恕诚先生的解说，所谓"笔力雄壮"有别于萎靡、纤弱，与题材和体裁没有必然联系，故不单纯表现为内容广阔或深厚，而是反映作品内在生命力是否健旺，它给人的外在印象多为雄词健笔，而更本质的特征依然指具有风骨。"气象浑厚"则是指唐诗所抒发出来的那种充沛淋漓的氤氲元气之美、表现上的自然深厚之美，既不同于六朝以来的"清水出芙蓉，天然去雕饰"之美，又有别于汉魏古诗的"气象混沌"（严羽语）。它有机地融合了辞采、声律，展开形象系列，兴象超妙，元气淋漓，精神健旺，风骨独具，正是这种雄壮浑厚的艺术风貌成为盛唐气象的表征。

盛唐诗人在以其不朽巨笔表现自我与时代的同时，显示出巨大的艺术创造力。之所以能如此，除了时代的孕育、个人的禀赋，还与他们对待前人遗产的转益多师的态度密切相关。

如果我们将中国古代文学的发展看作一个合乎逻辑过程的整体的话，那么无论从历史形态还是逻辑形态，我们都可以这样认定：先秦时代是这个逻辑过程的起点，即"正题"阶段，它确立了儒家实用艺术观，即所谓"风雅"传统；从汉魏至南北朝，则是这个逻辑过程的中项，即"反题"阶段，就是所谓"为艺术而艺术"的阶段，因其背离风雅传统，突破了实用功利的艺术观，艺术在此期间获得了独立地位，故谓之反；唐代则是一个"合题"阶段—逻辑过程的终点，它同时也是一个"变"的时代，即以"唐传奇"为标志的唐以后中国叙事文学的兴起，它有别于以抒情、言志为特征的正统文学，故谓之"变"。正—反—合—变，正是中国古代文学发展的逻辑全程。

如果说唐代是"合"，那么这种说法尤指盛唐。盛唐诗人的成功，实非偶然，中国古代文学在经过前期正、反两个方面漫长的发展、探索之后，到唐代（也只有到唐代）必然会出现一个大融合从而大放异彩的景观。盛唐诗人正是响应并把握了这样一个历史机运，倡导并实行"转益多师"，从而为自己创造性的才禀找到适当的施展场所与方式。

"转益多师"是杜甫在《戏为六绝句》中提出来的。在这里，杜甫以其宽容博大的胸怀、清醒透析的理性，客观地分析评价了前代一些作家的成就与不足，批评了时人对前代的虚无主义态度，并指出当时创作上存在的问题以及规避的途径。

在杜甫看来，当日诗歌创作存在的问题是"翡翠赢苔，伤于力弱"；而没有出现那种"掣鲸碧海、惊心动魄"的力作伟制，这与时代很不相称。如何解决这一问题，杜甫提出：一要吸收前人在声律辞采上的成就，"清词丽句必为邻"；二要弃绝齐梁宫体的绮艳萎靡的诗风，而以诗骚传统为楷式；三要有创新精神，不可"递相祖述"，相互模仿；四要有鉴别的眼光，"别裁伪体"，区别优劣，有扬弃，有继承，而以风雅为旨归。

如果我们把杜甫的六绝句看作盛唐诗歌的催产婆，它宣告了一个诗歌黄金时代的诞生，这该不是什么夸张之语吧。盛唐诗歌正是沿着陈子昂（陈子昂尤重风骨，杜甫的主张则更重全局）、杜甫指引的方向而确立了自身。它所达到的境界，如从其本身所具有的独特风貌言，则如严羽所谓"笔力雄壮，气象浑厚"；如从其继承与创新的角度看，则如殷瑶所谓"声律风骨"兼备，亦如吴乔所谓"变汉魏之古体为唐体而能复其高雅，变六朝之绮丽为浑成而能复其挺秀"。

（三）多元创新的中唐探索

盛唐之后，到了中唐，诗歌创作出现了一种难以维系的局面，一座难以企及的高峰屹立眼前，使人惊愕赞叹。面对这堪为百世楷模的诗的丰碑，后人便难免为之牢笼囿范。大历十才子便是如此，由于他们所处的时代已不复盛唐的气象，个人之才力亦远逊于盛唐诸公，这样，他们学习、模仿盛唐诗歌，就仅得其熟语、熟境、熟意之皮毛，从而走上了一条庸熟之路。

面对这种情况，元和以后的诗人不甘寂寞无为，开始作创新求变的积极探索。从韩愈的"卓荦变风操"到白居易的"诗到元和体变新"，再到刘禹锡的"请君莫奏前朝曲，听我新翻杨柳枝"，一股变革的大潮涌动不已；同时，由于盛唐社会那种集中统一受到了破坏，创作主体的个性意识空前觉醒，于是，中唐诗歌走上了一条多元化的发展道路。如陈衍所说：元和以降,"各人各具一种笔意",诗如韩孟之拗峭,元白之平易,韦柳之清新,李贺之凄艳,不一而足。下面就韩愈的艺术创新略作陈述,以见一斑。

韩愈所生活的中唐,是一个充满矛盾与危机的时代。尽管盛世已不复存在,但人们还保留着对它的新鲜的记忆,因此,人们对现实还保持着一种希望、热情和幻想。韩愈作为一个杰出的政治家、思想家和文学家,他所感受的这个时代的矛盾与危机、幻想与热情,要比别人更为深切和强烈。他经常深深卷入矛盾漩涡的中心而不可自拔、不愿自拔,因此其内在心理之冲名、精神之痛苦、感情之郁愤可想可感。当以其"力大意雄"发之于诗,则真所谓"狂波心上涌,骤雨笔前来",化而为奇崛庄严的意象。正如清沈德潜在《姜自芸太史诗序》中论:"大抵遭放逐,处逆境,有足以激发其性情,而使之怪伟特绝,纵欲自掩其芒角而不能者也。"

人所共知,韩愈的诗歌开创了奇险拗峭的诗风,乃形成韩孟诗派。然而所谓"奇险拗峭"只是作品表层即意象、语词、句法方面的特点,我们还必须对韩诗内在深层的美有进一步认识。实际上,作品表层的特点正是由深层特征所决定的。

韩诗的深层特征,正如余恕诚先生所论,一为冲突之美,一为踊跃躁动之美。前者主要得自诗人所处的环境,即前述那种冲突矛盾的环境,因其深陷其中,不能自拔,乃将种种矛盾一一张皇而出,故表现为一种冲突之美;后者则主要得自他那木强好斗的个性。这种深层特征对其诗作的意象、结构、语言、声律均产生了深刻的影响。在意象上,他追求陌生化、追求突兀,甚至化丑为美,即以"向不入诗之物",采之入诗,而抛弃传统的熟象、熟语,此即前人所谓"不诗之为诗";在语言结构上,韩愈打破了具有和谐之美的传统句式,而以一种拗峭句法表现其失去了和谐平衡、充满挣扎碰撞的内在感受,此即前人所谓"以文为诗"的做法,在声韵上,喜用强韵和窄韵,令读者读之而如作者一般不安。

总之,充满危机、矛盾与冲突的中唐社会培育了韩愈,韩愈又以其突出之才,在诗歌形态上回应、表现了这个时代。他在诗歌史上的创新变革之处在于:他突破了诗歌旧有的审美传统(和谐、均衡、圆润),并通过他大量成功的探索,树立起一种新的诗歌审美标准——雄健、奇崛、庄谐杂陈。

(四)回归心灵的晚唐悲歌

如果说中唐诗歌是"怨以怒"的乱世之音,那么晚唐则充满了"哀以思"的亡国之音。余恕诚先生写道:

当贞元、元和之交举世酝酿改革时，韩愈通过呐喊，喊出了知识分子的苦闷、追求和愤懑；白居易以讽喻的方式，一桩桩、一件件地揭露了多方面的社会问题，曾引起广泛的社会共鸣。但当改革浪潮渐渐消退，士大夫躁动不安的情绪减弱，情况就不能不随之发生变化。一些人不再是抗争，不再是像韩愈、白居易那样，受着种种社会力量的推动，定要为"除弊政"或"补察时政"积极效力、他们更多地转向内心自省，转向宗教麻醉，转向颓废享乐。基于这种比较普遍的精神状态，不仅韩、孟、元、白诗歌的内容与情感，跟他们的心态有隔膜，就连韩、白那种倾向于粗硬和平易，同时又都缺少含蓄的笔法，也为他们在表达情感时所不适用了。于是中晚唐诗坛上又一重要力量——绮艳诗派发展壮大起来。

这里有几点值得注意：

（1）指出了晚唐诗歌创作的社会背景—改革大潮逐渐消退和心理环境—知识分子热情消失、心绪变凉。

（2）指出了在这种特殊环境中诞生的诗歌相较于前代所显示出的特点，这就是由社会性的关注转向内心自省、自我观照，也就是说，诗歌表现的对象领域不再是外在的、社会性的情感，而主要是内在心灵世界的广阔天地。因此，诗人抒写的出发点是感受性而非事实性。

（3）以爱情或女性为描写对象的绮艳诗乃成为诗人心灵境界的展示，而爱情及女性美自身则成为诗人受伤的心灵的抚慰和归宿。

（4）与此相关，在艺术表现的风格上追求精工、绵邈、含蓄，而摒弃了中唐的直白、奔放。

心灵境界的表现，是晚唐诗歌创作的中心与实质。当诗人社会性的关切与激情遭到现实的揶揄，漂泊的心灵便须重新寻找归宿。这新的归宿既然不存在于现实之中，则只能存在于心灵的感受之中。

晚唐诗人具有一种细腻而敏锐的感受力，他们对外在客观事物作表达的出发点是其内在的感受性，而非实存的事实性。所以说，出现在他们诗中的外在事物，与其说是客观现实的再现，不如说是其内在心灵境界的外现与表征。发人深思的是，其内在心灵境界的表现都主要选取绮艳题材作为途径和形式，而在传统诗评中，绮艳题材往往受到批评。晚唐诗人选取以女性美和爱情为主要内容的绮艳题材作为其受伤的灵魂的皈依，可以说是人类心灵的逻辑必然。诗人最突出的特征是"多情"，当社会能召唤并呼应诗人这一份情感时，诗人的多情就外化为一种社会性的关注，如杜甫；反之，则必然向内收缩为爱情。当晚唐诗人社会性情感遭到冷落和揶揄，而不得不将受难的心灵寄托于爱情题材的时候，由于爱情题材本身只是表现的途径而非最终目的，因此我们便看到了爱情意味的淡化以及泛爱情化的现象，这种现象被称为绮艳题材。正如余恕诚先生指出的，绮艳题材是以爱情为主体并以此作为某种规定性的题材系列。学者公认的晚唐诗歌悲怆婉丽的风格正与此相关。悲怆，乃因为晚唐诗歌表现的是受难心灵的境界；婉丽，则因为这种境界的表现是以绮艳题材作为手段，即以绮艳题材（表层）表现曲折深微的受难心灵境界（深层），于是便造成了艺术表现上的含蕴、精工、冷艳的特色。

李商隐诗歌是上述晚唐诗歌特征最突出的代表，而其诗之难解是出了名的。元好问论诗，即已有"独恨无人作郑笺"之叹。其根本原因，恐怕就在于读者未能将其表层的绮艳题材与包容在这一表层之下的深层的心灵境界作有机统一的把握与体认；有的学者甚至把绮艳题材的表层错认作诗意的整体，并在诗人生活中的某一次具体经历中索求解答。究其根本原因，在于他们未能很好地把握晚唐诗歌的上述特征。

以《锦瑟》为例。历代关于此诗，有悼亡说、自伤说、诗序说、伤唐祚说、寄托令狐说、情场忏悔说、令狐青衣说、咏瑟说等，真是歧义纷繁。对这些解说似不能简单地以对错论之，然各有其明显的偏执之处。在笔者看来，此诗正是以诗人的感受为出发点而表现其心灵的境界。"锦瑟无端五十弦，一弦一柱思华年"，回首一生，往事如烟如梦，在那漫长的人生旅途中，有理想的破灭，有仕途的坎坷，有爱情的悲剧，等等。然而这里诗人心弦的震颤却并非因某一具体情事而起，诗作的抒写也不是要以某一个具体事实形态为对象，更不是要打个哑谜让人们去字求句索。诗人显然只是以自己一生中所遭遇的一切在心灵中的感受形态为表现对象。"庄生晓梦迷蝴蝶"，人生如梦，不知其梦，唯觉时知其梦，一个"迷"字道出这种感受形态之实质。身处晚唐时期，理想的失落、仕途的坎坷，已不足以给诗人造成伤痛，刻骨铭心的伤痛来自爱情的幻灭——"望帝春心托杜鹃"，爱情是诗人在这个世界生存的勇气的源泉，诗人既寄希望于爱情，又深刻地体验到自己生活中的爱情的破灭，这种苦痛借"泣血的杜鹃"予以表达。然而诗人似乎并不想给读者以强烈的苦痛体验，他借历史人物、传说故事宕开一笔，拉开了读者与现实的距离，从而保证了诗人和读者能够以审美态度来待之。"沧海月明珠有泪，蓝田日暖玉生烟"，这两句诗的难解是出了名的，它增加了此诗的解释难度，而此两句之所以难解，乃因为未能对全诗有正确理解。当诗人以审美态度来面对其以爱情之幻灭为核心的人生苦痛时，他发现他的苦痛并非个体性，而实具有一种地老天荒式的宇宙性。沧海桑田，"日月逝于上，体貌衰于下"，谁能持久？谁不怀悲？"沧海月明珠有泪"，正是以一种博大的、充满动感的意象表现了诗人心灵中的悲哀。

晚唐诗歌由社会性情感的表达向诗人内在自我的心灵境界的表现转换，这种转换是晚唐诗人充分发挥其主体创造性的结果，它使晚唐诗歌更具个性化特征，以及开辟以感受性、表现性为特征（非再现性）的新的诗美规范。正是唐代诗人主体创造精神的充分发挥，才给唐诗创作不断带来新气象，并开创了中国文学史一个最为辉煌的诗歌时代。

第二节　唐代的诗歌创作研究

唐诗被王国维誉为"一代之文学"，与先秦散文、汉赋、南北朝骈文、宋词、元曲、明清小说并称，其内容广博，形式多样，名家辈出。

一、初唐的诗歌创作

初唐是盛唐文学的历史性准备和基础时期，加速并大体完成了由宫廷诗人到社会中下层诗人主导诗坛的历史性转化过程。初唐时期涌现了不少杰出的诗人，如上官仪、"初唐四杰"、宋之问、沈佺期、陈子昂等，下面将重点介绍上官仪、"初唐四杰"和陈子昂的诗歌创作。

（一）上官仪的诗歌创作

上官仪（608—664），字游韶，陕州（今属河南）人。上官仪善于创作宫廷文学，多为应制、奉和之作，工于五言诗歌。为了写应制诗，他提出了"六对""八对"之说，对律诗对仗的规律做出了重要贡献。上官仪在体物图貌的细腻、精巧方面对诗歌体制有所创新。

"上官体"就是初唐时期以上官仪为代表的承袭南朝宫体诗的宫廷诗诗派。"上官体"诗歌的风格"绮错婉媚"，重视诗的声辞之美和形式技巧，诗风柔靡华美。

（二）"初唐四杰"的诗歌创作

"初唐四杰"是指王勃、杨炯、卢照邻和骆宾王，他们的作品是盛唐之音的前奏，能真正反映社会中、下层一般士人的精神风貌和创作追求。

他们的诗歌创作内容广泛充实,扩大了诗歌的写作题材,形式有所创新和完善。此外,他们追求刚健的骨气,提倡诗文革新,转变了初唐宫廷体的诗风。

王勃擅长写山水行役和赠别之作,境界开朗又朦胧,对前途充满憧憬。王勃生活在唐朝处于上升阶段的历史环境中,他的诗歌中呈现出了一种为时代所激发的追求功业的热情。王勃还创作了很多的乐府诗,意境新颖,形式活泼。总之,王勃的诗歌在内容和格律上都有其独特之处,为盛唐诗歌的繁荣埋下了伏笔。

杨炯(650—693),华州华阴(今陕西华阴)人。初唐上官体所代表的宫廷诗风在唐高宗显庆年间(656—661)、龙朔年间(661—663)达到鼎盛。上官体之风气过分关注声律对偶,讲所谓"六对""八对",忽视了诗歌本质。杨炯虽出身寒门,但才华横溢、性情豪纵、怀才不遇而轻视权贵。因此,他与以上官仪为首的宫体诗派有着分明的界线,歌咏的是自我遭际与心声,抒发的是真情的自我流露,与当时歌咏大唐气象的诗风,形成鲜明对照。他冲破了上官体流风,开拓了新的诗风,如《从军行》。

卢照邻(约636—695),字升之,自号幽忧子,幽州范阳(今河北涿州市)人。卢照邻诗文兼擅,以"歌行体""骚体"尤为擅长,对推动七言古诗的发展有特别贡献。他的诗歌多以抒发仕宦不遇、贫病交加之忧愤为主,同时也有揭露上层统治者之骄奢淫逸、嘲讽其权势荣华不可久恃之作,如《长安古意》。卢照邻的送别诗也颇有特色,如《西使兼送孟学士南游》写出了远别的惆怅和建立功业的共同抱负。总之,卢照邻的诗歌有其内在的风骨。

骆宾王(约619—687),字观光,婺州义乌(今浙江义乌)人,7岁即因作《咏鹅》而才名远播。骆宾王有很多描写边塞题材的诗作,一定程度上影响了后来边塞诗的发展,如《在军登城楼》。在边塞题材的诗作中,骆宾王不仅描写了边塞生活,同时还写出了征人边愁之情、建功立业之心,从而为唐诗的视野向塞外扩展做出了贡献。骆宾王的送别诗也不同于前人的离愁别绪,例如《于易水送人》借咏史以喻今,体现出慷慨悲壮之气。此外,骆宾王的咏物诗也取得了一定的成就,如《在狱咏蝉》以蝉比兴,用典自然,语意双关,表明了自己不肯媚世附俗的高洁襟怀。

"初唐四杰"有着共同的审美要求和追求,扩大了诗歌的题材,骨气刚健,转变了初唐宫廷诗的诗风,为"盛唐之音"的到来吹响了号角。

（三）陈子昂的诗歌创作

陈子昂（约659－700），字伯玉，梓州射洪（今四川射洪县）人。青少年时轻财好施，慷慨任侠，有《陈伯玉集》等传世。

陈子昂在诗歌创作方面主张恢复古诗比兴言志的风雅传统，如他的《与东方左史虬修竹篇序》。陈子昂善于采用质朴无华的古体诗形式借古喻今，或者采用魏晋咏怀、咏史诗的比兴寄托手法，怀古伤今。同时他善于抒写对历史人物的歌颂和自己在政治生活中的思想感受，反映现实政治的弊端和人民的苦难，表达自己的抱负和怀才不遇，具有沉郁悲凉而又高雅冲淡的独特风格。

陈子昂的诗歌创作，以淡泊简古为主，创造与出不同于汉魏古诗的古体诗，并以其反映现实、抒发深沉感慨的基本风格和质朴刚劲、雄浑遒劲的艺术特质完全从宫体诗中摆脱出来，基本廓清了六朝余风。陈子昂的诗歌标志着唐代诗风革新和转变的正式开始。

二、盛唐的诗歌创作

盛唐涌现了一大批风格各异的杰出诗人，他们以乐观积极的思想和宏大壮阔的胸怀，确立了"盛唐气象"这一诗歌美学风格。盛唐是唐诗发展史身为鼎盛，为中国诗歌发展史留下了一笔辉煌灿烂的文学财富。

（一）山水田园诗派的诗歌创作

盛唐山水田园诗以王维和孟浩然为代表。

王维（701－761），字摩诘，号摩诘居士，世称"王右丞"，与孟浩然合称"王孟"，唐朝河东蒲州（今山西运城）人。王维曾出使边塞，写了不少追求建功立业的边塞诗，这些边塞诗风格雄浑劲健，诗境壮阔透露出了诗人豪迈的气概，如《使至塞上》。在几遭挫折后，王维思想消沉，于是半官半隐，寄情山林，写下了大量描绘山水田园之美的诗歌，这些诗歌真正奠定了他在唐诗史上的大师地位。

孟浩然（689－740），襄阳（今湖北襄阳）人。孟浩然前半生主要居家侍亲读书，以诗自适。孟浩然是一个典型的盛世隐士，他的山水诗较多地带着隐士的恬淡与孤清，自然平淡，如他的代表作《宿建德江》。另外，孟浩然在漫游秦中、吴越等地时，也创作了不少山水田园诗，他的心情随着山水的变化而变化，有时也能写出相当豪放的诗句，如《临洞庭赠张丞相》中"气蒸云梦泽，波撼岳阳城"二句，极具磅礴浩瀚的气势，是非同凡响的盛唐之音。孟浩然的诗歌代表着盛唐南方山水诗的最高成就。

(二) 边塞诗派的诗歌创作

盛唐国力强大,疆土日益扩大,民族经济更趋繁荣,文化交流日益频繁。以边塞为题材的诗在唐代极为流行和壮观,下面我们来分析高适和岑参的边塞诗。

高适(约702—765),字达夫,渤海蓨(今河北景县)人。高适渴望建功立业,他曾两次北上蓟门,对戍边士卒的生活有较深入的了解,因而他的边塞诗常常交织着报国的豪情壮志和忧时的愤慨不平,如《燕歌行》。高适作为盛唐边塞诗的杰出代表,他的诗有一种慷慨悲壮的美,将个人的边塞见闻、观察思考和功名志向糅为一体,苍凉悲慨中带有理智的冷静。

岑参(715—770),荆州江陵(今湖北江陵)人,早年隐居,写过不少山水诗。岑参的边塞诗富有浪漫的奇情异彩,他以英雄主义的精神描绘了塞外行军、征战、送别等各种生活情景,如《白雪歌送武判官归京》。岑参以边塞生活为题的七言绝句也很出色,如《逢入京使》。岑参的诗是盛唐之音的突出代表,风格多雄奇瑰丽,在唐代边塞诗中独具一格。

(三) "诗仙" 李白的诗歌创作

李白(701—762),字太白,号青莲居士,祖籍陇西成纪(今甘肃省秦安县)。少年时代学习范围很广泛,好剑术。相信道教,有超脱尘俗的思想;有建功立业的政治抱负。25岁时出蜀东游。天宝元年(742)李白奉诏二入长安,任"供奉翰林",一度颇为玄宗赏识,不满两年,因其性格狂放触怒权贵,被迫辞官离京。后来,李白在洛阳与杜甫认识,结成好友,两人在唐诗的成就上不分伯仲,分别被称为"诗仙""诗圣"。李白是盛唐诗人中个性最鲜明的一位,他的作品的艺术个性也是独一无二的。"安史之乱"爆发后,应邀入永王李璘幕府辅佐,永王被杀后,李白被流放夜郎,途中遇赦得归,晚年流寓南方。62岁时病逝。

李白的诗多半已佚,但从现存的诗中可以看出,他的诗囊括了盛唐诗歌的所有领域,内容题材涉及大唐帝国的方方面面,同时传递出诗人丰富多样的思想情感。李白的五言绝句,简洁明快,言简意赅,自然真实又蕴含丰富,表达出无尽的情思,如《独坐敬亭山》。李白的七言绝句,自然活泼,意象雄浑,感情真率,气度豪迈,境界开阔,在唐诗中独抒机杼,不拘一格,极富独创性,如《黄鹤楼送孟浩然之广陵》。李白最擅长的是七言歌行,把中国古代浪漫主义诗歌推向高峰。他的七言歌行句式长短错落，形式自由灵活，篇幅较长，容量也大，如《梦游天姥吟留别》。李白诗歌擅长借助丰富的想象、奇特的比喻和大胆的夸张等表现手法来宣泄情感塑造形象，以产生一种惊世骇俗的美感效果，如《蜀道难》。李白的诗最能代表盛唐诗歌的伟大成就，充分体现了时代精神，凝聚着盛唐诗歌的主体风貌。

（四）"诗圣"杜甫的诗歌创作

杜甫（712－770），字子美，自号少陵野老。杜甫被后人称为"诗圣"，他的诗被后人称为"诗史"。他的祖父是初唐著名诗人杜审言，他的父亲杜闲，曾为兖州司马、奉天县令，当杜甫出生时家道已经开始衰落。杜甫十四五岁就才华展露，青年时代曾漫游吴越齐鲁。唐肃宗时，官左拾遗，后入蜀任剑南节度府参谋，加检校工部员外郎，故后世又称他杜拾遗、杜工部。天宝初他遇到朝廷放还的李白，两人建立了深厚友谊，杜甫和李白齐名，世称"李杜"。天宝六年（747）杜甫再次落第，后来又到长安，但不称意。乾元二年（759），杜甫对政治感到失望，加上关辅大饥，毅然弃官。迫于一家生存问题，只得往成都投靠高适等故交旧友。大历五年（770），杜甫病死在湘水上，享年58岁。

杜甫生活在战乱时期，生活坎坷，长期沦落下层，因此他了解人们的疾苦，他的诗歌能够反映大唐由盛而衰的社会现实，写实性强。他的思想核心是儒家的仁政思想，有"致君尧舜上，再使风俗淳"的宏伟抱负。

杜甫早期的诗歌初步显现了他沉郁顿挫的诗风，年轻的杜甫怀着对祖国大好河山的热爱和对人民的热爱，"放荡齐赵间，裘马颇清狂"，写出了很多歌颂祖国山川和托物言志的诗歌，如《望岳》。

杜甫诗歌提供了历史的事实和生动的生活画面，杜甫创作的著名诗歌"三吏""三别"，充分反映了当时人民置身水深火热的动荡社会之中，如《石壕吏》。杜甫还有些诗只写一己的感慨，我们可以从他的感慨里感受到当时社会的某些心理状态，如《登高》。杜甫也有一些活泼、轻松的诗歌，如《春夜喜雨》。杜甫的诗歌有很高的艺术价值、文学价值和历史价值，在诗史上是一位承先启后的人物。

三、中唐的诗歌创作

"安史之乱"是唐朝由盛转衰的标志，安史之乱爆发后，唐代社会和唐文学进入一个新的时期，文学史上习惯称之为中唐。中唐时期有不少杰出的诗人,如白居易、韩愈、柳宗元、刘禹锡、李贺等,本文重点介绍白居易、韩愈、李贺三人的诗歌创作。

(一)白居易的诗歌创作

白居易(772—846),字乐天,祖籍太原,出生于新郑(今属河南)。白居易现存诗歌2800余首,大致可以分为四类:讽喻诗、感伤诗、闲适诗和杂律诗。

白居易诗歌中最富有社会意义的部分是讽喻诗中那些社会写实的诗作,正如《新乐府序》所言"其辞质而径,欲见之者易喻也;其言直而切,欲闻之者深诫也;其事核而实,使采之者传信也;其体顺而肆,可以播于乐章歌曲也"。白居易大多数讽喻诗"一吟悲一事""首句标其目,卒章显其志",这是其突出的艺术特色,也是其基本思想特征。他的这些讽喻诗的前面都有小序,表明作诗的缘起和诗的主旨,多为揭露和抨击黑暗现实、反映民生疾苦、同情劳动人民,如《观刈麦》。白居易的感伤诗以《长恨歌》和《琵琶行》为代表,这两首长诗具有极高的艺术价值,为后人赞赏。白居易继承和发展了《诗经》、汉乐府民歌以来的诗歌艺术写实和社会批判的优秀传统,其作品对后代诗歌产生了深远的影响。

(二)韩愈的诗歌创作

韩愈重视诗歌的娱乐功能和逞才炫博的自我表现功能,具体来说,韩愈诗歌的特征表现为:第一,韩愈以超群绝伦的想象力和雄伟豪壮的精神气魄创造诗境,追求奇崛险鸷的意境,如《调张籍》;第二,韩愈的诗歌具有劲拔险拗的语言韵律,如《谒衡岳庙遂宿岳寺题门楼》;第三,韩愈的诗歌具有以文为诗的结构笔法,这种以文为诗的结构笔法,从积极方面的角度讲,丰富了诗歌的创作手段和表现形式,如《八月十五夜赠张功曹》。韩愈的诗歌对唐诗和宋诗的发展都有深远的影响。

(三)李贺的诗歌创作

李贺(790—816),字长吉,河南府福昌昌谷(今河南宜阳)人,是唐宗室郑王的后裔。李贺把作诗视为生命之所系,他的诗歌具有较强的浪漫主义色彩,诗风凄艳诡激、怨郁诞幻。他偏于用感性的角度来认识社会,表现重点多为对主体心灵的全力开掘和虚幻意象的巧妙营造,常用非现实的幻想描写天上神灵与地下鬼怪世界,被称为"鬼才"。李贺诗歌在构思、意象、遣词、设色等方面都表现出新奇独创的特色，被称为"长吉体"。李贺渴望建功立业，收复沦陷的故土，他通过诗歌抒发自己的人生追求和怀才不遇的悲愤，如《南园》。李贺的诗歌具有强烈的浪漫主义色彩，情感色彩和主观随意性强烈，构思奇特，瑰怪奇诡，组接自由。李贺的诗歌以情感和感受的表达为中心，巧妙组合各种幻想意象，创造出虚幻的艺术境界。

四、晚唐的诗歌创作

晚唐的诗歌呈现出哀婉深沉的斜晖余韵，追求朦胧情思和细腻幽约的美，在唐诗的发展史上开拓了一个全新的境界。杜牧和李商隐是这一时期最具代表性的诗人。

杜牧（803—852），字牧之，京兆万年（今陕西西安）人，有《樊川文集》二十卷传世。杜牧的政治诗、咏史诗、写景抒情诗、咏怀、酬送寄赠诗等都具有一定的认识意义和颇高的美学价值，思想内容丰富，情调积极健康，且艺术上很有特色。杜牧的政治诗通常通过精心选取的意象来表达自己内心的感情，兼具豪迈、深情、清丽等特点，如《早雁》。杜牧紧密结合现实，"雄姿英发"，不拘历史陈见，创作了大量咏史诗，如《赤壁》。杜牧的写景抒情诗清丽明朗、深情细腻甚至多愁善感，善于用凝练的语言勾勒鲜明的景物意象，把悠远的情思寄托在具体画面之中，如被清代评论家沈德潜推崇为"绝唱"的《泊秦淮》。另外，杜牧的一些送别、酬答的诗也写得十分出色，表现了诗人内心世界的另一面，如《清明》。杜牧推崇韩愈、杜甫和李白，积极实践自己的诗歌创作主张，形成了高华俊爽的独特风格。

李商隐（813—858），字义山，号玉溪生、樊南生（樊南子），怀州河内（今河南省沁阳市）人。李商隐比较著名的政治时事诗是《行次西郊作一百韵》，真实描写了"依依过村落，十室无一存"的社会经济破败景象，高度概括了唐王朝从"贞观之治"到"甘露之变"的历史，并依据治乱"系人不系天"的观点，揭露了当时存在的严重社会危机，不愧是被认为具有"诗史"性质的长篇诗。李商隐的爱情诗、无题诗和抒情诗更多表现为反复的思索，情思整体的若隐若现、晦涩难懂，常常引起读者各种各样不同的解释，如《锦瑟》。李商隐的抒情诗常借助一些意象当作情感的载体，作品呈现出曲折隐晦、朦胧、含义深远的特点，如《嫦娥》。总的来说，李商隐的诗歌内容细腻复杂，善于使用意象曲折抒情。

第五章 两宋风华：词的璀璨时代

宋词是中国文学发展的一个高峰，宋代词的发展达到了顶峰在中国文学史上，出现了一批值得大书特书的文学家和词人，他们为辉煌绚烂的中国文学增添了浓墨重彩的一笔。在天时、地利、人和的加持下，从小令到长调，从柳永到苏轼，从儿女情长到壮志豪情，宋词在发展中变化，在变化中成熟，最终在这个时代走向巅峰。

第一节 宋词的兴起与文人的尝试

一、宋词兴起

（一）社会环境的需要

词的产生，与音乐有着紧密的联系。词是一种伴着乐器演唱的曲辞，经过文人的创作和开拓，词的内容日益广泛，体制也越来越丰富，虽然有些词的文学性很高可以脱离音乐成为一种独立的文学作品，但其本质并没有变，大部分词都能够同音乐唱和。柳永、秦观、周邦彦的作品，具有很强的歌曲性，这一点从他们的词风和创作背景中很容易知道，苏轼、辛弃疾等豪放派的词也大多合乎音律。

词在宋朝，享有很高的文学地位和艺术地位，它既是人们用来娱乐休闲的咏唱诗歌，又是文人彰显才智、抒发情感的一种文体载体。其用途颇为广泛，无论是庙堂盛典，还是士大夫宴会都离不开词，青楼妓馆、民间歌楼就更离不开词了。从贩夫走卒到皇权贵族，词在宋代贯穿整个社会构成，成为人们日常生活的一部分。词在民间十分流行，这与它的音乐特性有着紧密的关系。柳永是当时的词作大家，人们戏称世间有井水处即能歌柳永的词，由此可见柳永词曲在当时传唱之广。宋代的歌楼、茶馆等娱乐场所十分兴盛，很多贫民在接受过作词、唱曲的训练之后，进入这些娱乐场所唱词。在宋人笔记里，时常记载着某某歌女所作的词，实际上这些词大多是在这样的环境下完成的。宋朝虽然始终没能摆脱外患问题，但经济的繁荣使得中原地区娱乐场所发展兴盛,整个社会沉浸在一种酣歌醉舞的气氛中。北宋的汴京(今河南省开封市)、南宋的临安(今浙江省杭州市)是当时极为繁华的两个城市,在发达的商业经济中,在王朝君臣奢侈淫靡的生活中,在文人学士流连风月的氛围中,在各种娱乐方式不断发展的环境中,词在整个社会的需求大幅增加,人们需要用一种能唱、能吟的文学形式来抒发自己成功时的快意、失败时的沮丧、麻木中的疯狂。"山外青山楼外楼,西湖歌舞几时休?暖风熏得游人醉,直把杭州作汴州。"在林升的《题临安邸》中,既一面感叹地写出当时封建统治集团腐朽颓废的生活面貌,同时也说明了歌舞风靡的社会环境正是词兴起的社会原因之一。

(二)词体本身的历史发展

诗到唐末,已经逐渐衰落,不见盛唐气象,后起的诗人大多以模仿唐人之作为主,由于李、杜等人将诗歌的发展带入巅峰,后人已经很难超越,文人为了突破唐人诗歌创作的形式,在继承唐代诗歌精华的基础上,逐渐发展"词"这种独特的创作形式。音乐元素的加入,使词适合配乐吟唱的创作,因此,词得到了宋朝各个社会阶层的认可和青睐,成了一种新兴的文学形式,并迎来了它的巅峰。

(三)政治力量的影响

在封建社会的政治条件下,君主贵族的喜好对于文学的发展也有很重要的影响。到了宋朝,词已经发展成为不同于唐和五代的小令的一种新体文学,君主贵族对词十分钟爱,不仅十分赏识能作词的文人并对他们加以褒奖,还经常自己作词来彰显才华和抒情。在宋代士子以此干禄,词人以此献媚,形成了一种社会风气,这种风气对词的发展起到了十分重要的推动作用。在名利的诱惑之下,作词上下成风,作者日众,对于宋词内容的成熟和艺术性的提高起到了重要的作用。王易在《词曲史》中写道:"真、仁、神三宗俱晓声律,徽宗之词尤擅胜场,即所传十余篇,固已无愧作者。至若韩缜北使西夏,以离筵作《芳草凤箫吟》一词,神宗忽中批步兵司遣兵为搬家追送,而出疆使节,得以爱妾追随;宋祁以繁台街《鹧鸪天》一词,而蓬山不远,遂拜内人之赐;蔡挺以《喜迁莺》一词,而有枢管之命;苏轼以《水调歌头》一词,而获爱君之叹;至周邦彦以《兰陵王》一词,而追回为徽猷阁待制,则事所或有也。……南渡以后,流风未泯。高宗能词,有《舞杨花》自制曲,廖莹中《江行杂录》谓光尧《渔歌子》十五章,备骚雅之体，虽老于江湖者不能企及；又复刻意提倡，奖掖词才，康与之、张抡、吴琚之伦，皆以词受知，赏赉甚厚……孝、光、宁三宗虽鲜流传，而歌舞湖山，其游赏进御各词，至今犹有清响。则两宋词流之众，多由君主之提倡，非啻一时风会已也。"这种现实的政治条件，对于宋词发展的推动，也有一定的影响。

二、宋词兴起初期文人的尝试

宋朝初年，朝廷的主要任务是肃清国内各种反抗势力，巩固国家政权，采取的方式之一就是编纂《太平御览》《太平广记》《文苑英华》《册府元龟》等大类书以教化百姓。因此，宋词的创作呈现出一片冷清的状态，没有得到很好的发展。除了李煜、欧阳炯等人之外，宋朝文人的词作质量和数量都呈现下降的趋势。宋朝初期出生的文人，逐渐成为大宋文坛的中坚力量，这批人的出现为宋词的发展注入了活力，他们在大宋稳定、繁荣的社会状态下成长，思想活跃、锐意创新，宋词的创作量出现了井喷式的增长，并且出现很多文学巨匠。

最初出现于词坛的是官宦贵族，比如寇准、韩琦、晏殊、宋祁、范仲淹、欧阳修等，他们不仅是当时有名的词作家，而且身居高位，都是身份煊赫的官员。由于身处高位，他们的作品雍容华贵不失风度，显示了他们不卑不亢、不媚世俗的文人骨气。他们的作品大气恢宏，言情缠绵不显轻薄，措辞华丽却清新脱俗。这时词的风格和形式，大体上以沿袭南朝为主，内容主要集中在言情和歌舞之乐方面，还没有突破传统创作的窠臼。如：

波渺渺，柳依依。孤村芳草远，斜日杏花飞。江南春尽离肠断，蘋满汀洲人未归。（寇准《江南春·波渺渺》）

病起恹恹，庭前花影添憔悴。乱红飘砌，滴尽胭脂泪。惆怅前春，谁向花前醉？愁无际，武陵回睇，人远波空翠。（韩琦《点绛唇·病起恹恹》）

东城渐觉风光好，縠皱波纹迎客棹。绿杨烟外晓寒轻，红杏枝头春意闹。浮生长恨欢娱少，肯爱千金轻一笑。为君持酒劝斜阳，且向花间留晚照。（宋祁《玉楼春·春景》）

碧云天，黄叶地，秋色连波，波上寒烟翠。山映斜阳天接水。芳草无情，更在斜阳外。

黯乡魂，追旅思。夜夜除非，好梦留人睡。明月楼高休独倚。酒入愁肠，化作相思泪。

（范仲淹《苏幕遮·碧云天》）

塞下秋来风景异，衡阳雁去无留意。四面边声连角起。千嶂里，长烟落日孤城闭。

浊酒一杯家万里，燕然未勒归无计。羌管悠悠霜满地。人不寐，将军白发征夫泪。

(范仲淹《渔家傲·塞下秋来风景异》)

在范仲淹（989—1052）的这些词里，我们既可以感受到作者细腻的情感，又能感受到作者报效国家的壮志，一字一句，流淌着作者的爱国思绪和情感，在宋代的词作中可算佳作。《渔家傲》词中所表露的爱国情怀、边塞风光和征战的劳苦，慷慨苍凉，令人感同身受。范仲淹一生功业彪炳，他本无意在文场上争名，因此他作词不多，即有所作，也不爱惜保存，大都散佚了。据魏泰《东轩笔录》云："范文正公守边日，作《渔家傲》乐歌数阕，皆以'塞下秋来'为首句，颇述边镇之劳苦。"又元李冶《敬斋古今黈》云："范文正公自前二府镇穰下营百花洲，亲制《定风波》五词。第一首为'罗绮满城'。今《疆村丛书》所收范词一卷，连补遗二首，一共六首，可见范词散佚之多。"范仲淹作品的散佚，在宋词史上是一种损失，在中国文学史上也是一种损失。他既有柔情似水的婉约之作，又有辽阔悲壮的豪迈之作，对于宋词后来的发展和宋词词风的转变具有重要的作用，后来的苏轼、陆游等人的创作均在一定程度上受到他的影响。《中吴纪闻》载："《剔银灯》一阕果为范氏所制，则苏、辛之作，范实为其先导。"可见他的作品，是已超越南唐的藩篱，而启示着语境的开拓与解放的机运了。

昨夜因看《蜀志》，笑曹操、孙权、刘备，用尽机关，徒劳心力，只得三分天地。屈指细寻思，争如共刘伶一醉！

人世都无百岁，少痴騃，老成尪悴。只有中间，些子少年，忍把浮名牵系。一品与千金，问白发如何回避？（《与欧阳公席上分题》）

词中所表现的诙谐趣味与白话语气，又与前面的几首词不大相同。他作这词时，是在宴会席上，酒醉饭饱以后，同朋友们说说笑话，这首词的背景，同前面那些抒写边塞劳苦离愁别恨的背景截然不同，因此反映于作品中的情调与色彩，也就各异其趣了。

第二节　词风变化以及两宋词作风格的比较

一、宋词词风的转变

　　张先、柳永的出现，使宋词的词风发生了不小的变化。从形态上，多用长调慢词来承载内容；在词风上，他们从花间词派、南唐的清婉中脱离出来，改用铺叙的手法，描写直白大胆；在内容上，张、柳二人的词主要表现了世俗生活，以沉浸在都市生活的男女心理描写为主，他们的作品里市井俚语随处可见，与讲究词汇出处的传统创作有很大的区别。这三个特点，在柳永的词作中表现得极为明显，张先因为生活的时代略早于柳永，受花间词和南唐词风的影响，这些特点在其词作里表现得并不是十分突出，但他的尝试和探索对宋词词风的转变有承前启后的作用。陈廷焯《白雨斋词话》云："张子野词，古今一大转移也。前此则为晏、欧，为温、韦，体段虽具，声色未开。后此则为秦、柳，为苏、辛，为美成、白石，发扬蹈厉，气局一新，而古意渐失。子野适得其中，有含蓄处，亦有发越处，但含蓄亦不似温、韦，发越亦不似豪苏腻柳。"很多人将柳永作为宋词词风转变的发起者，仔细考证可以发现，张先的词为柳永词风的形成奠定了基础，因此我们说宋词词风的转变始于张先，大盛于柳永。

　　晏殊、欧阳修的词，内容比较狭窄，形式比较短小，其内容主要表现上层社会人们的生活与感情，词这时候还局限在高端、上层的圈子之中。到了张先、柳永二人时，他们所作词曲的内容突破了狭隘的上层社会的范围，扩展到平凡的百姓生活当中，对都市面貌、流浪旅人的浪漫情怀、歌楼妓馆舞女的寂寞多情进行了深入的刻画，当然这也从侧面反映了宋代经济繁荣、政治苟安以及朝野迷恋声色的社会现象。由于内容表现的需要，他们将小令改为长调，这使得宋词的创作形式发生了很大的变化，也极大地提高了宋词创作的灵活性。

　　晚唐、五代的词，大都是小令。长词见于《全唐诗》者，有杜牧的《八六子·洞房深》，钟辐的《卜算子慢·桃花院落》；见于《花间集》者，有薛昭蕴的《离别难》；见于《尊前集》者，有后唐庄宗的《歌头》，尹鹗的《金浮图》，李洵的《中兴乐》。短者八九十字，长者百余字。杜牧、钟辐二篇，或有可疑，《花间集》《尊前集》诸人所作，是比较可靠的。但由敦煌曲词看来，在诗人运用长调之前，民间早已流行长调了。不过文人们没有重视，因此长调并未风行。宋初，长调也很少。晏殊、欧阳修的词，俱以小令为主。虽偶有较长的作品，也是偶尔成篇，并非有心提倡长调和有意从事词体解放的工作。因此为了适应都市复杂生活和新内容的表现，长调的大量使用，以及词体解放工作的开展，不得不归功于张先、柳永了。张先时代较早，集中多小令，慢词长调有《山亭宴慢》《谢池春慢》《熙州慢》《宴春台慢》《卜算子慢》《少年游慢》《归朝欢》《喜朝天》《破阵乐》《沁园春》《倾杯》《剪牡丹》《汉宫春》等调。《乐章集》九卷中，则以长调为主体，而小令只是少数。并且他们都洞晓音律，自制曲谱，所以其词都区分宫调，时造新声。因此，他们在词体的发展史上，是有重要地位的。张、柳以后，长调普遍流传，作者日益繁盛，篇什遂火。宋翔凤《乐府余论》说："一时动听，散播四方，其后东坡、少游、山谷辈相继有作，慢词遂盛。"

二、两宋词作的比较

（一）北宋：俗与雅

柳永之前，词调大多是篇幅较短的小令，为了表现更加复杂的内容，柳永发展了篇幅较长的慢词。其《乐章集》存词二百多首，十之七八是慢词，可见柳永的慢词创作量之大。由于慢词的大量创作，柳永从前代的文学样式中引入赋的铺陈手法，将宋词的发展又向前推进了一步。柳永的词主要写市民生活的情趣，词里行间各种民俗俚语并不鲜见，由于通俗易懂，柳词受到市民阶层的广泛欢迎。柳词叙事颇为直白，很少写用隐约的寄托来表现主人公内心的情感波动，他的词热情、直接，对生活、对爱情进行了美好大胆的描写。

柳永的代表作《定风波·自春来》和温庭筠《菩萨蛮·小山重叠金明灭》内容很近似，都是从一个女子清早厌倦梳妆写起，但一雅一俗，风格迥异。《定风波》如同《菩萨蛮》的白话翻译，温词中蕴蓄在字里行间的深曲委婉的难言之情，都被柳永以通俗明白的语言说了出来，达到淋漓尽致的地步。

柳永也有一些雅词，这些词照顾世人的欣赏水平，融俗入雅，雅俗共赏。其雅词的内容也是以爱情相思为主，例如《雨霖铃·寒蝉凄切》：

寒蝉凄切，对长亭晚，骤雨初歇。都门帐饮无绪，留恋处，兰舟催发。

第五章 两宋风华：词的璀璨时代

执手相看泪眼，竟无语凝噎。念去去，千里烟波，暮霭沉沉楚天阔。

多情自古伤离别，更那堪、冷落清秋节!今宵酒醒何处？杨柳岸、晓风残月。此去经年，应是良辰好景虚设。便纵有千种风情，更与何人说？

徐度《扫却篇》卷下说柳词："其词虽极工致，然多杂以鄙语，故流俗人尤喜道之。"叶梦得《避暑录话·卷下》记一西夏归朝官曰："凡有井水饮处，皆能歌柳词。"可见柳词流传之广。

苏轼从另一个方面改变了北宋的词风。如上所述，北宋前期大多数文人的创作都延续了五代南唐的风格，可以说除了柔靡绮艳、绸缪宛转之外，人们不知道词还能用来干什么，也不知道除了这样词还能怎么写。在文学革新领域有着突出成就的大文学家欧阳修在填词的时候也只能按照五代词人的套路来创作，并没有突破。苏轼作为一代文豪，他的文学功力自不必说，更难能可贵的是，他通过创作将作为"艳科"的词发展成了一种新的用来抒发情感的文学形式。苏轼的创作让人们转变了对词的看法，他的作品让人们意识到，词不仅是一种消遣娱乐、佐欢侑酒的工具，词还有更深层的内涵需要人们去挖掘。苏轼用词去表现诗的传统题材，这对宋词内容的拓展具有划时代的意义，也是从苏轼开始，诗和词拥有了一样的功能和文学地位。在当时的人们眼中，苏轼的词居然可以用来言志、咏怀，探究人生的意义，表达哲理的思考，这几乎颠覆人们对词的认知。苏轼以诗为词，他的作品有诗的沉郁、诗的豪放与诗的淳朴，而又统一于自然天成。特别值得注意的是苏轼的"豪放词"，这些词数量虽不很多，但显示了新的方向，产生了深远的影响。如《念奴娇·赤壁怀古》《水调歌头·明月几时有》等。

苏轼也有《水龙吟·次韵章质夫杨花词》这样婉约的作品：

似花还似非花，也无人惜从教坠。抛家傍路，思量却是，无情有思。萦损柔肠，困酣娇眼，欲开还闭。梦随风万里，寻郎去处，又还被莺呼起。

不恨此花飞尽，恨西园，落红难缀。晓来雨过，遗踪何在？一池萍碎。春色三分，二分尘土，一分流水。细看来，不是杨花，点点是离人泪。

出自苏轼门下的秦观，词风却与苏轼大异，被推为婉约派的正宗，苏轼曾指责他的《满庭芳》中"销魂，当此际"是"柳七语"。但总的看来他与柳永并不相同，他的词淡雅清丽，情辞俱工，有一种玲珑剔透之美。

如《鹊桥仙·纤云弄巧》：

纤云弄巧，飞星传恨，银汉迢迢暗度。金风玉露一相逢，便胜却人间无数。

柔情似水，佳期如梦，忍顾鹊桥归路！两情若是久长时，又岂在朝朝暮暮！

周邦彦是北宋词人。他的创作特点是"以赋为词"，与苏东坡的"以诗为词"有异曲同工之妙，既然是以赋为词就必然要使用铺陈方法来对想要表达的内容进行创作。周邦彦在柳永以赋为词基础上将这种创作方式又加以发展，使得宋词铺陈的角度、层次更加丰富和立体。柳词多平铺直叙，周词则善于回环往复，主要是今昔的回环和彼此的往复。周邦彦常常写一个有首有尾、有开有阖的过程。陈廷焯《白雨斋词话》卷二说："词法莫密于清真。"这个评价客观而中肯。例如周邦彦我们看的代表作《瑞龙吟·大石春景》，就暗含着一段爱情故事，在铺陈之中又有余蕴，浑厚典雅，富艳精工，耐人寻味。

周邦彦妙解音律，善于创调。他的词作品词律细密，首先以四声入词，严格区分每个字的平、上、去、入，音韵清雅。如果说柳永的词是信手拈来的平民之音，那么周邦彦的词则是"无一点市民气"的高级享受。周邦彦是北宋集大成的词人，对南宋时期很多作家的创作产生了影响，是联系南宋和北宋词作的一座桥梁。

（二）南宋：悲与壮

南宋词又有不同于北宋词的新貌。南宋严峻的外部危机使得整个南宋的词人始终处在一种焦虑和不安当中，字里行间流露着对命运的无奈和迷惘。当然也有一些词人，将自己驱逐外敌的豪情壮志寄托在创作中。

处于北宋和南宋之间的女词人李清照的词虽然多写个人生活，但深深地烙上了时代印记，使人从中感到国破家亡之痛。

在当时影响更大的词人是辛弃疾，他以豪放著称，与苏轼并称"苏辛"，在宋词创作上取得了很大的成就。辛弃疾和苏轼虽然都属于豪放派的代表，但二者的词无论是形式还是创作思路都有很大的不同。苏轼以诗为词，形式工整，辛弃疾以文为词，形式灵活；苏轼生活在北宋国力强盛的北宋中期，其作品大多抒发个人的豪情壮志；辛弃疾生活在国力贫弱的南宋，作品大多表现为国尽忠、誓报国仇的悲壮。辛弃疾的文学造诣很高，他的词既有孟子的雄辩，又有庄子的诡奇；既有韩愈的不平之鸣，又有柳宗元的秀骨俊语，他在宋词创作中所运用的类似散文的创作手法，将宋词恣意昂扬的气势表现得淋漓尽致，将词的创作空间进行了深化。

他的词气盛言宜，以气御言，无往而不利。如《破阵子·为陈同甫赋壮语以寄之》：

醉里挑灯看剑，梦回吹角连营。八百里分麾下炙，五十弦翻塞外声，沙场秋点兵。

马作的卢飞快，弓如霹雳弦惊。了却君王天下事，赢得生前身后名，可怜白发生！

辛弃疾是一位爱国义士，早年曾参加耿京领导的抗金队伍，绍兴三十二年（1162），耿京的部下张安国杀死耿京，率部投降金兵。这时辛弃疾正被派往南宋接洽联合抗金事宜，归来途中闻讯，便带领五十余人闯入金营生擒张安国，率领耿京旧部万余人南归投宋。可是在南宋他一直未能施展其抗金救国的抱负，他遂在词里不断地抒写自己的壮志，发泄心中的愤懑。如《清平乐·独宿博山王氏庵》：

绕床饥鼠，蝙蝠翻灯舞。屋上松风吹急雨。破纸窗间自语。

平生塞北江南，归来华发苍颜。布被秋宵梦觉，眼前万里江山。

辛弃疾还有一些词写农村生活，为词的创作开拓了新的题材，如《清平乐·村居》：

茅檐低小，溪上青青草。醉里吴音相媚好。白发谁家翁媪。

大儿锄豆溪东，中儿正织鸡笼。最喜小儿无赖，溪头卧剥莲蓬。

辛弃疾作词喜欢引用典故，深厚的文学造诣使他能够信手拈来经史百家的典故。他十分向往和敬佩为国捐躯的英雄气概，这一偏爱在他的词里体现得十分明显，也与他大气磅礴的词风相呼应。

与辛弃疾同时的爱国词人还有张孝祥、陆游、陈亮等。

张孝祥的《念奴娇·过洞庭》大气磅礴，表现了词人高尚的人格：

洞庭青草，近中秋、更无一点风色。玉鉴琼田三万顷，着我扁舟一叶。素月分辉，明河共影，表里俱澄澈。悠然心会，妙处难与君说。

应念岭海经年，孤光自照，肝肺皆冰雪。短发萧骚襟袖冷，稳泛沧浪空阔。尽挹西江，细斟北斗，万象为宾客。扣舷独啸，不知今夕何夕。

陆游的词中也常常抒发壮志难酬的悲愤，如《诉衷情·当年万里觅封侯》：

当年万里觅封侯，匹马戍梁州。关河梦断何处，尘暗旧貂裘。

胡未灭，鬓先秋，泪空流。此生谁料，心在天山，身老沧洲。

陈亮的词豪气纵横,其代表作可举《水调歌头·送章得茂大卿使虏》:
不见南师久,漫说北群空。当场只手,毕竟还我万夫雄。自笑堂堂汉使,得似洋洋河水,依旧只流东。且复穹庐拜,会向藁街逢。

尧之都,舜之壤,禹之封。于中应有,一个半个耻臣戎。万里腥膻如许,千古英灵安在,磅礴几时通。胡运何须问,赫日自当中。

南宋的另一位词人姜夔于辛弃疾之外另立一宗,史达祖、吴文英、蒋捷、周密、王沂孙、张炎等追于其后,成为南宋后期词坛的主流。姜夔词的特点,多以"清空"概括,张炎在《词源》中写道:"词要清空,不要质实。清空则古雅峻拔,质实则凝涩晦昧。姜白石词如野云孤飞,去留无迹……白石词如《疏影》《暗香》等曲,不惟清空,又且骚雅,读之使人神观飞越。"

在张炎看来,清空只是白石词的一个方面。白石咏物而不拘于物,能着笔于更广阔的想象天地,此所谓清空。但白石还有另一面,即骚雅。骚雅者,须有寄托,有意趣,不流于软媚。张炎在同书中又说"词以意趣为主",又举了姜白石的《暗香》和《疏影》,说是"清空中有意趣"。姜夔的风格,刘熙载所谓"幽韵冷香"四字概括得最好。简言之就是"幽冷",他是以"幽冷"独树一帜,自立于软媚、豪放、精工之外,成为南宋词坛上影响重大的词人。姜夔也精研乐理,能创作乐曲,有《白石道人歌曲》六卷,其中包括词调十七曲,大部分是他的自度曲,如《暗香》:

旧时月色,算几番照我,梅边吹笛?唤起玉人,不管清寒与攀摘。何逊而今渐老,都忘却春风词笔。但怪得竹外疏花,香冷入瑶席。

江国,正寂寂,叹寄与路遥,夜雪初积。翠尊易泣,红萼无言耿相忆。长记曾携手处,千树压,西湖寒碧。又片片吹尽也,几时见得?

南宋后期以姜夔、吴文英为代表的这一批词人有一个共同的特点,就是词律更加细密,也更注重锤炼字句,形成更加文人化的高雅之风。

第三节 群星闪耀的两宋词人

一、北宋初期的代表词人

(一)柳永

柳永(约 987—1053),原名三变,北宋著名词人,婉约派代表人物,

第五章 两宋风华：词的璀璨时代

他的词从创作方向上改变了以往词的审美内涵和审美趣味，即变"雅"为"俗"，把被文人雅化了的词，恢复到原来的通俗面貌，将市民意识、市民生活及市民情调引入词中，着意运用通俗化的语言表现世俗化的市民生活情调，扩展了词的表现内容。例如《定风波·自春来》：

自春来、惨绿愁红，芳心是事可可。日上花梢，莺穿柳带，犹压香衾卧。暖酥消。腻云亸。终日厌厌倦梳裹。无那。恨薄情一去，音书无个。

早知恁么，悔当初、不把雕鞍锁。向鸡窗、只与蛮笺象管，拘束教吟课。镇相随，莫抛躲。针线闲拈伴伊坐。和我。免使年少，光阴虚过。

这首词以第一人称的口吻，采用白描手法，把闺妇热烈追求爱情生活的心曲和盘托出，刻画了一个敢怨、敢怒、敢说、敢爱的痴情怨妇对爱情的渴望。词人以一种泼辣爽直的性格直接表现了世俗女性的生活愿望，语言通俗，风格明快，形象真实，带有浓厚的市民色彩，与市民大众的审美趣味非常吻合。

柳永不像晚唐五代以来的文人词那样只是从书面的语汇中提炼高雅绮丽的语言，而是充分运用现实生活中的日常口语和俚语，反复使用诸如动词"看承""消得""都来""抵死"等、副词"争""恁""怎"等、代词"我""你""伊""伊家""自家""阿谁"等。这些富有表现力的口语入词，不仅生动活泼，而且像是直接与人对话、诉说，使读者和听众既感到亲切有味，又易于理解接受。例如《八声甘州·对潇潇暮雨洒江天》：

对潇潇暮雨洒江天，一番洗清秋。渐霜风凄紧，关河冷落，残照当楼。是处红衰翠减，苒苒物华休。唯有长江水，无语东流。

不忍登高临远，望故乡渺邈，归思难收。叹年来踪迹，何事苦淹留？想佳人，妆楼颙望，误几回、天际识归舟。争知我，倚栏杆处，正恁凝愁！

这首词一开头便觉境界阔大，雄迈豪放，气势不凡。"是处"四句描绘出一幅山川寂寥的寒秋图。下阕鲜明地展示词的题旨：望乡尽归，情难自抑。词人先回顾自己落拓江湖，到处漂泊，自问自叹，万般无奈；次写故乡佳人，期盼自己；最后写自己倚阑凝愁，痴心可鉴。全词语浅而情深，融写景、抒情为一体，抒羁旅之愁，怀"故乡"之"佳人"，风格属于"秋士易感"式的佳作。

在两宋词坛上,柳永是创用词调最多的词人。他现存213首词,用了133种词调。在宋代所用880多个词调中,有100多个词调是柳永首创或首次使用。柳永是第一个倾毕生精力制作慢词的人,他创制慢词途径有三:一是把小令、中调扩展为慢词,或者增衍为引、近,如《木兰花慢》《浪淘沙慢》《临江仙引》《诉衷情近》等;二是自制新腔,即自度腔,其中《秋蕊香引》为柳永自度腔,《归去来》《惜春郎》《还京乐》《雪梅香》等可能是柳永采摘社会上流行的新声入词,也可能是出自自创;三是将正在兴起的"市井新声",提炼加工为慢词,如《夜半乐》《传花枝》《十二时》等。词至柳永,体制始备,令、引、近、慢,单调、双调、三叠、四叠等长调短令,日益丰富。从形式上看,他的《乐章集》里所用的一百多个曲调中,《戚氏》《柳腰轻》《过涧歇》《倾杯》《合欢带》《小镇西》《如鱼水》《夏云峰》《驻马听》《竹马儿》《内家娇》《引驾行》《曲玉管》等,全为"市井新声"或唐教坊曲的"旧曲翻新"。其中,最长的慢词《戚氏》长达212字。

柳永为适应慢词长调体式的需要和市民大众欣赏趣味的需求,创造性地运用了铺叙和白描的手法。他将"敷陈其事而直言之"的赋法移植于词,或直接层层刻画抒情主人公丰富复杂的内心世界,如《定风波》《满江红》等;或铺陈描绘情事发生、发展的场面和过程,以展现不同时空场景中人物情感心态的变化。柳永的叙事手法多用于他的艳情词,这类词共有30多首,它是继承唐代抒情词的传统发展而来的,有很高的艺术价值。

总之,柳永不仅从内容、风格上引入词中的市民意识、市民情调、都市风光、俚俗风格乃至浅俗直白的口语等,使词的艺术宝库一时光彩四射,美不胜收,更是促进了新的词体——长调慢词的发展。

(二)晏殊

晏殊(991—1055),北宋政治家、文学家。晏殊的词继承五代遗风,体势气质与冯延巳尤为相近。不过,作为盛世之元辅,"太平无事荷君恩"(《望仙门》)是其基本心态,"一曲新词酒一杯"(《浣溪沙》)是其悠闲从容的基本风度;其"一场愁梦酒醒时,斜阳却照深深院"(《踏莎行》)的吟咏,虽写的是愁,却无非是贵族士大夫在安适恬静的生活中因暂时的寂寞而引起的淡淡闲愁,如《浣溪沙·一曲新词酒一杯》:

一曲新词酒一杯。去年天气旧亭台。夕阳西下几时回。

无可奈何花落去,似曾相识燕归来。小园香径独徘徊。

这首词的上阕写词人怀着轻松喜悦的心情，带着潇洒安闲的意态对酒听歌，边听边饮，触发了对去年类似境界的追忆；下阕写虽然去年和今年是一样的，但在这一切依旧的表象下，词人又分明感觉到有些东西已经发生了难以逆转的变化，由此触发了词人对美好景物情事的流连、对时光流逝的怅惘以及对美好事物重现的微茫的希望，并将其扩展到整个人生，体现出词人对生命有限的沉思与体悟。全词在描写亭台如旧、香径依然的景物中，流露出落花归燕、好景不长的淡淡忧愁，表达伤春叹老的心情。词句清新婉转，玉润珠圆，意境协调，很能体现升平气象的北宋初期士大夫的情趣。

晏殊词的内容大多抒写男女之情和离情别意，如《云楼春·春恨》：

绿杨芳草长亭路。年少抛人容易去。楼头残梦五更钟，花底离愁三月雨。

无情不似多情苦。一寸还成千万缕。天涯地角有穷时，只有相思无尽处。

这首词写闺怨，女主人公知道她所思所想的是个无情无义之人，但又割舍不下对他无穷无尽的思念，最后只能是"只有相思无尽处"，而这更显出了女子的痴情，表现出她刻骨的相思之情。

又如《蝶恋花·槛菊愁烟兰泣露》：

槛菊愁烟兰泣露，罗幕轻寒，燕子双飞去。明月不谙离恨苦，斜光到晓穿朱户。

昨夜西风凋碧树，独上高楼，望尽天涯路。欲寄彩笺兼尺素，山长水阔知何处。

这首词写离别相思之情，缠绵悱恻，却又表现得委婉含蓄。词人并没有直接吐露相思之苦，而是运用移情于物的手法，将主观情感融进客观景物，点出离恨，并借助于对秋天破晓和夜晚自然景物的描绘曲折地传达出主人公与情人离别后郁结于胸的愁苦与哀怨，创造出了一种深远含蓄的抒情意境。主人公那绵绵的思绪、细腻的感受、脉脉的温情和低回往复的矛盾心态，无一不体现出他那富于高度儒家文化教养的贵族士大夫主体意识。

总之，晏殊的词风和婉明的，风流蕴藉，观察细、文风细、意境细，而且富贵其内，从容其外，没有多少书卷之气。当然，晏殊词也有一定的不足，一方面，词体单调，尽为小令，没有长调；另一方面，内容单薄，只有小众，没有大众，未免阳春白雪，和者盖寡。但不管怎么说，晏殊在两宋词坛的地位很高。作为北宋婉约词风的开创者，晏殊对后世的词人产生了重要的影响。其身后有着大批的追随者，近期继承者首推欧阳修，远期的继承者则除了秦观、李清照、晏几道之外，一直到周邦彦、姜夔、王沂孙、史达祖、吴文英、张炎，都可以看作晏殊词风的远方继承者。

二、北宋中后期的代表词人

北宋中期，社会经济和文化生活趋于高涨，诗文革新运动逐步深入，词的创作日益活跃，呈现出提高传统词艺趋势，代表词人有苏轼、秦观等。北宋晚期，由于社会动荡不安，擅长浅酌低吟的婉约词开始抬头，代表词人有贺铸、周邦彦等。

（一）苏轼

苏轼（1037—1101），号东坡居士，北宋文学家、书画家，"唐宋八大家"之一。在苏轼创作的词中，大多数是有关壮志、哲理、送别、怀古、旅怀、悼亡、农村、闲适、风光、贺寿、嘲谑等题材的。这种题材上的巨大变化，实际上是苏轼在继承五代温庭筠、韦庄、冯延巳、李煜之风的基础上开拓的新境界，开始时影响并不突出，至南宋则适逢其会，直接影响"苏辛词派"。例如表现苏轼壮志平生的第一首豪放词是《江城子·密州出猎》：

老夫聊发少年狂，左牵黄，右擎苍，锦帽貂裘，千骑卷平冈。为报倾城随太守，亲射虎，看孙郎。

酒酣胸胆尚开张，鬓微霜，又何妨！持节云中，何日遣冯唐？会挽雕弓如满月，西北望，射天狼。

这首词作于熙宁八年（1075）冬，当时苏轼知密州。词的上阕描写出猎时气势恢宏的场面。其时作者已经四十岁左右，自称"老夫"，说明壮心未已，与"少年"形成鲜明对比，颇有调皮、自嘲意味。"狂"生动活泼地表现了词人的真实个性。下阕的"持节""会挽雕弓如满月，西北望，射天狼"表达了词人抗击敌人的壮志和为国效力的愿望，大有"横槊赋诗"的气概。全词塑造了一个斗志昂扬、威武雄姿、渴望驰骋疆场杀敌报国的英雄志士形象。

苏词中常表现出对人生的思考，这无疑增强了词境的哲理意蕴，如其最有名的哲理词《定风波·莫听穿林打叶声》：

第五章 两宋风华：词的璀璨时代

莫听穿林打叶声，何妨吟啸且徐行。竹杖芒鞋轻胜马，谁怕？一蓑烟雨任平生。

料峭春风吹酒醒，微冷，山头斜照却相迎。回首向来萧瑟处，归去，也无风雨也无晴。

这首词写于苏轼黄州之贬后的第三年的初春，是一首春雨对心灵洗礼后的人生感悟之作。词人一行人路上遭雨，没有雨具，甚是狼狈，而词人却坦然接受了这初春寒雨，豪言竹杖芒鞋即可任平生，传达出一种笑傲风雨人生的豪迈之情。"莫听""何妨""谁怕"表达了词人对外物的不屑一顾，甚至透出一点俏皮，更增加挑战色彩，显示一种乐观、大无畏的情怀。

苏轼写词，主要是供人阅读，不求人演唱，虽也遵守词的音律规范但不为音律所拘，故苏词有着浓重抒情言志的自由奔放色彩，如名作《水调歌头·明月几时有》：

明月几时有？把酒问青天。不知天上宫阙，今夕是何年。我欲乘风归去，又恐琼楼玉宇，高处不胜寒。起舞弄清影，何似在人间。

转朱阁，低绮户，照无眠。不应有恨，何事长向别时圆？人有悲欢离合，月有阴晴圆缺，此事古难全。但愿人长久，千里共婵娟。

这首中秋望月怀人之作，词人运用形象描绘手法，勾勒出一种皓月当空、亲人千里、孤高旷远的境界氛围，月的阴晴圆缺中渗进了浓厚的哲学意味，表达了词人对胞弟苏辙的无限怀念。全词体现出奔放豪迈、坦荡磊落如天风海雨般的风格。

苏轼的怀古词写得十分大气，如《念奴娇·赤壁怀古》：

大江东去，浪淘尽，千古风流人物。故垒西边，人道是，三国周郎赤壁。乱石穿空，惊涛拍岸，卷起千堆雪。江山如画，一时多少豪杰。

遥想公瑾当年，小乔初嫁了，雄姿英发。羽扇纶巾，谈笑间，樯橹灰飞烟灭。故国神游，多情应笑我，早生华发。人生如梦，一尊还酹江月。

这首词上阕主要描写赤壁矶头风起浪涌的自然风景，感慨隐约深沉，意境开阔博大。下阕全从周郎引发，前五句写赤壁战争，对这场轰轰烈烈的战争，诗人采用举重若轻的手法，闲笔纷出，写到了周瑜的妻子小乔。小乔是乔玄的小女儿，赤壁之战时，周瑜与其结为夫妇已有 10 年。这里写"初嫁"是着意渲染词的浪漫气氛，这对塑造雄姿英发的周瑜形象起到全篇生色的艺术效果。"羽扇纶巾"表明周瑜虽为武将,却有文士的风度,与"谈笑间"一起突出了周瑜蔑视强敌的淡定的英雄气概。"人生如梦,一樽还酹江月"感情沉郁,是全词余音袅袅的尾声。全词通过写三国时期的赤壁之战,借酒抒情,思接古今,抑郁沉挫地表达了词人对坎坷身世的感慨之情,抒发了词人对昔日英雄人物的无限怀念和敬仰。

苏轼的爱情词也全无香软丽蜜之态,如《江城子·乙卯正月二十日夜记梦》:

十年生死两茫茫,不思量,自难忘。千里孤坟,无处话凄凉。纵使相逢应不识,尘满面,鬓如霜。

夜来幽梦忽还乡,小轩窗,正梳妆。相顾无言,惟有泪千行。料得年年肠断处,明月夜,短松冈。

这是一首很著名的悼亡词,苏轼为悼念已故的妻子王弗而作,颇有清丽爽劲的韵致。

在表现手法上,苏轼发展了柳永的铺陈手法,以赋的技法入词,直抒胸怀,即事写景。以议论入词,把比兴、比拟、寄托等艺术技巧引入词中,还采用了隐括式、俳体式、对话式,丰富了词的表现方法。苏词中灵活的表现手法主要是大量运用题序和用典故两个方面,丰富和发展了词的表现手法,对后来词的发展产生了重大影响。如前文提到的《定风波·莫听穿林打叶声》就是用词序来纪事,词本文则着重抒发由其事所引发的情感,使得题序与词本文在内容上起到了相互呼应的作用,丰富和深化了词的审美内涵。例如《醉翁操·琅然》序云:

琅琊幽谷,山水奇丽,泉鸣空涧,若中音会,醉翁喜之,把酒临听,辄欣然忘归。既去十余年,而好奇之士沈遵闻之往游,以琴写其声,曰《醉翁操》,节奏疏宕而音指华畅,知琴者以为绝伦。然有其声而无其辞。翁虽为作歌,而与琴声不合。又依《楚词》作《醉翁引》,好事者亦倚其辞以制曲。虽粗合韵度而琴声为词所绳约,非天成也。后三十余年,翁既捐馆舍,遵亦没久矣。有庐山玉涧道人崔闲,特妙于琴,恨此曲之无词,乃谱其声,而请于东坡居士以补之云。

这篇小序可以说是苏轼词乐审美理想的表述。琴曲《醉翁操》,以琴声写出泉石之天籁与高人之雅趣,"知琴者以为绝伦",达到一个相当高的境界,但苏轼却以为"翁虽为作歌,而与琴声不合",又作《醉翁引》,而"引"与所制之"曲",虽"粗合韵度",然"琴声为词所绳约",仍"非天成";可见苏轼对于词的协律标准,不当"不合",追求一种声情

（音乐与文学）谐调、相得益彰、浑然天成的境界。

总之，苏轼对词体进行了全面的改革，最终突破了词为"艳科"的传统格局，提高了词的文学地位，使词从音乐的附属品转变为一种独立的抒情诗体，从根本上改变了词史的发展方向。他既自立豪放壮美词风，又不鄙夷传统的婉约风格，而使婉丽雄放并存。所以说苏轼的词学观念改变了词作原有的柔软情调，无疑具有开放的、革新的意识，开启了南宋辛派词人的先河。

（二）秦观

秦观（1049—1100）北宋文学家"苏门四学士"之一，以词称著于世。其词不走苏轼一路，而是另辟蹊径，承继"花间"、南唐的传统而参以本人幽微深细之'词心'，沿着主情致、尚阴柔之美的方向，将曲子词要眇宜修、言美情长、音律谐婉的艺术特质发挥到了极致。

秦观词的内容大致可以用"情"和"愁"两个字来概括。其中，"情"主要表现在他坐党籍被贬之前以及被贬之初的爱情词和写景抒情词中。秦观词以爱情为题材的，约占今传《淮海词》的半数。秦观的爱情词，一般基调比较低沉，感伤色彩非常浓厚，如写与少女或歌伎相悦相恋感情的《南歌子·玉漏迢迢尽》：

玉漏迢迢尽，银潢淡淡横。梦回宿酒未全醒。已被邻鸡催起、怕天明。

臂上妆犹在，襟间泪尚盈。水边灯火渐人行。天外一钩残月、带三星。

这首词描写的是一对恋人春宵苦短怕天明的情景，表现出了他们生怕分离的情爱思想。词的起首两句写一对恋人分别时的感受，通过对黎明前的天色的描写，表达了离人在长夜已尽、别离在即的心理感受，"玉漏"是古代的一种计时器，"迢迢"形容漫漫长夜，"尽"是说报时玉漏里的水一滴一滴地快滴完了，也就是天快亮了。"银潢淡淡横"是说天快亮了，银河西斜，不再那么光亮。后面两句写昨夜借酒浇愁，到黎明被邻鸡啼醒时，酒尚未全醒，天将要亮，意味着将要分别，所以恋人"觉夜短"而"怕天明"。词的下阕前两句写夜里一对恋人伤离的情景，衣臂上还染有昨夜留下的脂粉，衣襟上落满了昨夜伤别的泪水，借泪冷写昨夜伤别。最后两句写水边的灯火下已有赶路行人的影子，天空仅有一钩残月和几颗星星，离别的时间又近了。整首词字字句句都在写天色将明、离别在即，从"玉漏"尽、"银潢"横、"邻鸡"鸣、"渐人行""残月""三星"等词可以看出，这对恋人时时刻刻都在关注着时间的流逝，生怕时间过得太快，离别来得太早。

与其他爱情词相比，他的《鹊桥仙·纤云弄巧》一词则别具风格，为人所瞩目：

纤云弄巧，飞星传恨，银汉迢迢暗度。金风玉露一相逢，便胜却人间无数。

柔情似水，佳期如梦，忍顾鹊桥归路。两情若是久长时，又岂在朝朝暮暮。

这首词歌颂了牛郎织女忠贞不渝的爱情，并以丰富的想象，形象地反映出牛郎织女悲欢离合的复杂心情，全词在无限的悲恨中孕育无限的欢乐，像行云流水般自由舒卷又波澜层出。"金风玉露一相逢，便胜却人间无数""两情若是久长时，又岂在朝朝暮暮"，把追求耳鬓厮磨、朝夕相处的世俗爱情升华到崇高的精神境界，提高了词体的品格。

秦观"少豪隽，慷慨溢于文词""强志盛气，好大而见奇"，所以在作品中，有些篇章表现出阔大的境界，豪放旷达的情怀，这类词颇受苏轼的影响，如《望海潮·四之一》：

星分牛斗，疆连淮海，扬州万井提封。花发路香，莺啼八起，珠帘十里东风。豪俊气如虹。曳照春金紫，飞盖相从。巷入垂杨，画桥南北翠烟中。

追思故国繁雄。有迷楼挂斗，月观横空。纹锦制帆，明珠溅雨，宁论爵马鱼龙。往事逐孤鸿。但乱云流水，萦带离宫。最好挥毫万字，一饮拼千钟。

这首词上阕写扬州自古为重镇，形胜险要，景物繁华；下阕总结上文，进一步渲染隋唐以来胜况，兴发感慨，凭吊兴亡古迹，结句颇显豪情，笔酣墨畅，痛快淋漓，力透纸背。

又如《满庭芳·三之二》：

红蓼花繁，黄芦叶乱，夜深玉露初零。霁天空阔，云淡楚江清。独棹孤篷小艇，悠悠过、烟渚沙汀。金钩细，丝纶慢卷，牵动一潭星。

时时，横短笛，清风皓月，相与忘形。任人笑生涯，泛梗飘萍。饮罢不妨醉卧，尘劳事、有耳谁听。江风静，日高未起，枕上酒微醒。

这首词意境与苏轼的《前赤壁赋》十分相似，上阕描绘了楚江秋夜一片清幽空远的境界，词人泛舟垂钓，景物如画，意趣横生。下阕写临风弄笛，醉饮忘形，表现了旷达的情怀。

秦观词表现的"愁"主要是那些写羁旅愁怀、贬逐凄苦的词作，并在一定程度上反映了北宋末期的社会现实。作为苏轼最得意的门生，秦观作词不可能不潜在地受到苏轼的影响。但他不像苏轼那样直接倾吐内心的苦水，而是另辟一途，把深沉的辛酸苦闷融注在类型化的离情别恨之中，给传统的艳情词注入了新的情感内涵，如《踏莎行·郴州旅舍》：

雾失楼台，月迷津渡。桃源望断无寻处。可堪孤馆闭春寒，杜鹃声里斜阳暮。

驿寄梅花，鱼传尺素。砌成此恨无重数。郴江幸自绕郴山，为谁流下潇湘去。

这首词上阕写词人看着楼台在茫茫大雾中消失，渡口被朦胧月色隐没，桃源乐土失去踪影，春寒料峭，心中无限愁闷。斜阳下，杜鹃的啼叫，辛酸凄厉，令人倍增伤感。下阕写的是，虽有驿站传来封封家书，但北归无望，这些家书堆砌成重重叠叠的乡愁离恨，只是徒增离恨而已，结尾两句更是沉痛感人。全词言辞淡淡，却情感凄切蕴藉，意境深远，写出了望远思乡、愁苦难耐的真情。

秦观文心极细，文情极敏，最善于对哀伤凄怨的儿女柔情和低徊要眇的个人愁思作出贴切幽微的审美把握。秦观青年时常与一些歌伎往来，并为她们写了不少词，词中包含了他对自己仕途坎坷的悲愁，如《满庭芳·山抹微云》：

山抹微云，天连衰草，画角声断谯门。暂停征棹，聊共引离尊。多少蓬莱旧事，空回首、烟霭纷纷。斜阳外，寒鸦万点，流水绕孤村。

销魂。当此际，香囊暗解，罗带轻分。谩赢得、青楼薄幸名存。此去何时见也，襟袖上、空惹啼痕。伤情处，高城望断，灯火已黄昏。

此词写的是一对男女相恋相别的情景，将离情放在一个凄迷幽暗的特定环境中来抒写，以素描笔法勾勒景物，如当写到男女互赠信物时把这些举止放在"夕阳"和"灯火黄昏"里，以抒情色彩极浓的感慨之语，绘出一幅精巧工致、情韵兼胜的黄昏男女离别图画，词人由此感慨自己的飘零身世，抒发离别之恨。词末不待情思说尽而结以景语，较之柳永的《雨霖铃》结句"便纵有千种风情，更与何人说"的直露，更含蓄而有余味。全词没有一处用典，显得情真意切。

描写离愁的还有《八六子·倚危亭》：

倚危亭，恨如芳草，萋萋刬尽还生。念柳外青骢别后，水边红袂分时，怆然暗惊。

无端天与娉婷，夜月一帘幽梦，春风十里柔情。怎奈向、欢娱渐随流水,素弦声断,翠绡香减。那堪片片飞花弄晚,蒙蒙残雨笼晴。正销凝,黄鹂又啼数声。

这首词把别后相思之苦写得清丽缠绵,深婉细腻。整首词运用六七种客观事物进行多层次的艺术烘托,婉曲而微妙地表达出作者的心境。在这些清新自然的景语中,具有"咸酸之外"的情味,读之使人觉得情韵清俊飘逸。

再如《千秋岁·水边沙外》:

水边沙外,城郭春寒退。花影乱,莺声碎。飘零疏酒盏,离别宽衣带。人不见,碧云暮合空相对。

忆昔西池会,鹓鹭同飞盖。携手处,今谁在。日边清梦断,镜里朱颜改。春去也,飞红万点愁如海。

这首词写作者深沉浓重的愁情,这种愁情是由人世盛衰与季节变化而引起的。但是词中的人世与大自然并不是作者所要描写的主要方面,更不是词中的重点,词中的景物描写和比喻,只是触发内心感情活动的一个契机,是感情突然爆发的导火线,目的在于抒写内心难以排遣的愁情。

总之,秦观的词是许多婉约派词人无法比拟的,几百年来,论词者几乎众口一致地认为秦观是"当行本色"的婉约正宗,是词心、词艺最纯正的抒情高手,对后世产生了深远影响。

(三)周邦彦

周邦彦,北宋文学家,宋词"婉约派"的代表词人之一。周邦彦是一个纯粹的以词章为业(尽管也一直做官)的士大夫,他十分精通音律,作为妙解音律的音乐家从事词的创作,其词在当时为合乐应歌的特殊韵文形式,必须"声情"与"文情"高度一致,才能产生特定的审美效应,因而他比前人对词的音律有更高的要求,其词调美、律严、字工,使得词与乐结合日臻完美成熟。为了能够使音律和谐,周邦彦在作词时注意审音用字,严格精密,特别擅长用拗句,在拗怒中追求音律的和谐统一,一方面字声的错综使用能更恰当地表达喜怒哀乐的不同情感,另一方面也是为加强声情顿挫的美感,而且适应歌唱者的自然声腔和乐曲旋律的需要。同时,他用字还分平仄,而且严分仄字中的上、去、入三声,使语言字音的高低与曲调旋律的变化密切配合。此外,周邦彦还善于创新调和自度曲,他创的新调和自度曲有50多调,在数量上虽然赶不上柳永,但他所创之调声腔圆美、用字高雅,较之柳永所创的部分俗词俗调,更符合宋代雅士尤其是知

第五章 两宋风华：词的璀璨时代

音识律者的审美趣味，因而受到更广泛的遵从和效法。

周邦彦不但能自度曲，而且又"增演慢曲引、近，或移宫换羽为三犯、四犯之曲"，故《人间词话》盛赞其"创调之才多"。他所创的词调，音韵清蔚，与柳永的市井新声，有明显的雅俗之别。他是第一个以四声入词的人，作词严分平、上、去、入，用法精密。例如《绕佛阁·暗尘四敛》之双拽头，两阕相对照，四声多合：

暗尘四敛。楼观迥出，高映孤馆。清漏将短。厌闻夜久，签声动书幔。
桂华又满。闲步露草，偏爱幽远。花气清婉。望中迤逦，城阴度河岸。

夏承焘的《唐宋词论丛》称："此十句五十字中，'敛'上去通读，'迤''动''迥'阳上作去，'出'清入作上，四声盖无一字不合。此开后来方千里，吴梦窗全依四声之例。《乐章集》中，未尝有也。"

周邦彦词的内容主要是男女情爱，写得富丽精工、委婉缠绵、妍媚含蓄、欲吞又吐、往复回还，如《瑞龙吟·大石春景》：

章台路。还见褪粉梅梢，试花桃树。愔愔坊陌人家，定巢燕子，归来旧处。
黯凝伫。因念个人痴小，乍窥门户。侵晨浅约宫黄，障风映袖，盈盈笑语。
前度刘郎重到，访邻寻里，同时歌舞。惟有旧家秋娘，声价如故。吟笺赋笔，犹记燕台句。知谁伴、名园露饮，东城闲步。事与孤鸿去。探春尽是，伤离意绪。官柳低金缕。归骑晚、纤纤池塘飞雨。断肠院落，一帘风絮。

这首词分三叠。一叠写作者春日重游章台故地，睹物思人，心中涌起无限感慨；二叠由黯然伤神转入追念旧日恋人，描写当初相见时恋人的音容笑貌，十分细致；三叠写旧时邻里尚在，而恋人已经远去，往事历历，不胜怅恨，抒发了作者对旧日的怀念以及今日孤寂怅恨的伤感。结句以景结情，呼应开头，余音袅袅。全词语言珠圆玉润，格律音韵和美流转。

周邦彦艳情词中比较有价值且能引人注目的，是那些怀旧之作，往往都表现得情深意切、真挚感人，如《点绛唇·仙吕伤感》：

辽鹤归来，故乡多少伤心地。寸书不寄，鱼浪空千里。
凭仗桃根，说与凄凉意。愁无际，旧时衣袂，犹有东门泪。

这是作者从千里之外回到故乡，追忆往昔恋人，感慨时过境迁之作。上阕起首两句以比兴发端，将自己喻为离家千年的辽东鹤，如今飞回故乡，触景生情，往昔生活的深情回忆喷薄而出，令词人无限伤感。昔日恋人没有给自己写过信，让自己久盼成空。下阕写人事变迁，自己重归旧处，却不见伊人，欲诉无由，"凄凉"二字道出了词人的满腔幽情。结句借用汉武帝时太子太傅疏广辞官还乡的典故，叙说当日泣别之事，遥应篇首，点透了题旨，语淡而情深，写出了词人心中的无尽悲感。整首词用了回环吞吐的描摹手法，触景生情，借景抒情，直抒胸臆，淡淡写来，层层递进，婉转回荡，摇曳生姿，表达了作者对昔日恋人的一往情深。

又如《解连环·怨怀无托》：

怨怀无托。嗟情人断绝，信音辽邈。信妙手、能解连环，似风散雨收，雾轻云薄。燕子楼空，暗尘锁、一床弦索。想移根换叶，尽是旧时，手种红药。

汀洲渐生杜若。料舟依岸曲，人在天角。谩记得、当日音书，把闲语闲言，待总烧却。水驿春回，望寄我、江南梅萼。拼今生，对花对酒，为伊泪落。

这首词也是写对昔日恋人的怀念，全词直抒情怀，一波三折。曲折细腻的笔触，婉转反复地抒写了作者对于昔日恋人的无限缱绻的相思之情，情思悲切，委曲回荡，悱恻缠绵。上阕由今及昔，再由昔而今，写恋人音讯断绝，词人的怨怀无处寄托，以难解的玉连环引出恋情，指出恋情像风云雨雾那样易于消散，再用关盼盼燕子楼典故，虽人去楼空，但手种之花木依然还在，道出了余情不断之意。下阕从红药联想到水边杜若，欲折芳馨，以遗所思，但人在天涯，难寻踪迹。这是由对方而己方，再写己方期待对方，"水驿春回"三句是痴情语，希望春回之日，能寄我江南梅萼。但这种希望未必能够实现，因而只能借酒消愁，为伊憔悴。全词写情如抽茧剥丝，回环往复，一往情深。

和柳永一样，周邦彦也有一些题咏美人的词，虽然表现手法不一样，但所展现的美人神采与柳词却有异曲同工之妙，如《凤来朝·越调佳人》：

逗晓看娇面。小窗深、弄明未遍。爱残朱宿粉云鬖乱。最好是、帐中见。

说梦双蛾微敛。锦衾温、酒香未断。待起难舍拼。任日炙、画栏暖。

这首词把一位晓窗睡美人写得活灵活现，笔致挪动，语气吞吐，真正达到恣意横流、顾盼飞扬。其他的如《意难忘·美咏》《减字木兰花》《玉团儿》等也都各有特色。当然，周邦彦的艳情词的确也有一部分格调不高，甚至杂有庸俗色情的描写，这是他作品中的缺憾。

咏物也是周邦彦词的主要题材。周邦彦的咏物词，内容丰富，如咏新

第五章 两宋风华：词的璀璨时代

月、春雨、梅花、梨花、杨柳等，同时他还将身世飘零之感、仕途沦落之悲、情场失意之苦融入所咏之物中，开启了南宋咏物词重寄托的门径，如《兰陵王·柳》：

柳阴直，烟里丝丝弄碧。隋堤上，曾见几番，拂水飘绵送行色。登临望故国，谁识，京华倦客？长亭路，年去岁来，应折柔条过千尺。

闲寻旧踪迹，又酒趁哀弦，灯照离席。梨花榆火催寒食。愁一箭风快，半篙波暖，回头迢递便数驿。望人在天北。

凄恻，恨堆积。渐别浦萦回，津堠岑寂。斜阳冉冉春无极。念月榭携手，露桥闻笛。沉思前事，似梦里，泪暗滴。

这首词以柳为题，托物起兴，抒写别情，分为三叠。一叠直接点题并勾勒出柳的形象，接着写到送客见柳以及屡次登临送别的情况，以示久留京师的厌倦情绪；二叠写目前送别情景，既有往事的回忆，又有别后愁苦的设想；三叠由眼前景折回到前事，述别后愁怀。全词采用了曲折的叙述，并将顺叙、倒叙和插叙错综结合起来运用，在时空结构上形成一种跳跃性的回环往复式结构，一波多折，章法严密而结构繁复多变。

又如《六丑·蔷薇谢后作》：

正单衣试酒，怅客里、光阴虚掷。愿春暂留，春归如过翼，一去无迹。为问花何在，夜来风雨，葬楚宫倾国。钗钿堕处遗香泽。乱点桃蹊，轻翻柳陌。多情为谁追惜。但蜂媒蝶使，时叩窗隔。

东园岑寂。渐蒙笼暗碧。静绕珍丛底，成叹息。长条故惹行客，似牵衣待话，别情无极。残英小、强簪巾帻。终不似一朵，钗头颤袅，向人欹侧。漂流处、莫趁潮汐。恐断红、尚有相思字，何由见得。

此词咏物，借花谢寄托作者身世之感，上阕"愿春暂留，春归如过翼，一去无迹"，这13个字千回百折，千锤百炼，统摄下文无限情事。紧接着"为问花何在"一转，回应开头"怅客里、光阴虚掷"句。词下阕则反复缠绵，更不纠缠一笔，却是满纸羁愁抑郁，且有许多不敢说处，言中有物，吞吐尽致。全词先从时间角度写花落春去，然后从空间角度多方描写寻觅落花的踪迹，写出惜花的深情，接着又变换角度，不说人惜花，而写花恋人，最后分别从行为动作、心理愿望两个角度虚实结合地表现出缠绵不尽的怜惜，文笔跌宕、变幻多姿、淋漓尽致地表现了作者的惜花情思。

在《清真词》集中有40多首描述旅况凄凉、奔波流寓的词，占全集四分之一光景。这些作品记录了作者一生迁徙流落的足迹、仕宦升沉的遭遇，以感伤低回、衰迟颓放为抒情主调，风格与艳情词迥异，如《苏幕遮·燎沉香》：

  燎沉香，消溽暑。鸟雀呼晴，侵晓窥檐语。叶上初阳干宿雨。水面清圆，一一风荷举。

  故乡遥，何日去。家住吴门，久作长安旅。五月渔郎相忆否？小楫轻舟，梦入芙蓉浦。

  这首词通过对故乡美好的回忆，衬托京师生活的无聊乏味，抒发了作者对故乡的深切怀念之情，笔致轻灵，节奏明快，洋溢着浓郁的生活气息。其风格清新明丽，说明早期作者风华正茂时，对前途曾充满幻想，但社会的冷遇，又使他感到困惑和彷徨。词中写炎暑季节的感受，写焚香祛暑，写鸟雀呼晴，写荷叶上宿雨被朝阳晒干，写荷叶的清圆（色彩、气味、形状），最后写荷叶的姿态。层层推出，可谓极铺叙之能事。

  又如《满庭芳·夏日溧水无想山作》：

  风老莺雏，雨肥梅子，午阴嘉树清圆。地卑山近，衣润费炉烟。人静乌鸢自乐，小桥外、新渌溅溅。凭阑久，黄芦苦竹，拟泛九江船。

  年年如社燕，飘流瀚海，来寄修椽。且莫思身外，长近尊前。憔悴江南倦客，不堪听、急管繁弦。歌筵畔，先安箪枕，容我醉时眠。

  这首词上阕写词人虽然生活在初夏江南山光水色之中，却苦于地卑、山近、雨多，暗含在这里不自在之意。下阕词人以社燕自比，感叹身世飘零，仕途失意，只有饮酒消愁，对客醉眠，颓唐中仍有放达之致。"憔悴"之"倦客"形象，更是词人自身独特精神面貌的活写真。"容我"二字，措辞宛转，心事悲凉。结语写出了词人无可奈何、以醉遣愁的苦闷。整首词疏密相间，笔力奇横，写景抒情刻画入微，形容尽致，真实地反映了词人的身世之感和宦情羁思。

  周邦彦还有几首怀古词，其中最有名的是《西河·金陵》：

  佳丽地，南朝盛事谁记。山围故国绕清江，髻鬟对起。怒涛寂寞打孤城，风樯遥度天际。

  断崖树，犹倒倚。莫愁艇子曾系。空余旧迹郁苍苍，雾沉半垒。夜深月过女墙来，伤心东望淮水。

  酒旗戏鼓甚处市？想依稀、王谢邻里。燕子不知何世。入寻常、巷陌人家，相对如说兴亡，斜阳里。

  这首词化用了古乐府《莫愁乐》和刘禹锡的《石头城》《乌衣巷》等三首诗内容，将其融成一个完美的意境，不留痕迹，表达咏史题意，抒发作者对金陵古都朝代更替的无限兴亡之感。

在《清真词》中，尚有一首充满幻想、描写漫游月宫的《满庭芳》，描写作者邀游月宫，具有无比丰富的想象力。可见，周邦彦词的题材还是比较广泛的。他的词克服了苏词散文化、议论化的流弊，深化了柳词浅俗的一面，将《离骚》传统带入词中，有寄托，多寓意。

总之，周邦彦的词给令人眼花缭乱的北宋词坛提供了一种规范化的艺术标准，并在词的音律、语言、章法技巧等方面为后人提供了有辙可循的借鉴。

三、南宋的词

南宋前期的词在北宋词的基础上得到了进一步的发展，受南宋特殊的历史环境影响，南宋前期的词，在内容上以爱国主义为基本思想基调，在风格上是婉约、豪放并行。就词人而言，南宋前期的词人主要由南渡词人、中兴词人和稼轩词人组成。南渡词人主要包括李清照、叶梦得、朱敦儒等人；中兴词人主要包括张元干、张孝祥、岳飞等人；稼轩词人主要包括辛弃疾、陆游、刘过等人。南宋中期，南宋王朝偏安东南半壁的局面已经定型，统治者回归到了享乐的道路上，出现了深受晋、唐山水田园诗派的影响，主要以山光水色以及闲情逸思为主要描写对象，并以悠闲飘逸、自然疏放为其主要风格特色的闲逸派和以古典雅乐的"中正和平"之音、"典雅纯正"之词，以使词不失"雅正之道"的雅正派。闲逸派的词人主要有仲殊、周紫芝、徐积、米芾等，雅正派的词人主要包括姜夔、史达祖、吴文英等。进入南宋末期，以周密、王沂孙、张炎为代表的词人进一步发展了雅正派姜夔的词风，并加以固定化。与此同时，文天祥、陈允平、刘辰翁、蒋捷等一批词人立志恢复、热心壮大宋廷，学习稼轩词风，延续了北宋词坛的豪迈之风。由于南宋时期出现的词人比较多，具有代表性的作品也非常丰富，限于篇幅，这里仅对李清照、岳飞、辛弃疾、陆游、姜夔以及文天祥的词创作进行简要分析。

（一）李清照

李清照的词以南渡为界，可以分为前后两个时期。前期，李清照多写自己天真烂漫的少女生活以及夫妻间的爱情，表现的多是闺情，深挚清隽、含蓄秀婉，如《点绛唇·蹴罢秋千》：

蹴罢秋千，起来慵整纤纤手。露浓花瘦，薄汗轻衣透。

见客入来，袜划金钗溜。和羞走，倚门回首，却把青梅嗅。

这首词塑造了一个活泼顽皮而又情窦初开的少女形象，写出了少女可爱娇羞的情态。上阕形象地描绘了少女刚下秋千，懒洋洋地擦拭着双手，轻衣透出香汗，天真娇憨、活泼妩媚、好奇而又脉脉含情；下阕生动地表现了少女的内心世界，看到人后慌忙穿着袜子就走，滑落了金钗，却又倚门假装嗅青梅，既将少女初恋的情态写得传神入化，又表现出少女对封建礼教束缚的轻视。

在经历了国家的沦亡、民族的屈辱、生灵的涂炭、个人的不幸等一系列变故后，李清照的词也产生了很大的变化，多抒写包含民族矛盾的深刻社会内容，表现国破家亡和个人颠沛流离的不幸遭遇，交织着作者的深悲巨痛，有着一定的社会意义。例如《永遇乐·落日熔金》：

落日熔金，暮云合璧，人在何处。染柳烟浓，吹梅笛怨，春意知几许。元宵佳节，融和天气，次第岂无风雨。来相召、香车宝马，谢他酒朋诗侣。

中州盛日，闺门多暇，记得偏重三五。铺翠冠儿，捻金雪柳，簇带争济楚。如今憔悴，风鬟霜鬓，怕见夜间出去。不如向、帘儿底下，听人笑语。

这首词作于词人流落南方之际，词人面对元宵佳节热闹的气氛，不禁愁上心来，充满了流落他乡的孤独寂寞和国破家亡的凄凉感受。词的上阕写节日景物，带着一种凄迷黯淡的色彩；下阕是词人回忆汴京沦陷前和女伴们看灯的情景。全词通过往昔的欢乐对比今日的憔悴，透露出词人经过兵火之乱后对现实所怀的深忧，同时也反映了词人在国难当头与那些偏安一隅、一味寻欢作乐的人不同的心理状态，颇受后人好评。

虽然在词的风格上，李清照从南渡前的欢愉平和之调变为南渡后的伤离念乱、忧时怀旧的悲郁之调，但是她坚持词"别是一家"，维持词的婉约谐律、专抒情而不言志的"正宗"传统，并且在保留词体文学"本色"的前提下来深化词情、开拓词境。例如《声声慢·寻寻觅觅》：

寻寻觅觅，冷冷清清，凄凄惨惨戚戚。乍暖还寒时候，最难将息。三杯两盏淡酒，怎敌他、晚来风急！雁过也，正伤心，却是旧时相识。

满地黄花堆积。憔悴损，如今有谁堪摘？守着窗儿，独自怎生得黑！梧桐更兼细雨，到黄昏、点点滴滴。这次第，怎一个愁字了得！

这首词是李清照南渡以后的一首震动词坛的名作，全词归结到一个"愁"字上，成功地表现了李清照晚年的精神状态，是她晚年生活的缩影。词的上阕从一个人寻觅无着写到酒难浇愁，风送雁声更增加了思乡的惆怅。首句连写14个叠字，不仅极富音乐美，而且如同一个伤心的人低声倾诉，塑造了一种难以弥散的愁绪。下阕由秋日高空转入自家庭院，园中菊堆满地，从前见菊花，虽人比花瘦，但不失孤芳自赏的潇洒，而今黄花憔悴凋零，则隐含着对自己命运的感慨。表面虽是"欲语还休"，实际却已倾泻无遗，淋漓尽致。全词运用惊人的白描手法，语言朴素清新，接近口语，但却一气贯注，在结构上打破了上下阕的局限，着意渲染愁情，一字一泪，如泣如诉，缠绵哀怨，感人至深。

总体来说，李清照不仅以其细腻而敏锐的艺术触觉书写了大动乱中人们的心灵波动与情绪变化，而且更在很大程度上发展了婉约词的创作，在词的创作中，李清照力戒婉约正宗的前辈诸名家之短而又善于向他们广泛学习，并根据自己的才性和兴趣而表现出明显的偏向性，有意识地吸取李煜、晏几道、秦观的艺术遗产，使得自己的词表现出一种清新婉约、哀感顽艳的风格，成为如况周颐《蕙风词话》所说"笔情近浓至，意境较沉博，下开南宋风气"的承前启后的婉约词派大家。

（二）辛弃疾

辛弃疾既是文人也是武将，统领千军万马、叱咤风云的人生经历，使他的词风格豪迈激昂，雄浑壮阔。他的人生遭遇、创作道路与传统词人不同，他首先是一个抗金战士，他的才华和胸襟不能通过奋战沙场来施展，无奈将被压抑的苦闷悲愤用人们不大看好的"小词"来抒发，也借此表现自己的政治主张。因此，他的词首先让人感觉到的是那种以英雄自栩或以英雄许人，决心挽危澜于既倒，切望恢复祖国大好河山的豪情壮志，如《满江红·建康史致道留守席上赋》：

鹏翼垂空，笑人世，苍然无物。又还向、九重深处，玉阶山立。袖里珍奇光五色，他年要补天西北。且归来，谈笑护长江，波澄碧。

佳丽地，文章伯。金缕唱，红牙拍。看尊前飞下，日边消息。料想宝香黄阁梦，依然画舫青溪笛。待如今、端的约钟山，长相识。

这首词是词人面对危亡残破的江山吟唱出的壮志凌云的慷慨悲歌，充满着奋发有为的精神。他以这样的"壮词"与同辈的人互相激励，表示戮力同心。史致道即史正志，当时是建康知府并兼江东安抚使、沿江水军制置使、行宫留守等数职在身的方面大臣，而建康是进图中原、退保江浙的军事要地，因而其职位非常重要。因此，词人在写赠史正志的词中，一再地劝勉和称扬其"袖里珍奇光五色，他年要补天西北"，这既是对史致道的歌颂，也是自己的理想寄托。

又如《水龙吟·为韩南涧尚书寿甲辰岁》：

渡江天马南来。几人真是经纶手？长安父老，新亭风景，可怜依旧！夷甫诸人，神州沉陆，几曾回首。算平戎万里，功名本是真儒事，君知否？

况有文章山斗。对桐阴、满庭清昼。当年堕地，而今试看，风云奔走。绿野风烟，平泉草木，东山歌酒。待他年、整顿乾坤事了，为先生寿。

这首词表面上写的是为友人祝寿，实则是通过祝寿时人们对国家大事的纵横议论，对投降派进行了强烈的谴责。上阕以东晋比拟南宋，感叹时局，斥责统治集团苟且偷安、祸国殃民的罪行。下阕转入祝寿话题，称颂韩元吉为经世之才，希望他为国建功立业，等到神州光复、国土统一时，再一次为他祝寿，充分表现作者誓清中原、重整乾坤、统一祖国的宏伟抱负。全词慷慨激昂，洋溢着爱国主义激情。

由于南宋最高统治集团偏安一隅，反对抗战，因而辛弃疾的理想始终无法实现。壮志不酬、报国无门的情绪郁结于心中，使他悲愤万端，发出了苍凉忧愤的浩叹，如《水龙吟·登建康赏心亭》：

楚天千里清秋，水随天去秋无际。遥岑远目，献愁供恨，玉簪螺髻。落日楼头，断鸿声里，江南游子。把吴钩看了，栏杆拍遍，无人会，登临意。

休说鲈鱼堪脍，尽西风。季鹰归未？求田问舍，怕应羞见，刘郎才气。可惜流年，忧愁风雨，树犹如此。倩何人，唤取红巾翠袖，揾英雄泪。

这首词抒发了词人抗金壮志不能实现，大好年华在"忧愁风雨"中虚度的悲愤心情，同时也抨击了那些一味"求田问舍"、对国事毫不关心、醉生梦死的主和派人物。上阕写词人登高望远，触景生情，委婉含蓄地抒发了自己的远大抱负和壮志难酬的苦闷与悲恨："把吴钩看了，栏杆拍遍，无人会，登临意。"下阕词人直抒胸臆，进一步阐明自己坚定不可动摇的人生信念："休说鲈鱼堪脍，尽西风，季鹰归未？"不要说家乡的鲈鱼切碎煮熟是何等的味美，眼下秋风吹遍大地，我们这些滞留他乡的季鹰什么时候才能回到故乡！言外之意不实现理想羞见乡亲父老。词尾"倩何人，唤取盈盈翠袖，揾英雄泪"正是岳飞那种"欲将心事赴瑶琴，知音少，弦断有谁听？"的孤独感、悲慨意。

值得注意的是，辛弃疾的词作大多具有豪放色彩，但也有部分词作带有明显的婉约色彩，简言之，即他既钟情于雄奇刚健之美，又能融平淡自然与婉约妩媚之美，如《青玉案·元夕》：

东风夜放花千树，更吹落，星如雨。宝马雕车香满路，凤箫声动，玉壶光转，一夜鱼龙舞。

蛾儿雪柳黄金缕，笑语盈盈暗香去。众里寻他千百度，蓦然回首，那人却在，灯火阑珊处。

这是一首写上元灯节的词，上阕除了渲染一片热闹的盛况外，似乎没有什么独特之处。作者把火树写成与固定的灯彩，把"星雨"写成流动的烟火。然后写车马、鼓乐、灯月交辉的人间仙境，写那民间艺人们载歌载舞、"社火"百戏的繁华热闹景象。下阕纵然有惹人眼花缭乱的一队队的丽人群女，词人都只为了寻觅那一个意中之人。"众里寻他千百度，蓦然回首，那人却在，灯火阑珊处。"说明了多少时光的苦心痴意，前后呼应，可谓笔墨之细，文心之苦。后世很多人认为辛弃疾一向"豪放"，不过是一个粗人壮士之流，不能有这样的婉约柔媚之词。非也，这首词作从极力渲染元宵节绚丽多彩的热闹场面入手，词人无意于观灯之夜，欲与意中人密约会晤，久望不至，猛见那人却在"灯火阑珊处"。词尾借"那人"的孤高自赏，反托出一个孤高淡泊、超群拔俗、不同于金翠脂粉的形象，表明作者政治失意后，不肯同流合污的高洁品格。全词构思新颖，语言工巧之致，曲折含蓄之极，余味不尽。

总体来说，辛弃疾的词"慷慨纵横，有不可一世之慨，于倚声家为变调，而异军特起，于剪红刻翠之外，屹然别立一家，迄今不废"（《四库全书总目提要》）。

（三）陆游

陆游作为南宋伟大的爱国诗人，在词坛上占有不可忽视的地位，并且留下了许多脍炙人口的佳篇。他的词以抒情言志为主导，表现豪壮与悲慨交织的情感主题，使他成为稼轩词派的中坚力量。总体来看，陆游词作数量不仅丰富，而且题材十分广泛，有壮怀与不遇、羁旅行役、归隐、交游酬唱、送别离情、恋情、友情、写景抒怀、乡情、咏物等多方面内容。其中，从军、抗敌爱国、忧民的主题占主导地位。

就从军主题而言，陆游唯一的一次军事前线生活是被川陕宣抚的王炎邀请到幕府襄理公务。南郑是当时的抗金前线，王炎亦是抗金的重要人物，主宾意气相投。军中的生活使得词人一改夔州时的沉闷颓唐而为积极进取、发扬蹈厉。乾道八年（1172），陆游在南郑作《秋波媚·七月十六日晚登高兴亭望长安南山》：

秋到边城角声哀，烽火照高台。悲歌击筑，凭高醉酒，此兴悠哉。

多情谁似南山月，特地暮云开。灞桥烟柳，曲江池馆，应待人来。

开篇二句描绘战争前线的秋色与紧张的战斗气氛，哀怨的号角声与烽火的光焰渲染出一幅雄浑画面，为此词作的背景。接下来的三句中，几个动词展示出作者热爱祖国而又无比乐观的襟怀。"悲歌击筑"用荆轲刺秦王的故事，表达战争取胜的决心，"凭高醉酒"预祝收复长安，"此兴悠哉"则直白地抒发了自己的壮志豪情。"多情谁似南山月，特地暮云开"二句，以拟人的手法，移情于景，犹如"守得云开见月明"的惊喜。"灞桥烟柳，曲江池馆，应待人来"，词人觉得无数亭台楼馆都一齐敞开大门，正期待南宋军队的凯旋。这首词以形象的笔墨和饱满的感情，用"明月""暮云""烟柳""池馆"等意象描绘期待宋军收复失地、胜利归来的情景，具有明显的浪漫主义情调和乐观主义精神。词中大胆的想象、拟人化的手法增添了这首词的韵味。

就抗敌爱国主题而言，陆游一直力主抗战，曾许下"上马击狂胡，下马草军书"（《观大散关图有感》）自期的具有英雄抱负的人生志向，这一志向也反映在他的词作中，如《汉宫春》中的"羽箭雕弓"《谢池春》中的"壮岁从戎"《诉衷情》中的"当年万里觅封侯"等，都反映了陆游的一片报国热忱。具体如《夜游宫·记梦寄师伯浑》：

雪晓清笳乱起。梦游处、不知何地。铁骑无声望似水。想关河，雁门西，青海际。

睡觉寒灯里。漏声断、月斜窗纸。自许封侯在万里，有谁知？鬓虽残，心未死。

这是一首借梦境抒发爱国激情的词作。上阕从作者的生活实感出发，用"雪""笳"意象突出了边塞风光特色，也渲染了战争氛围。接着用"想"字推测梦境的地方是雁门、青海西北一带。这些地方都是南宋当时重要的西北边防重地，如今却被异族占领了，表达词人收复失地的强烈愿望。下阕的"寒灯""漏声断""月斜"，写出了环境的冷清凄凉，衬托出作者坚持收复山河而不被理解甚至遭到打击的凄苦悲凉心境。"自许封侯在万里"，即便如此，词人仍然坚定地许下诺言，信念如此执着。"有谁知，鬓虽残，心未死"，人老而心不死，从南郑前线到后方，始终不忘抗金事业。"有谁知"三个字，也表现了作者对朝廷排斥爱国者的行径的愤怒谴责，以及让人体味到壮志未酬、理想落空的伤感之情。上下阕梦境和实感有机地融为一体，一气呵成。

就忧民主题而言，陆游以词来抒写其忧国忧民的满腔悲愤，而且把当时的社会现实真切地反映出来的作品，如《鹧鸪天·送叶梦锡》：

家住东吴近帝乡，平生豪举少年场。十千沽酒青楼上，百万呼卢锦瑟傍。

身易老，恨难忘，尊前赢得是凄凉。君归为报京华旧，一事无成两鬓霜。

词人回忆少年时的生活，"平生豪举少年场。十千沽酒青楼上，百万呼卢锦瑟傍"，可谓放纵不羁，豪气充溢，可是年华渐老，一事无成，全是凄凉，少年壮志如今只换得两鬓白发。

再如《水调歌头·多景楼》：

江左占形胜，最数古徐州。连山如画，佳处缥缈著危楼。鼓角临风悲壮，烽火连空明灭，往事忆孙刘。千里曜戈甲，万灶宿貔貅。

露沾草，风落木，岁方秋。使君宏放，谈笑洗尽古今愁。不见襄阳登览，磨灭游人无数，遗恨黯难收。叔子独千载，名与汉江流。

这首词上阕追忆历史人物，下阕写今日登临所怀，全词发出了吊古伤今的感慨之情。词人登高极目，观察长江下游一带形势，"鼓角临风悲壮，烽火连空明灭，往事忆孙刘"，追忆当年孙刘共破强曹、建功立业的往事，认识到这里对战争具有极其重要的战略价值，对抗金复国十分有利。而自隆兴和议之后，南宋统治者放弃北伐志向，只顾防守，不愿积极进攻。于是词人发出"遗恨黯难收"的慨叹。"露沾草，风落木，岁方秋"，悲凉肃杀，与上阕的滚滚长江、莽莽群山互相呼应衬托，江山人物，相得益彰。这样，激起人图强自振的勇气，黄戈跃马的豪情。"不见襄阳登览""遗恨黯难收"化用"襄阳遗恨"典故，出自西晋大将羊祜镇守襄阳、登临兴悲的故事，即指羊祜志在灭吴而在生时未能亲手克敌完成大业的遗恨词。以古况今，抒发自己壮志难酬、抑压不平的心情。另外，词人希望自己能像羊祜那样，为渡江北伐做好部署，建万世之奇勋，名垂历史。

陆游的词作中较为著名的还有婉约词和咏物词。婉约词的代表作为《钗头凤·红酥手》：

红酥手，黄縢酒，满城春色宫墙柳。东风恶，欢情薄。一怀愁绪，几年离索。错！错！错！

春如旧，人空瘦，泪痕红浥鲛绡透。桃花落，闲池阁。山盟虽在，锦书难托。莫！莫！莫！

这首词感情深沉浓烈，格调凄艳哀婉，结尾的"莫！莫！莫！"可见词人无可奈何的悲痛绝望之情，堪称一阕别开生面、催人泪下之爱情杰作。

咏物词的代表作为《卜算子·咏梅》：

驿外断桥边，寂寞开无主。已是黄昏独自愁，更着风和雨。

无意苦争春，一任群芳妒。零落成泥碾作尘，只有香如故。

寂寞无主、黄昏日落、风雨相侵等凄惨境遇正是词人遭际的再现，"零落成泥碾作尘，只有香如故"，从"碾"字，显示出摧残者的无情和被摧残者的凄惨境遇。梅花被摧残、被践踏而化作灰尘，却仍然"香如故"，不屈服于寂寞无主、风雨相侵的威胁。梅花坚贞的品格和顽强的精神正是词人不屈不挠的写照。在《月上海棠》中，词人咏的是蜀王旧苑的梅花，抒发的是自己的家国兴亡之感。此外，还有《望梅》托物寄慨等，陆游的这些咏物词描绘刚正不阿、忧国忧民的抒情主人公形象，也正是他所追求的。

总体来说，陆游的词作所抒发的感情，融合了报国的渴望、壮志未酬的郁闷、乐观的豪情、啸傲山林的放旷以及对爱情的追求与执着等，展现了一位由英雄志士渐变为归隐的落魄文人的悲剧情怀，使得词人的形象、个性立体化，表现了他独特的、丰富的精神风貌与人生体验，充实了词的情感世界。

第六章 元代新声：戏曲繁花似锦

元代的戏曲，可分为两种形式。一类是起于北方的杂剧，一类是发展于南方的南戏。故前人有南曲、北曲之称。元代的剧坛，杂剧因名家辈出，杰作甚多，足为这一时代文学的代表因此，是以杂剧为主体的。南戏在元代虽也盛行，但作品大都散佚不全，即使偶有流存，其文字结构俱未臻完备之境，在戏曲艺术上，不能与杂剧抗衡，这里我们对杂剧和南曲进行详尽的分析和介绍。

第一节 元杂剧的产生、兴盛与南移

一、杂剧的产生

我国真正的戏曲是从元代开始成熟起来的，元杂剧是第一种成熟的中国戏曲。杂剧的产生是我国戏曲史和艺术史上的一个里程碑，杂剧的形成并不是历史的偶然，也不是一两个戏曲作家的灵光一现，而是由时代和戏曲家共同催生的一个新兴艺术门类和文学创作方向。戏曲的产生，吸收和借鉴了大量文学和舞曲歌词，经过民间的传唱和加工逐渐演变而成。虽然宋、金时期也有一些关于类似戏曲的艺术作品出现，但这些作品严格来说与戏曲还有一定的差距，缺少戏曲中的几个关键元素。宋朝的歌舞戏中有大曲、曲破（唐朝时期的乐舞名，也是词的一种体裁）等项，虽然曲调变化较小，叙事也简单直白，但从表演的形式上来看已经具有念白、演唱、舞蹈等基本的戏曲元素。从"董西厢"（董解元的《西厢记诸宫调》）的表演和艺术形式上来看，戏曲已经初步形成，"董西厢"中最重要的突破是出现代言体的倾向，从"董西厢"转入元剧，已经不存在什么实质性的阻碍，一切都是顺理成章。吴梅说元剧的远祖是宋朝时期的大曲，近祖是"董西厢"，从这一点我们也可以看出"董西厢"在杂剧史上承前启后的重要作用。

戏曲是一种综合性的表演艺术，在舞台上表演者将音乐、舞蹈、对白、唱段融合到一起。我们知道，古文的叙事有很多种方式，可以是散文，可以是诗歌，也可以是词曲。元杂剧作为叙事的终极手段，目的是通过表演和词曲渲染，将叙事的形式效果发挥到最好。宋金时期也有一些以叙事为目的的戏曲创作，但不能称之为真正的戏剧，因为这一时期的戏剧创作主要突出"曲"，对剧情的铺垫和设计还较为简单，但作为一种需要人为扮演、登台演出的艺术形式，已经突破了原始的以文字为主的单纯的叙事方式，为元杂剧的出现做好了铺垫。

元代的戏剧大家关汉卿是元杂剧辉煌大幕开启的引领者，也是承前启后将前代的艺术形式进行加工升级成为元杂剧的第一人，众多元杂剧的研究者将元杂剧的奠基人、创始者等身份赋予了他。《录鬼簿》将关汉卿列于杂剧之首。朱权《太和正音谱》评关云："观其词语，乃可上可下之才，盖所以取者，初为杂剧之始，故卓以前列。"对这里的评价我们不做过多的赘述，但元杂剧创始人身份的认定得到了大家一致的认可。关汉卿对元杂剧的贡献很大，是他在前人创作的基础上将宋代戏曲升华成为杂剧，但并不是说元杂剧的开创之功归于他一人，因为同时代很多像他一样的人对杂剧这种艺术形式进行了探索，元杂剧的诞生是元朝初期的戏曲艺术家共同努力的结果。

五言诗、宋词、散曲最初都是在民间兴起和流行的，杂剧作为劳动人们喜闻乐见的一种艺术形式，最初也是从民间兴起的。戏曲是广大劳动人民喜欢的一种艺术形式，它脱胎于民间，与劳动人民有着密不可分的关系，在文人进行戏曲创作之前，很多民间艺人已经开始了对戏曲这种艺术形式的研究和创新。据《辍耕录》所载，金朝的戏曲记载有720余种，可见当时人们对戏曲的喜爱。在当时，不仅贩夫走卒喜欢戏曲，文人也成为戏曲的忠实拥趸，为了满足这种大规模的社会需求，产生了专编剧本的才人所组织。《录鬼簿》的增补作者贾仲明《凌波仙》吊李时中云："元贞书会李时中、马致远、花李郎、红字公，四高贤合捻《黄粱梦》。"李时中、马致远都做过官，花李郎、红字公皆是教坊伶人，可见当时的戏曲创作不再局限于演出者的圈子，文人也是戏曲创作的重要力量。贾仲明《凌波仙》吊萧德祥："武林书会展雄才。"萧德祥是一位杭州郎中，根据记载此人也是杂剧编剧书会的成员，从中可以体会到元杂剧创作群体之广泛。书会是杂剧创作的基地，这些因为兴趣、生计、理想等原因聚集在一起的文人除旧立新，成为了元杂剧创作的中坚力量。当时杂剧创作的书会不止一家，不同书会的竞争是以所编戏曲传唱和流行的程度为标准的，为了更好地将自己的剧本变为优秀的舞台表演，书会往往和一些有名的杂剧表演班子结合在一起，这样杂剧从编写到演出就形成了一套完整的创作体系，这也是元杂剧虽发展时间不长却超越前代的重要原因。关汉卿作为早期的元杂剧编剧，其所生活的年代较早，当时并没有成熟的创作体系保证为其创作提供便利，他一人完成了词、曲、戏、乐等所有内容的创作，在杂剧艺术所取得的成就最为突出，这是我们将其称为杂剧鼻祖的重要原因。

在《辍耕录》"院本名目"中记载"教坊色长魏、武、刘三人鼎新编辑。魏长于念诵，武长于筋斗"，从这些词句之间我们可以看出，记载的这些人是当时非常有名望的杂剧演员，享有很高的社会声誉。王国维在自己的研究中曾对这里记载的"刘长于科泛"中刘的身份进行过推测，他认为可能是教坊刘耍和。据《录鬼簿》所载花李郎、红字公都是刘耍和的女婿，这两人都是有名的杂剧艺人，他们既参与剧本的创作，又是非常受人们欢迎的演员。王国维的推测虽然没有明确的记载和证据，但从这里来看，却有着很高的合理性。抛开刘的身份问题，从中我们可以确切地知道，当时教坊中人已经投入戏曲的加工和改良工作当中了。刘耍和作为一位优秀的杂剧创作艺术家，自然参与了杂剧的改良，从他个人接触和从事的事业来看，他的女婿也必然是杂剧圈子的人，且以刘的艺术眼光之刁钻，女婿必然是个中翘楚，非一般的杂剧演员能比。在戏曲改革的文化背景之下，区别于金代院本、诸宫调的杂剧，便渐渐形成。随着杂剧这种艺术形式的不断成熟，很多爱好戏剧的文人也不再局限于品味和欣赏杂剧作品，加入了杂剧创作的行列。据记载，关汉卿创作杂剧艺术期间，经常与杂剧演员接触；马致远与刘耍和的两个女婿合作创作了《黄粱梦》，这些都能够很好地佐证文人群体加入杂剧创作行列。有了文人的参与，杂剧在文学和艺术方面的地位得到了极大的提升。随着越来越多的人开始研究和创作，杂剧的音乐、结构等要素日益完善，杂剧这种艺术逐渐成熟起来。

二、元杂剧的兴盛

元代杂剧发展兴盛的原因，具体来说可以总结为以下几点。

（一）城市经济的繁荣

元朝的社会环境对杂剧戏曲的发展有很大的促进作用。戏曲是文学的一种，但其独有的特质和形式使得它和劳动人民的联系远超文人阶层。一个剧本如果不在舞台上演出，如果得不到观众的认可，创作便是失败的，杂剧的表演需要演员、戏场、道具和观众，这些条件需要繁华的经济基础作为支撑，如果当时的社会经济条件不够，杂剧是不可能发展到顶峰的。元朝是蒙古王族统治下的封建王朝，虽然统治阶层不重视农桑、文教，但是由于其前期的远征和辽阔的疆域，国际和国内交通条件很好，商业得到了很好的发展。当时，马可波罗游历到元大都自然记录当时的状况说：

"应知汗八里城内外人户繁多，有若干城门即有若干附郭。此十二大郭之中人户较之城内更众。郭中所居者，有各地来往之外国人，或来入贡方物，或来售货宫中。所以城内外皆有华屋巨室，而为数众多之显贵邸舍，尚未计焉。……尚应知者，凡卖笑妇女，不居城内，皆居附郭。因附郭之中，外国人甚众，所以此辈娼妓为数亦夥，计有二万余，皆能以缠头自给，可以想见居民之众。外国巨价异物，及百物之输入此城者，世界诸城无能与比。……百物输入之众，有如川流之不息。仅丝一项，每日入城者计有千车。……此汗八里大城之周围，约有城市二百，位置远近不等，每城皆有商人来此买卖货物，盖此城为商业繁盛之城也。"（《马可波罗行纪》第九十四章）

从这段描述中我们可以看出，当时的元大都就工商业发展的状况来看，仍然是世界一流的大都会。元大都人口繁盛，经济繁荣，妓馆、剧场以及各种娱乐场所，必须在商业的支持之下才能够维持运营。蒙古统治阶层和世界各地的贸易客商虽然对汉语不精通，但他们所拥有的财力能够形成购买力，出入各种娱乐场所促进经济的繁荣。从史料的记载中我们可以发现，市民、外族、商贾、官吏、士兵等是当时各种娱乐场所的主要消费群体。杂剧作为当时流行的一种娱乐项目，广泛地活跃在各种娱乐场所之中，消费阶层的认可使娱乐场所舍得花钱购置和兴建各种戏剧设备，这大大推动了杂剧的发展。文人作为当时社会的重要阶层，随着戏曲的逐渐流行，也认可了戏曲的表演和故事，一些为生计所迫的文人开始创作戏剧，他们的参与使戏剧的文学性和艺术性得到了升华，杂剧的质量突飞猛进。好的作品越来越多，这些作品的剧作者收到了人们的追捧和好评，一些雅士为了追求名望也加入杂剧创作的行列当中，元代的杂剧创作逐渐形成一股文人创作的风气，促进了杂剧艺术发展高峰的到来。

（二）戏剧文学的发展与统治阶层的提倡

在文学发展的规律上，文学的发展形式和表现手法与当时的社会环境有着紧密的联系。一种文学形式的兴起和繁荣，一定是在特定的人文和政治环境下酝酿、发酵的，这一点已经为历史所证明，唐诗、宋词的兴盛都遵循这一规律。宋、金的戏曲，并不是一种兼具美感和细腻性的文学形式，元杂剧、戏曲的文学生命是在社会发展到一定阶段，由当时特定的社会环境和文人共同缔造的。元朝统治者对待文人和知识十分宽松，从整个中国历史上来看，元朝对文人思想的管制是最为放任的。由于儒学思想在宋代之后出现了衰落的迹象，唐宋文人推崇的"文以载道"的思想在元代并不为人们所接受，在传统的文学创作中，戏剧这种创作也是不入大家之眼的，但在元朝这个文学思想极为放松和活跃的时代，文人将对统治阶层的不满通过戏剧这种灵活、生动的形式表现出来。南宋孟珙的《蒙鞑备录》记金末的蒙古风俗说："国王出师，亦以女乐随行。率十七八美女，极慧黠，多以十四弦等弹大官乐，四拍子为节，甚低，其舞甚异。"统治者如此，其麾下的王公贵族更甚。蒙古王族南下以后，出于对武力的推崇，他们对"四书""五经"并不是十分重视，对文人的态度也比较轻慢，优伶歌妓，歌舞戏曲，不仅没有引起统治者的反感，反而成为他们热衷的一种娱乐，得到了保护和提倡，于是戏剧成为从王孙贵族到贩夫走卒都喜爱的文化娱乐方式，有些王公大臣甚至专门豢养戏曲班子为自己服务。这些方面，也给予戏曲发展以一定的影响。

（三）科举废行，文学创作更加灵活

沈德符《万历野获编》及臧懋循《元曲选》俱有元代曾以戏曲取士，因此元剧兴盛之说，实不可信。蒙古人灭掉金之后，只进行过一次科举选拔人才，从此之后的七十多年中并没有通过科举来进行官员的选拔。科举时代，无数学子寒窗十年，只为金榜一朝，士子们将自己的精力和时间都放在科举考试之上，没有多余的时间和精力关注其他。而元代轻儒，废止科举，文人们奉为圭臬的"四书""五经"为统治者所不屑，迫于生计他们不得不从事难以胜任的体力劳动，戏剧这一艺术形式的繁荣为这些对前途迷茫的文人提供了一条通过自己的学识一展所长、获取富贵功名的途径，自然得到广大文人的青睐，大批文人的加入，将戏剧的发展推向了高峰。

三、杂剧的南移

在宋亡前后，杂剧的发展中心在北方，戏曲创作的主要作家也都是北方人。元朝统一中国以后，随着蒙古王族的文化制度的推行和入侵，杂剧的创作中心逐渐南移，经过一段时间的发展，虽然杂剧在南方的流行和创作仅限于民间，却取得了不俗的成就。元代夏庭芝的《青楼集》所载一百

十余个歌妓中，杂剧名者有 33 人，以南戏名者只有 3 人，由此可推想杂剧独盛的状况。在这种环境之下，南方文人大量加入到杂剧创作的行列当中，到元后期，杂剧作者已有很多是南方人了，北方的杂剧发展反而落后了。宫天挺、乔吉、郑光祖、曾瑞诸人，虽是北籍，但也是南方的寓公，他们的创作大多是在南方完成的，并且作品的内容也以南方的社会环境为背景。至于杨梓、金仁杰、范康、萧德祥、王晔、沈和、鲍天佑、陆登善、周文质、王仲元、陈以仁等，都是浙江人，将他们归入南方杂剧作家更是理所当然。这样一来元杂剧发展的中心已经完全转移到南方，北方的杂剧创作人才凋零，作品质量也大多难与南方的杂剧相媲美。这大概也是《录鬼簿》的编者（他虽是河南人，但是侨寓杭州）编纂戏目时，除了元代前期在北方流传的作品外，主要以南方杂剧为主的原因了。他收录的杂剧作品以杭州地区流传的戏曲为主。当然，我们说北方杂剧没落并不代表北方杂剧无人问津，不排除北方优秀的杂剧当时因为客观条件的限制而难以收录在各种杂剧录当中。就元剧现在的作品来看，基本的趋势是呈现先北后南的状况，北方的剧作中心是大都，而南方的剧作中心是杭州。

杂剧的南移，一方面是靠剧团。元朝是大一统封建王朝，为了巩固统治，朝廷不得不派官兵南下驻守，从北方来到南方的社会高层对杂剧的需求刺激了南方文人和演员进行杂剧的创作和表演；另一方面是政治因素。统治阶层的南下，使得一批剧作家和文人来到南方，南方的文化环境相对北方宽松，北方的文人到南方定居后，促进了南方杂剧的发展。北方的马致远、戴善甫、尚仲贤、张寿卿都在南方做官，再如关汉卿、白朴也都游历于江南一带，我们可以从这些人的经历中看出，杂剧在南方拥有更好的发展环境。介于上述两种原因的推动，于是后期杂剧的重心移于南方，造成了南盛北衰的局面。后期的作家，虽大多数都是江浙人，但代表作家，如郑光祖、宫天挺、秦简夫等，却都是侨寓江南的北客。而那一批江南作家的作品，成就并不高。思想内容与艺术风格，大都缺少前期杂剧的特点。

第二节 南戏的地方色彩及其民俗性

一、南戏的地方色彩

南戏是北宋末年到元末明初在中国南方流行的一种戏曲，它与北方的杂剧一起被称为元曲。南戏是南曲戏文的简称，最开始人们只是称呼南戏为"戏文",为了突出其特点,前缀"南曲"二字,被人们称为"南曲戏文",也有一部分人将南戏称为"温州杂剧"或"永嘉(即温州)杂剧",二者实质上都是指南戏。

南戏在北宋末、南宋初产生于温州,元灭南宋以后,北方的杂剧逐渐向南方渗透,南戏在杂剧的冲击下一度衰落。徐渭《南词叙录》说:"元初,北杂剧流入南徼,一时靡然向风,南词遂绝,而南戏亦衰。"这是对当时杂剧南移、南曲衰落的描述,元朝末年南戏从杂剧中吸收优点,进行了大胆的创新,传承到明清演变成明清传奇。

南戏的剧本作者大多是底层的文人以及和杂剧演出的艺人,因此南戏的题材广泛,创作灵活,内容更是包罗万象,从多个层面反映出当时社会发展的面貌,当然也生动地表现了社会底层人民爱憎分明的价值观。南戏创作中,关于婚姻和爱情的题材占了很大的比例,这些作品有的赞扬争取婚姻自由的斗争,如《裴少俊墙头马上》(见《南词叙录》,有残曲),有的抨击知识分子发迹以后,抛弃原来的妻子入赘豪门的现实,这类戏的内容叫"婚变",如《王魁负桂英》。

南戏本来是民间创作的一种戏曲形式,这使得南戏的传承大多是靠师徒相传延续的,专门的剧作家和剧本在南戏中并不多见。此外,由于南戏过于强烈的爱憎观念,受到了统治者的打压,因此流传下来的并不多。宋代和元代是南戏较为繁盛的时期,然而即使这两个时期的剧作切在一起,也不过有 200 多部流传下来,按照南戏繁盛的程度算,这个数量很可能不到当时作品的十分之一。其中基本保持着原来面目的只有五本:《张协状元》(宋九山书会编撰)、《宦门子弟错立身》(宋古杭才人编)、《小孙屠》(元武林书会肖德祥编撰)、《白兔记》(永嘉书会编撰)、《琵琶记》(元高明撰)。经明人修改过的有 12 本,其中又以《荆钗记》《拜月亭》《杀狗记》最著名,这三本和《白兔记》(全名《刘知远白兔记》)合称"四大传奇"。

二、南戏的民俗性

戏曲作为起源于民间的一种娱乐方式,与民俗有着天然的联系,关于戏曲的起源人们有很多看法,有些人认为是"巫觋祭祀",有些人认为是"嬉闹自乐"。王国维所著的《宋元戏曲史》对戏曲的起源给出了这样的说法:"后世戏剧,当自巫、优二者出。"女巫师被称作"巫",男巫师被称作"觋",他们的共同点是都十分擅长歌舞,歌舞是古代祭祀的中十分重要的一个因素,人们认为他们通过歌舞来沟通神灵,向神灵传达人间的意愿,是人与神灵之间沟通的纽带,因此这些人的社会地位是很高的。王国维在《宋元戏曲史》中还指出:"是古代之巫,实以歌舞为职,以乐神人者也。"这说明,这一时期巫觋之人的歌舞对群众来说有很大的吸引力,这是戏曲产生的一个基本前提,也就是人们的认可和需求。巫觋在歌舞表演吸引神灵的同时,还会叨念一些祭文或者咒词,这些可以看作戏曲中的旁白。周育德说:"不管哪一种祝词,都可视为'台词'念白。为了把那个虚幻的鬼神世界淋漓尽致地表现在人们面前,巫必须调动起所有的手段,除了歌、舞、念白,还要作必要的化妆……戏曲演员的基本功夫在古代巫仪中都可见苗头。"巫觋祭祀是民间的一种信仰的一种仪式表现,祭祀的仪式有需求、有角色、有旁白、有观众、有表演,可以看做是最初的戏曲。

戏曲传播与民俗有很大的联系,戏曲传播最重要的渠道是观众,民间的祭祀活动有大量的民众参与,他们在看到祭祀仪式之后口口相传,将戏曲的内容传播到不同的地区。我国古代民间的各种祭祀活动十分频繁,比如祭河神、祭灶神等。有一些古代流传下来的祭祀现在我们还能见到,比如祭关帝,关帝就是关羽,被称为"武圣人",传说中关帝能够驱灾避祸,震慑宵小,保佑人们安居乐业,财源广进。

戏曲的起源、发展都与民俗关系密切,南戏作为戏曲的一种也遵循这一基本规律。徐渭的《南词叙录》说:"永嘉杂剧兴,则又即村坊小曲而为之,本无宫调,亦罕节奏。徒取其畸农、市女顺口可歌而已,谚所谓'随心令'者,即其技欤?"从这段文字中我们可以知道,南戏最初从村坊之间的小曲、小调发展起来,村坊之间的小曲实际上就是民间的歌舞把戏,这种小曲吸收了当地的民俗和各种传说,极具地方特色形式,内容十分灵活,比如傀儡戏、影戏、杂技等。

傀儡戏历史悠久,宋代最为理性,元代虽然在民间传播十分广发,但在高度上却没有达到宋时的水准。元代傀儡戏的种类以宋代流传下来的为主,包括:肉傀儡、水傀儡、悬丝等,傀儡戏的舞台表演技艺对南戏有很深的影响。胡雪冈、徐顺平先生在《试论南戏与民间文艺》中提到:"早期南戏曾汲收了傀儡戏中之舞蹈技艺,用来丰富舞台的表演艺术,如《张协状元》第五十三出'有末拖幞头,丑抬伞'的一段舞蹈表演,在〔斗双鸡〕曲中末唱:'好似傀儡棚前,一个鲍老。'很明显是以傀儡戏中鲍老的舞蹈表演来作比拟,以示演出舞蹈之精彩。"傀儡戏在取材方面与南戏也相互影响，徐宏图在《南宋戏曲史》中说："元代傀儡戏有《太平钱》……宋元南戏也有《朱文太平钱》一本，傀儡戏与南戏扮演太平钱故事谁先谁后，难以确定，但彼此互相交流是完全有可能的。"从以上两点可见傀儡戏对南戏的影响。

影戏起源也很早，宋代的影戏也是民间技艺中的重要种类，其中影戏对南戏的发展也有影响，胡雪冈和徐顺平曾谈到："影子戏的叙说和'影戏词'的唱词曾被早期南戏所吸收。《张协状元》有'大影戏'调，词云：'今口设个儿案……有猪头看猪面看狗面。'这种'大影戏'的声调除《张协状元》外，在《杀狗记》和《吴舜英》的佚曲中均有保留。"可见影戏对南戏的影响。

杂技也是民间技艺的一种，对南戏也有影响，杂技被直接用在作品中，如《张协状元》的第八出："〔净使棒介〕这个山上棒，这个山下棒，这个船上棒，这个水底棒，这个你吃底。〔末〕甚棒？〔净〕地，地头棒……"可见杂技对南戏的影响。这些民间技艺也是民俗的一种，以上种种可见南戏的发展也受民俗的影响。

第三节　北曲与南戏

一、北曲

（一）关汉卿的杂剧创作

关汉卿，生卒年不详，号已斋叟，大都人。关汉卿曾为玉京书会著名书会才人，常出入于歌楼酒肆，与杂剧作家杨显之、梁进之、费君祥、玉和卿以及著名女艺人珠帘秀等均有交往，且能亲自登台演出。晚年南下游玩，到过杭州、扬州等地。关汉卿文学成就最大的是杂剧，在散曲方面也有一定成绩，与白朴、马致远、郑光祖并称为"元曲四大家"。

关汉卿在当时的戏剧界名气很大，所以钟嗣成的《录鬼簿》将他列在"前辈已死名公才人"的第一名。贾仲明在为关汉卿作的挽词中赞他是"驱梨园领袖，总编修师首，捻杂剧班头"，可见他是当时公认的剧坛领袖。关汉卿"偶娼优而不辞"，和艺人们交往密切，他自己也常常粉墨登场。他是在戏院里成长起来的剧作家，与下层民众的亲密接触促成了关汉卿桀骜不驯的性格，他那种刚强自信、诙谐多智、倜傥风流、放荡不羁的性格在他的作品中得到了很好的显现。

关汉卿多才多艺，不屑为统治者服务，因此他只能将自己的非凡才华投入到杂剧创作中去，长期和演员艺人朝夕相处，有时候甚至自己也亲自登场演出。关汉卿的戏曲作品表现出对民众的深刻同情，特别是对被迫害、被侮辱的妇女的同情，对她们的抗争给予了生动的描写和充分的肯定。

关汉卿是元代剧坛最杰出的的代表之一，他推动了元杂剧的发展趋于成熟。关汉卿一生创作的杂剧多达 67 种，今存 18 种，即《窦娥冤》《鲁斋郎》《救风尘》《望江亭》《蝴蝶梦》《金线池》《谢天香》《玉镜台》《单鞭夺槊》《单刀会》《绯衣梦》《五侯宴》《哭存孝》《裴度还带》《陈母教子》《西蜀梦》《拜月亭》《诈妮子》。其中，《窦娥冤》《蝴蝶梦》是关汉卿社会剧的代表作，而《窦娥冤》的思想艺术成就最高；《救风尘》《望江亭》《拜月亭》等是爱情婚姻剧的代表作，将爱情婚姻故事同现实生活、社会矛盾紧密结合，着力展示现实生活中青年男女对幸福生活的追求和向往；《单刀会》《西蜀梦》《哭存孝》等是历史剧的代表作，这些作品将历史史料随意拼接，从现实出发去缅怀历史英雄人物，流溢着悲凉凄怆的时代情绪。

《救风尘》《望江亭》写的是下层民众不堪凌辱、奋起自救的激动人心的故事。

《救风尘》在戏中，关汉卿写赵盼儿机智地与周舍巧妙周旋，软硬兼施，使观众会心微笑；而当周舍最终落得"尖担两头脱"的境地时，又使观众哄堂大笑，一场尖锐紧张的冲突，便在乐观明朗的气氛中结束。

关汉卿戏剧中的语言质朴自然，不失本色，即王国维所称道的"曲尽人情，字字本色"。戏剧中人物的唱词，在抒情的过程中，又带有鲜明的动作性，切合特定的戏剧情境。

《望江亭》叙写了这样一个故事：权豪势要杨衙内为了强娶白士中的妻子谭记儿为妾，竟然请到皇帝的势剑金牌，要诛杀白士中。谭记儿为了维护自身的爱情和婚姻，扮作渔家女在望江亭灌醉杨衙内及其随行，盗取了势剑金牌和文书，粉碎了杨衙内的阴谋毒计。谭记儿机智、勇敢、泼辣的性格，以及她凭借智慧战胜恶势力，维护自身爱情和婚姻的奇行异举受到人们的赞扬。官吏夫人谭记儿和妓女赵盼儿虽然身份不同，但她们都具有临危不乱和恶势力进行抗争的精神。

关汉卿在戏剧创作中擅于设置悬念，情节发展往往出人意料又在情理之中。《望江亭》中，谭记儿与杨衙内的周旋，没有刀光剑影，只在眉来眼去之间实施着自己的计划，在外在热闹的环境下隐藏着紧张的气氛；观众在看场上热闹的同时,又为女主人公感到紧张,仿佛置身于其中。这是一种戏剧性的逆转,关汉卿在剧中赞扬了平凡者的不平凡,展现了正义、善良战胜邪恶的力量。

(二)王实甫的创作

王实甫,生卒年不详,现存的王实甫的资料非常少,《录鬼簿》说他"名德信,大都人",把它列入"前辈已死名公才人",位于关汉卿之后,大约与关汉卿同期。《录鬼簿》著录王实甫的杂剧14种,现存《西厢记》《丽春堂》四折和《破窑记》四折。《丽春堂》写的是金代统治者内部的矛盾斗争,《破窑记》则写北宋名臣吕蒙正的故事。

作为剧本,杂剧《西厢记》表现出的舞台艺术的完整性,达到了元代戏曲创作的最高水平。

杂剧《西厢记》描写了崔莺莺和张生的爱情故事,最早来自唐代元稹的传奇小说《莺莺传》(一名《会真记》)。《莺莺传》写的是唐代贞元年间,崔莺莺随母亲寄居于蒲州以东的普救寺的西厢院,与书生张生相爱,后终遭张生遗弃的故事。到了宋代,崔、张故事流行甚广。苏门文人秦观、毛滂,分别以崔、张故事为题材,写了"调笑转踏"歌舞曲,摒弃了"始乱终弃"的结局。其后,崔、张故事也进入了民间说唱和戏剧领域。金代戏曲作家董解元,以北宋时期的崔、张故事作品为基础,创作了《西厢记诸宫调》,叙写崔莺莺和张生的相爱、私奔以至美满团圆,改写了《莺莺传》的悲剧性结局,并以崔、张同崔老夫人的冲突代替了原作张生和崔莺莺的矛盾,从而在根本上改变了故事的主题。同时,《西厢记诸宫调》又增加了红娘、惠明和尚等人物,增添了新的情节,曲词也极为精彩动人。

王实甫的杂剧《西厢记》以《西厢记诸宫调》为蓝本,在其基础上大胆地进行了再创造,重新改写了崔、张故事。《西厢记》写了以老夫人为一方,以及以崔莺莺、张生、红娘为另一方的矛盾,亦即封建势力和礼教叛逆者的矛盾;也写了崔莺莺、张生、红娘三人性格的矛盾。这两组矛盾,形成了一主一辅两条线索,它们相互制约,起伏交错,推动着情节的发展。

纵观全剧,矛盾冲突贯穿始终,这种矛盾冲突具有深刻的社会根源,也根植于人物的思想性格之中。戏剧的矛盾冲突是情节的基础。《西厢记》的矛盾冲突,是青年男女追求自由爱情和封建礼教的矛盾,既表现在人物之间的正面冲突,同时也体现在崔莺莺等人物的内心世界。故事情节一波未平,一波又起,却又始终紧扣着人物的命运。在每一次的戏剧冲突中,作者总是使人物性格得到进一步的发展；总是写年青一代节节胜利，封建势力不但节节败退，还处在被嘲弄的位置。从整部戏看，冲突是尖锐激烈的，却又处处显露乐观的前景。作者充分利用误会、巧合、夸张、打趣等各种手段，制造出多变的舞台节奏。与此同时，我们不难看到配角在剧中推动情节发展和调节舞台节奏气氛的作用，尤其是红娘这一角色只要一出现，舞台的气氛就活跃起来。

《西厢记》的语言富有动作性，适合舞台演出，同时密切配合人物心理。即使是唱词，作者也考虑到人物身份、地位、性格的不同，使之呈现不同的风格。同为男性角色，张生的语言显得文雅，郑恒鄙俗，惠明则粗豪。同为女性角色，崔莺莺的语言显得婉媚，红娘的语言则显得鲜活泼辣。莺莺是大家闺秀，她的唱词节奏舒展，色彩华美，感情含蓄，与婉约派词风相似。红娘是丫环，口齿伶俐，作者让她的语言夹杂着俚语、俗语和日常生活用语，显得既富有质朴本色又生动活泼。《西厢记》的曲词优雅秀丽，常常化用唐诗宋词，创造出诗情画意的意境，带有极强的抒情性，并且将元曲特有的俏皮诙谐表现得淋漓尽致。

（三）白朴的杂剧

白朴（生于1226，卒年不详），原名恒，字仁甫，后来改名朴，字太素，号兰谷，元曲四大家之一。《金史》《元史》都有他的传，他是元杂剧作家中生平资料最多的人。白朴一生共创作杂剧16种，现存《梧桐雨》《墙头马上》2种，《流红叶》《箭射双雕》2种仅存曲词残文。以下重点分析现存的《梧桐雨》和《墙头马上》。

《梧桐雨》是描写唐明皇与杨贵妃的爱情生活和政治遭遇的历史剧。天宝之乱后，李、杨故事成了文坛的热门话题。特别是白居易的《长恨歌》问世以后，唐宋两代诗人从不同的角度，对这段历史进行反思。这部杂剧就是以白居易的《长恨歌》为基础写成的，剧中对唐明皇与杨贵妃的爱情表现了无限的同情，同时也揭示了唐王朝盛极而衰的历史教训。《长恨歌》中"秋雨梧桐叶落时"一句，饱含凄清幽怨的意蕴。白朴的《梧桐雨》，很可能是在这样的创作氛围中受到启迪。

中唐时期，出现许多描绘、评论李、杨故事的作品，或侧重同情、赞誉李、杨生死不渝的爱情；或偏于揭露、讽喻李、杨耽于享乐，贻误朝政。白朴的《梧桐雨》的主题是充满矛盾的，一面歌颂了二人的情缘，一面又写到杨贵妃与安禄山的暧昧关系。《梧桐雨》楔子写李隆基在"太平无事的日子"里，不问是非，竟给丧师失地的安禄山加官晋爵，让他镇守边境。第二折写李隆基与杨玉环在长生殿乞巧排宴，两人恩恩爱爱，情意绵绵，"靠着这招新凤，舞青鸾，金井梧桐树映，虽无人窃听，也索悄声儿海誓山盟"，相约生生世世。第三折是故事的转折点，安禄山倡乱，李隆基仓皇逃走；至马嵬坡，六军不发，李隆基在"不能自保"的情况下，只好让杨玉环自缢。经过这一场激变，一切权力、荣华，烟消云散。

《梧桐雨》全剧曲词文采飘逸而又自然生动，具有强烈的艺术感染力。王国维评《梧桐雨》杂剧"沉雄悲壮，为元曲冠冕"（《宋元戏曲史》），正是着眼于其悲凉的意境。吴梅称誉"此剧结构之妙，较他种更胜，不袭通常团圆套格，而以夜雨闻铃作结，高出常手万倍"（《吴梅戏曲论文集·瞿安读曲记》）。明清以来取材于李、杨爱情故事的戏曲作品多受该剧影响，清代戏剧家洪昇的《长生殿》传奇更是直接得益于白朴的《梧桐雨》。

《墙头马上》取材于唐代诗人白居易的新乐府诗《井底引银瓶》。该诗描述一个婚姻悲剧：女子最终一个女子爱上了一位男子，同居了五六年，但男子家长认为"聘则为妻奔则妾"，女子终被逐出家门。白朴在戏中所写的内容，大致与《井底引银瓶》一诗相同，但它表现的思想倾向则与原诗迥异。剧作写李千金与裴尚书之子裴少俊相爱，私奔至裴家，在后花园生活七载，生下一儿一女。后被裴尚书发现，将李千金驱赶回家。裴少俊中状元后，方得与李千金团圆。剧中的李千金虽然出身于大家闺秀，但她对爱情的追求大胆、率真、泼辣、主动，体现了市民阶层的思想情趣。她一上场就毫不掩饰对爱情和婚姻的渴望。当她在墙头上和裴少俊邂逅，看上了"一个好秀才"，便处处采取主动的态度。她央求梅香替她递简传诗，约裴少俊跳墙幽会。当两人被嬷嬷瞧破，她和裴少俊一忽儿下跪求情，一忽儿撒赖放泼，还下决心离家私奔。显然，在这个人物身上，白朴融合了市井女性有胆有识、敢作敢为的特征，表现出要求婚姻自主的鲜明倾向。《墙头马上》的艺术风格和《梧桐雨》明显不同。《梧桐雨》以深沉的意境见长，《墙头马上》则以紧凑、生动的情节安排取胜，通过戏剧场面刻画人物形象。

（四）马致远的杂剧

马致远，字千里，号东篱，元大都（今北京）人，大约生于1250年左右，卒于1321年以后，是元曲四大家之一。他经历了蒙古时代的后期及元政权统治的前期，青年时追求功名，对"龙楼凤阁"抱有幻想，希望在仕途上有所作为，奋斗多年未能如愿；中年时期，他一度出任江浙行省务官；晚年则淡泊名利，以清风明月为伴，"东篱本是风月主，晚节园林趣"，向往闲适的生活。

马致远所作杂剧 15 种，现存 7 种，即《汉宫秋》《陈抟高卧》《任风子》《荐福碑》《青衫泪》《岳阳楼》，以及《黄粱梦》（与人合作）。这里重点分析《汉宫秋》。

《汉宫秋》剧本以历史上的昭君出塞故事为题材。按照历史形势，汉强胡弱，《汉宫秋》却改变了胡汉之间的力量对比，把汉朝写成软弱无力、任由异族欺压的政权。作者虽然写到君臣、民族之间的矛盾，但着重抒写的却是家国衰败之痛，是在乱世中失去美好生活而生发的那种困惑、悲凉的人生感受。

《汉宫秋》不拘泥于历史史实，马致远在前人创作的基础上，结合元代的时代精神和自身的现实感受，进行了全新的艺术创作。首先，史载王昭君是汉元帝的宫女，匈奴单于呼韩邪来朝求婚，昭君因"积悲怨，乃请掖庭令求行"。临行之期，"昭君丰容靓饰，光明汉宫，顾景徘徊，竦动左右。帝见大惊，意欲留之，而难于失信，遂与匈奴"。杂剧改为汉元帝因闻琵琶得见昭君，惊其姿容绝伦，纳为宠妃，恩爱备至。奸臣毛延寿携昭君美人图叛逃，唆使匈奴王以武力讨娶昭君。汉廷文武惧于匈奴威势，胁迫元帝割爱媚敌，昭君"怕江山有失""情愿和番"，以息刀兵。行前留下汉家衣服，以誓不辱汉室。其次，剧中的毛延寿最初见于晋葛洪的笔记小说《西京杂记》中的"京师画工"，剧本将画工毛延寿的身份改为中大夫，他因索贿未成，将昭君画像献给单于，唆使匈奴攻汉，从贪婪的奸臣发展为"忘恩咬主"、卖国求荣的叛臣。最后，史载昭君和亲到匈奴，生子育女，并"从胡俗"为两代单于阏氏，剧中则写王昭君到边界，未入匈奴便投江殉国，显示了她崇高的悲剧性格。经过这样的改动，昭君故事便被赋予了新的主题，成为金元、宋元之交家国兴亡和民族情绪的曲折反映。

作者在第四折巧妙构思，写汉元帝对昭君的思念，进一步渲染他孤苦凄怆的心境。在汉宫，人去楼空，汉元帝挂起美人图，苦苦追忆，梦见昭君从匈奴逃回汉宫，但还没来得及向元帝细诉衷情，就被大雁的叫声唤醒，醒来后若有所失，只有孤雁哀鸣，"一声声绕汉宫，一声声寄渭城"，凄厉地陪伴他度过寂寞的黄昏。整个戏，就在浓郁的悲剧氛围中结束，含蓄而深沉地传达出人生落寞、迷惘莫名的意境。

（五）郑光祖的杂剧

郑光祖（生于1264，卒年不详），字德辉，平阳襄陵（今山西襄汾）人，中国元代杂剧作家。曾任杭州路吏，在钟嗣成《录鬼簿》成书时，已卒于杭州，葬于西湖灵芝寺。郑光祖的作品数量较多，且颇具声望。周德清《中原音韵》把他与关汉卿、白朴、马致远并列，后人称为元曲四大家。郑光祖的剧作存目18种，流传至今的有《倩女离魂》《㑇梅香》《王粲登楼》《周公摄政》《伊尹扶汤》等8种，其中《倩女离魂》是郑光祖的代表作。他的剧作词曲优美，甚得明代一些曲家的称赏，有时化用诗词名句贴切自然，然而也有过于雕饰的弊端。

《倩女离魂》取材于唐人陈玄祐的传奇小说《离魂记》。剧本写张倩女与王文举系指腹为婚，王文举长大后，应试途经张家，欲申旧约。倩女的母亲嫌其功名未就，不许二人成婚。文举无奈，只得独自上京应试。倩女忧思成疾，卧病在床，她的魂灵悠然离体，追赶文举，一同赴京，相伴多年。文举状元及第，衣锦还乡，携倩女回到张家。当众人疑虑之际，倩女魂魄与病躯重合为一，最终完婚。

作品中的倩女形象具有双重性，一是作为客观实体的人而存在，一是作为虚幻的精魂而存在。前者只能承受离愁别恨的熬煎，卧病在床。当文举中了状元，寄信给张家，说"同小姐一同回家"时，病中的倩女以为文举另娶，悲恸欲绝。后者代表了女性对爱情婚姻的渴望与追求。倩女爱恋的是文举本人，她不在乎有无功名，担心的倒是文举高中后别娶高门。在离魂的状态下，她大胆冲破礼教观念，与心上人私奔，遂了心愿。在这里，离开躯体的倩女之魂，寄寓着女性挣脱礼教枷锁、追求自由的心态；至于倩女在家中的病躯，那种幽怨悱恻、凄凄楚楚，正体现出礼教禁锢下广大女性的百般无奈。倩女的双重身份，正是古代社会中青年男女在爱情、婚姻中人格分裂的艺术象征。

（六）纪君祥的杂剧

纪君祥，大都人，生卒年不详，一名天祥。著录于他名下的杂剧有16种，今只存《赵氏孤儿》一种，另《松阴梦》有残曲存于《雍熙乐府》等曲籍中。《赵氏孤儿》是最早传到欧洲的中国戏曲之一，先是译成法文，1735年发表。法国作家伏尔泰还将其改编，取名《中国孤儿》，公演以后，轰动了整个巴黎。

《赵氏孤儿》是一部历史剧。其原型见于《左传》和《史记·赵世家》，但两书所记差异较大。本剧主要依据《史记》内容写成，但在情节上做了较多改动。剧本写春秋时晋灵公昏聩不君，武将屠岸贾擅权，将大臣赵盾满门抄斩，其子驸马赵朔亦被逼自杀。赵朔刚出生的儿子被赵朔门客程婴偷带出宫。屠岸贾得知后，下令屠杀全国所有半岁以下婴儿。程婴为保赵家骨血，与隐退老臣公孙杵臼商议，将自己的儿子送给公孙杵臼，顶替赵氏孤儿，然后，揭发公孙杵臼收藏了赵氏孤儿。结果程子被杀，公孙杵臼自杀，程婴被屠岸贾收留为门客，所携赵氏孤儿也被屠岸贾认为义子。20年后，孤儿长大成人，程婴告之以真相，终于报了大仇。

《赵氏孤儿》的人物具有鲜明的个性。剧中塑造了一批正面人物形象，程婴、公孙杵臼不畏强权、见义勇为、视死如归的自我牺牲精神。他们的性格在剧情的展示和尖锐的矛盾冲突中加以凸现，显得真实感人。例如程婴，最初受托救护赵氏孤儿时，只是单纯地为了报恩，而当屠岸贾声言要杀尽晋国"半岁之下，一月之上"的小儿以后，他放弃自己孩子的大义凛然的举动，不仅仅是为了一个赵氏孤儿，更是为了挽救无辜的生命，他的思想境界明显有一个升华的过程。在剧本第三折，狡诈的屠岸贾让程婴拷打公孙杵臼，进行证实。程婴为保住赵氏孤儿，既要出卖自己的生死之交，又要亲手拷打共谋者，特别是屠岸贾当着程婴的面，亲手杀死他的儿子，这都使程婴承受着巨大的精神压力。而程婴在严峻的考验面前，强忍悲痛，始终不露破绽。正是在这种尖锐激烈的矛盾冲突中，程婴忍辱负重、沉着坚毅的性格特点，得到了充分的表现。

《赵氏孤儿》具有浓郁的悲剧色彩。屠岸贾为了个人私怨而杀害赵盾全家，为了搜捕赵氏孤儿而不惜下令杀死全国的小儿，由于他得到昏君的宠信，掌握了大权，这就使得程婴、公孙杵臼等人为救护无辜而进行的斗争特别艰巨，甚至要以牺牲生命和舍弃自己的后代为代价，从而构成了全剧惨烈悲壮的基调。

二、南戏

元代南戏是元代中国南曲戏文的简称。南宋末、北宋初产生于浙江温州。据祝允明《猥谈》、徐渭《南词叙录》载，宋时，南戏又称"温州杂剧""永嘉杂剧""鹘伶声嗽"等。元代末年，随着杂剧的衰微，南戏获得进一步发展，出现了繁盛的局面。被誉为"曲祖"（魏良辅《曲律》）

"南曲之宗"（黄图《看山阁集闲笔》）的《琵琶记》和"荆刘拜杀"（《荆钗记》《白兔记》《拜月记》《杀狗记》）四大南戏大都产生在这个时候。高明的《琵琶记》把南戏创作提高到艺术上比较成熟、雅俗共赏的新阶段，在戏剧发展史上占有极重要的地位。南戏发展到明代，成为流传全国的主要剧种——传奇剧。

（一）《琵琶记》

高明，元末戏曲作家，历任处州录事、绍兴路判官、庆元路推官等官职。后辞官隐居于离宁波城南20里的栎社，寓居于沈氏楼中，闭门谢客，埋头于诗词戏曲的创作。《琵琶记》是其根据长期流传的民间戏文《赵贞女蔡二郎》改编创作的南戏，是中国古代戏曲中的一部经典作品。此剧叙写东汉书生蔡伯喈与赵五娘悲欢离合的爱情故事。全剧共42出，结构完整巧妙，语言典雅生动，显示了文人的细腻眼光和酣畅手法，是高度发达的中国抒情文学与戏剧艺术结合的作品。

《琵琶记》所叙述的有关书生发迹变泰后负心弃妻的现象，与宋代科举制度有着密切的关系。科举制度规定，不论门第出身，只要科举考试中式，即可为官。这为寒士发迹提供了一条捷径。"朝为田舍郎，暮登天子堂"，便是这种情况的写照。书生初入仕途，需要寻找靠山，权门豪贵也需要拉拢新进以扩充势力，于是联姻便成了他们利益结合的手段。而当书生攀上高枝抛弃糟糠之妻时，便与原来的家庭以及市民阶层报恩的观念不可避免地发生了冲突，导致一幕幕家庭和道德的悲剧。市民大众厌恶书生这种薄幸的行为，不惜口诛笔伐，这就是宋代民间伎艺产生大量谴责婚变作品的原因。宋代婚变故事一般都把矛头指向书生，是因为当时他们不仅有着优渥的社会地位，而且作为知书达礼的道德传承者，肩负着社会的责任。地位和行为的反差，自然使他们成为大众谴责的主要目标。

《琵琶记》在艺术技巧上有可以借鉴的地方。这个戏长达42出，但情节的处理却很紧凑密合。作者把京城牛府与乡下蔡家这两条线索的戏剧冲突交错写下来，使丞相府第骄奢豪华的生活与农村百姓的苦难遭遇形成了强烈的对比，既映示了贫富不均的社会现实，又产生了冷热对照的艺术效果。作者对语言的运用也很得体，能照应到各种不同阶层人物的身份，如牛府诸人的语言尚雅，乡村蔡家诸人的土语俚俗、富于个性，表现在曲词上，能用浅近的口语描摹出人物复杂的思想感情。

《琵琶记》的结构布置最为人称道。《琵琶记》是双线结构。一条线是蔡伯喈上京考试入赘牛府；一条线是赵五娘在家奉养公婆。在宋元南戏和明清传奇中，有许多剧本都是双线结构，但在这些双线结构中，所组成的故事，有许多是互不相关的，它们不能彼此促进、互为增辉。而《琵琶记》的双线结构不同，它们共同敷演一家的故事，共同表演一个主题。两条线索交错发展，对比排列，产生了强烈的悲剧效果和巨大的艺术感染力。作者把蔡伯喈在牛府的生活和赵五娘在家乡的苦难景象交错演出，形成强烈对比。《成婚》与《食糠》，《弹琴》与《尝药》，《筑坟》与《赏月》，以及《写真》，都是写得很成功的篇章。对比的写法突出了戏剧冲突，加强了悲剧的气氛。

《琵琶记》刻画了典型环境描写中的典型人物。作者描写了"旷野原空人离业败""饥人满道"的那种灾害频仍、贪官污吏鱼肉乡里的典型环境，正是在这样的社会环境下描写了赵五娘悲惨的生活遭遇，突出了她在灾荒岁月中儿独自养亲的艰难处境，从而以她的形象体现了封建制度下不能掌握自身命运的中国妇女在极端艰苦的生活环境里的美好品质。正因为如此，赵五娘的形象才长期活跃于舞台，赢得了几百年来广大读者、观众的深切同情，在文艺史上占有一席地位。

《琵琶记》的语言，文采和本色两种兼备，既有清丽文语，又有本色口语，而最重要的则是体贴人情的戏剧语言。蔡伯喈在京城生活这条线的人物，用的是文采语言，词句华美，文采灿然，语言富于色彩，讲究字句的雕琢、典故的运用，是一种高度诗化的语言，是一种高雅的语言。这是由他们的文化水平和富贵生活的环境而决定的。蔡伯喈、牛小姐、牛丞相等，都是很有知识的人，说起话来自然就雅，这是符合人物身份的。他们生活在相府之中，住的是亭台楼阁的华屋，过的是锦衣玉食的生活，用华丽的语言来写豪华的生活，才能和谐一致。赵五娘这条线的人物，用的是本色语言，自然朴实，通俗易懂，生活气息很浓，不讲究词藻的华丽典故的运用、词句的雕琢。这是一种接近于人民生活的语言也是由他们的文化水平和贫穷生活而决定的。赵五娘、蔡公、蔡婆、张广才等，都是没有多少文化的人，自然不会咬文嚼字、子曰诗云。他们生活在农村，住的是民房，过的是农村生活，用朴素的语言来描绘这种生活，才和谐一致。剧中两种不同的人物，使用两种不同的语言，构成两种不同的语言风格，这是《琵琶记》运用语言的独特之处。

（二）《荆钗记》

《荆钗记》是古代中国南戏剧本。其作者说法不一。明代徐渭的《南词叙录·宋元旧篇》著录《王十朋荆钗记》为无名氏作，明初有李景云改编本。歌颂了"义夫节妇"、生死不渝的夫妇之爱。

《荆钗记》全剧48出，讲述了王十朋、钱玉莲的故事，内容丰富，但结构及描写不佳。剧中描述的是钱玉莲拒绝巨富孙汝权的求婚，嫁给以"荆钗"为聘的温州穷书生王十朋。后来王十朋中了状元，因拒绝万俟丞相逼婚，被派往荒僻的地方任职。孙汝权暗自更改王十朋的家书为"休书"，哄骗玉莲上当；钱玉莲的后母也逼她改嫁，玉莲不从，投河自尽，幸遇救。经过种种曲折，王、钱二人终于团圆。

作为南戏的经典剧目，经过许多艺人及文人的加工，《荆钗记》在艺术上有着较高的成就，这也是它在舞台上久演不衰，为广大观众所喜闻乐见的重要原因。《荆钗记》的艺术成就，首先体现在剧作的结构上，全剧的情节安排既曲折巧妙，又紧凑严谨。全剧设置了三组矛盾冲突：一是王十朋与孙汝权，二是钱玉莲与继母、姑母，三是王十朋与万俟丞相。这三组矛盾冲突都紧紧围绕着王十朋与钱玉莲之间悲欢离合这一主线展开，故剧中虽然头绪多，矛盾冲突此起彼伏，但剧情发展井然有序。为了突出主线，作者巧妙地运用道具，将象征王十朋与钱玉莲的爱情的荆钗贯串于剧情发展的始终。在剧作的开头，以荆钗为聘礼，王十朋与钱玉莲得以结合；剧情演进到中间，玉莲被逼投江时，将荆钗牢系身上，把荆钗作为殉情的见证；最后，又以荆钗为媒介，使王、钱二人得以团圆。在具体安排剧情时，又能前后照应，线索紧密。如《堂试》一出，太守看到孙汝权的试卷与王十朋的试卷字迹相同，便说孙汝权是"令人代作文字"，命人捆绑起来打。这一情节就对应了后来孙汝权偷改王十朋的家书的情节。又如王十朋不从万俟丞相的招赘，由原来所授的饶州金判，改调潮阳，这又为《误讣》一出戏中钱玉莲把饶州王金判的死讯当成王十朋讣音的情节埋下了伏线。由于层层照应，使剧情发展既合理又十分紧凑。

（三）《白兔记》

《白兔记》，又名《刘知远白兔记》，《曲海总目提要》谓"此剧未知谁笔，总出元人之手"。据1967年新发现的明成化永顺堂刊本的副末开场所说，为永嘉书会才人所作。《白兔记》今存的也皆为明刊本，写五代后汉高祖刘知远与李三娘的故事。刘知远被继父所逐，流落荒庙，为李文奎收留，并将女儿三娘许配给刘。三娘兄嫂为独占家产，设计加害刘知远。刘知远被逼到邠州投军，后入赘岳节使府中。李三娘在家受尽兄嫂的迫害，白天汲水，晚上挨磨，在磨房产下一子，因无剪刀，只好用牙咬断脐带，故取名咬脐，怕兄嫂加害，托人送到刘知远处。16年后咬脐长大成人，一日打猎，追赶一只白兔，与生母李三娘相遇，便回去报与刘知远，刘知远便率领兵马回到沙陀村，与三娘团聚。刘知远与李三娘的故事在《旧五代史》与《新五代史》上皆无记载，但在民间早已流传，如宋代话本《五代史平话》中就有了较详细的描写，金代又有《刘知远诸宫调》。南戏《白兔记》就是根据民间传说编撰而成的。从作品的主题及对刘知远与李三娘这两个人物形象的描写来看，在南戏中李三娘的形象比话本、诸宫调所描写的更为突出。南戏虽也同样以较多的篇幅描写了刘知远，但剧作歌颂与赞扬的却是李三娘，她面对兄嫂的威逼迫害，推磨打水，受尽折磨，不肯屈服，故这一人物最能引起读者与观众的同情与赞美，而与李三娘有关的几出戏，如《挨磨》《分娩》《见儿》《私会》等，也是全剧中的精华。对于刘知远，剧作在前面虽然也写了他受李洪一夫妇迫害离家出走的不幸遭遇，但后来又写他发迹后不念在家受苦的三娘，另娶贵家之女为妻，这显然是一种负心行为，故剧作对刘知远这一人物的褒贬还是甚为分明的。

　　《白兔记》在艺术上也有着较高的成就，如剧情安排线索分明，先写刘知远与李三娘由合而分，后写他们由分而合，中间则通过窦公送子、咬脐打猎追兔的情节，将前后两部分情节联结起来。剧作的语言具有质朴自然的特色，吕天成在《曲品》中评曰："《白兔》词极古质，味亦恬然，古色可挹。"

（四）《拜月亭》

　　《拜月亭》，又名《幽闺记》，一般都认为是元代杭州人施惠根据关汉卿的同名杂剧改编改剧。写金朝贞元年间，番兵入侵，金主听信奸臣谗言，迁都中京。书生蒋世隆与妹瑞莲、尚书王镇的夫人与女儿瑞兰在逃难途中失散，世隆与瑞兰相遇，并在患难中结为夫妻，而瑞莲与王夫人相遇，被收为义女。王镇和番回朝，在旅店遇见瑞兰，不认世隆为女婿，强将瑞兰带走。瑞兰回到家中，月夜焚香拜月，祈祷上天，保佑世隆平安。后世隆状元及第，王镇奉旨招亲，于是夫妻、兄妹团圆。与同类题材的其他南戏相比，《拜月亭》自有它独特的思想高度。它不只是以才子佳人的风流韵事来取悦观众，而是通过男女之间的悲欢离合，展示了较深刻的思想内容与社会风貌。首先，剧作将这一故事放在社会大动乱的特定环境中来描写，以蒋、王的遭遇，向观众展示了万民仓皇、妻离子散的社会现实，反映了民族矛盾与统治者的昏庸给百姓带来的灾难。其次，剧作对蒋世隆与王瑞兰在患难中不为封建礼教束缚、自主婚姻的行为加以肯定与歌颂，并对王镇为维护封建门第、恪守传统婚姻道德的行为加以批判与否定。

《拜月亭》在艺术上的成就主要有以下两个方面：

（1）在安排情节上，采用巧合的表现手法。如世隆与瑞兰奇遇、瑞莲与王夫人巧逢、世隆与瑞兰途中遇盗，寨主恰是世隆的义弟陀满兴福；又如王镇和番回朝，在途中与女儿、夫人意外相遇；最后王镇要招赘的女婿正是被他嫌弃的穷秀才。由于作者善于运用巧合的手法来安排情节、组织戏剧冲突，故使剧情发展错落有致、妙趣叠出。

（2）在语言描写上，剧作的语言本色自然。

（五）《杀狗记》

《杀狗记》的作者，多认为是明初的戏曲作家徐畛。今存的《杀狗记》是明代冯梦龙的改定本。《杀狗记》写的是家庭矛盾，兄孙华受坏人柳隆卿、胡子传的挑唆，将弟孙荣逐出家门。嫂杨月真杀狗假作人尸，要孙华去请柳、胡移尸灭迹，柳、胡不但不帮忙，反而向官府告发。在公堂上杨月真说出真相，使孙华看清了柳、胡的真面目，与孙荣重归于好。作者编撰这本戏文的意图是"奉劝世人行孝顺，天公报应不差移"，即通过一场家庭矛盾来宣扬封建伦理道德，提倡"亲睦为本""妻贤家和"。因此，在剧作中充满着封建说教的味道。但作者在描写这场家庭矛盾时，也揭露了封建社会的某些黑暗现象，如对"世情看冷暖，人面逐高低"的世态炎凉的真实描写。

与其他三种南戏相比，《杀狗记》在艺术成就上的特色体现在语言上，具有早期南戏的质朴自然的特征。

第七章 全面发展的明代文学

整个明代的文学历经了先抑后扬的发展态势。明代初期，社会初定，统治者为了巩固统治，实行了一系列的封建专制措施，文学创作因此受到了一定的桎梏，士人不敢随心所欲地创作，且八股取士的科举制度将士人的意识局限在了程朱理学方面，导致文学出现了诗文盛行"台阁体"、杂剧创作贵族化、南曲创作八股化的局面。明代发展至中期，商业经济的繁荣使得市民阶层不断壮大，统治集团日趋腐朽，思想控制也逐渐松动，文学逐步走出了沉寂枯滞的局面，创作随着接受对象的下层化、市民化而更加面向现实，创作主体精神更加高扬，从而突出了个性和人欲的表露。到了明代晚期，社会动荡，经世实学的思潮在文学领域逐步扩散，一些作家开始回归理性，重新强调文学的社会功用，开启了清代文学思潮的转变。

第一节 明代的散文

一、明代初期的散文创作

明代初期的散文创作呈现出一片欣欣向荣的景象，不仅一扫元末纤弱靡丽的习气，而且涌现出一批卓有成就的作家。这些作家的散文刚健清新、感情充沛，成为新一代正统文学的典范。这一时期代表作家有宋濂、刘基二人。

（一）宋濂的散文创作

宋濂（1310—1381），字景濂，号潜溪，浙江浦江人。自幼英敏强记，据说能日记二千余言，家贫无书，常借书苦读。早年曾师从名人梦吉、吴莱，后又拜柳贯、黄溍为师，学古文词。宋濂既能刻苦自励，又得名师指点，因而学业大成，名振东南，以文称雄一时。

宋濂长于文章，他的散文雄浑博大，笔力雄健，遣词造句融合了经史子集的精华，自然流畅，具有一种雍容温润、娴雅醇正的气度，开创一代风气，被刘基推崇为"当今文章天下第一"。宋濂还能将对皇帝的忠心与他的理学修养、文学才能很好地结合在一起，适合新王朝文治的需要，所以朱元璋称他为"开国文臣之首"。

宋濂的散文创作主张继承韩愈、欧阳修等唐宋古文学家"文以明道"的观点，注重"以道为文"的文道一元论，以为"文非道不立，非道不充，非道不行"（《宋学士文集》之《白云稿序》），强调"文"要贯穿"圣贤之道"的内核。在他看来，"所谓文者，乃尧、舜、文王、孔子之文，非流俗之文也""非专指乎辞翰之文也"（《宋学士文集》之《文原》）。宋濂作品现存一千多篇，众体皆备，有应制文、传记、序记、寓言、墓志铭等多种形式，尤以传记、序记、寓言散文成就显著。

宋濂的人物传记散文极富成就，继承了司马迁的优良传统，通过典型的事件写出人物鲜明的性格和个性，并自然而然地融进自己对人物道德品格的感情评价、对人物命运遭际的深沉感慨，为世人所称道。宋濂的寓言散文很有特色，其中比较著名的寓言体散文集是《燕书》和《龙门子凝道记》。《燕书》多叙述战国故事，并借此表达自己对政治、社会和人生问题的某种见解。《龙门子凝道记》文字精警，多为借某个生动有趣的故事，说明某种发人深思的事理，寓平凡而含有深意的哲理于形象化的小故事之中，并有其文学的审美价值。

（二）刘基的散文创作

刘基（1311—1375），字伯温，青田（今浙江文成县）人。年少聪颖，博览群书，诸子百家、天文、兵法等书无不读，并辅助朱元璋先后击败陈友谅、张士诚等部，建立奇功，成为明朝的开国元勋，封诚意伯。

刘基在散文创作上取得了突出的成就，人们把他同宋濂并列，《明史》中称其为"所作文章，气昌而奇，与宋濂并为一代之宗"。刘基的散文有寓言、书信、序记、杂说等多种形式，内容也丰富多彩，其中最为人所称道的是他的寓言散文和一些别有特色的记叙文。

刘基的寓言体散文主要收集在《郁离子》中。《郁离子》是一部现实性很强、含意深刻而饶有风趣的寓言体杂文集，全书 2 卷 18 章，共有 195 则，文章的形式短小活泼，在行为和组织方式上极富创造性。其寓言资料和艺术手法虽多取自先秦说理散文，题旨却因元末社会政治问题而设。郁离，文明之意，象征着太平盛世文明之治，意谓照此书所启示的去实践，将使国家的政治教化趋向光明。"郁离子"乃是作者假托的人物。在作品中，作者边议论边叙事，嬉笑怒骂，随意发露。在这部文集中，最为脍炙人口的名篇是《卖柑者言》。这篇散文从藏柑中枯而徒有其表谈起，借卖柑者之言讽喻朝廷官僚以及统治者"金玉其外，败絮其中"的腐朽本质。

刘基的一些记叙文也别有特色，如《松风阁记》就写得清新生动，寓情于景，情理相融，艺术表现极强。这篇散文分为上下两篇，叙述了作者两次游览松风阁的情景和感受。全文将描写、抒情、议论的笔致全部集中在松和风以及二者相连所形成的声上，使其构成的形象、神韵、格调浑然一体。

二、明代中期的散文创作

明代中期，政局较为稳定，散文趋于平易雍容，成就较高的当属李梦阳、唐顺之和归有光等人。

（一）李梦阳的散文创作

李梦阳（1472—1530），又字献吉，号空同子，庆阳（今甘肃）人。出身寒微，曾祖父入赘于王氏，到他父亲才恢复李姓。其父曾任周府封丘王教授，后来移家河南开封。李梦阳可谓为封建社会的忠臣义士，因其反对朝廷的腐败势力，4次被贬，3次入狱，几乎死于非命。

李梦阳主张散文要学汉魏，其散文多是仿古之作。他提出"宋儒兴而古之文废矣""古之文，文其人如其人便了，如画焉，似而已矣。是故贤者不讳过，愚者不窃美。而今之文，文其人，无美恶皆欲合道"，认为"今之文"受宋儒理学风气影响，用同一种道德模式去塑造不同的人物，其结果造成"如其人"的古文精神的丧失。

李梦阳散文创作的主要风格，与其诗歌一样，雄浑劲健，其《梅山先生墓志铭》《明故王文显墓志铭》《潜虬山人记》《鲍允亨传》等篇都是为商人作的传记、记事作品。另外，先秦诸子好用对话形式，李梦阳善于学习并且创造性地运用这种形式，使文气奇崛劲健。

（二）唐顺之的散文创作

唐顺之（1507—1560），字应德，一字义修，号荆川，武进（今江苏武进）人，"嘉靖八才子"之一，又与王慎中、归有光合称"嘉靖三大家"。著有《荆川集》。

唐顺之的散文效仿欧阳修、曾巩，其散文创作善于表现人物，善于铺叙情节、细节。例如《旸谷吴公传》为了表现吴公医道的神明,他不厌其详地记述了吴公每次使皇帝病体转危为安的事迹;《广右战功》洋洋洒洒八千余言,绘声绘影地记述了沈希仪在战场上的智勇行为,对人物形象的塑造虎虎有生气。

唐顺之为官重视国计民生、经世大略,其文亦如此。在《江阴县新志序》里,他表彰了赵君纂修的地方志能注意记载"田赋、徭役、户口、食货、谣俗、水利、防江、治盗之源委本末",认为这是"切于利器而阜民生、辨阴阳而蕃孳息"的修志好传统,同时明确反对志书"其叙山川也,既无关于险夷潴洩之用,而其载风俗也,亦无与于观民省方之实,至于壤则赋额民数一切不记,而仙佛庐台榭之废址、达官贵人之墟墓、词人流连光景之作,满纸而是"的不良倾向,指责这是"专记图画狗马玩具为妆缀"的"漫不足征"的东西。这种明显的爱憎在他的散文创作中贯穿始终,如《镇江丹徒县州田碑记》反映当时豪绅地主大量夺占州田的情况,《赠何、沈两公归蜀汉序》揭露当时"权不在将"而招致失败的教训,《赠宜兴令冯少虚序》揭露了明代上级官吏巡视州县,沿途铺张浪费、腐败严重的社会弊端,皆是有现实意义的较好作品。

(三) 归有光的散文创作

归有光(1506—1571),字熙甫,号项脊生,又号震川,江苏昆山人,参与纂修《世宗实录》。著有《震川先生集》。

归有光的散文多抒写人伦之情,也有政论散文和记叙文,但以表现人伦亲情的散文成就最高。这些散文娓娓如叙家常,语言洗练简净,写家庭琐事而极富人情,不事雕琢而情趣盎然,其中流溢的人性美和自然美,使这些文章别具一格,细节描写之真切动人,更显出作者白描艺术的深厚功力。由于这类散文多为追忆性的,所以文中所叙之事无论可喜抑或可悲,都弥散着伤往叹逝的悲凉气息。

三、明代晚期的散文创作

明代末年,时局动荡不安,散文无论是在文学观念上,还是在创作倾向上,都出现了新的特点,代表作家有李贽、袁宏道、钟惺、张岱等人。

(一) 李贽的散文创作

李贽(1527—1602),号卓吾,字宏甫,号温陵居士,福建晋江人。著有《焚书》《续焚书》《藏书》等。

李贽的散文以小品文最盛，类似今天的"杂文"。这些杂文式小品文语言较为质朴，不爱用典，不尚辞藻，句式时而急疾，时而舒缓，但都写得自然、畅达，读起来十分有味，如《题孔子像于芝佛院》。《赞刘谐》借刘谐之口，嬉笑怒骂，以一种漫画的方式、幽默的笔触，揭露了伪道学家们的迂腐可笑，讽刺嘲弄了披着"纲常""人伦"外衣的道学之徒，并将蔑视的目光对准孔子这位传统的偶像，语气大胆辛辣。这种杂文式小品文不但议论鞭辟入里，而且具有较强的感人艺术力量。其杂文中所刻画的伪道学家类型的形象有很大的社会反响。

（二）袁宏道的散文创作

袁宏道（1568—1610），字中郎，又字无学，号石公，又号六休，湖广公安（今属湖北）人。散文是袁宏道最为出色的创作。他的散文主要包括三个方面的内容：一是游记；二是尺牍；三是传记、杂著及其他。

袁宏道的游记反映着他与自然的各种关系，他的游记能充分注意大自然景观的个性特征。同时，袁宏道的游记还富有情趣性，一方面，他清高风雅，要表明自己是"山林僻懒之人"；另一方面，他对丽人如云的景观也表示艳羡，表现了他互相矛盾的追求、性格以及心态，这也是明代晚期士大夫中不少人具有的双重人格。另外，袁宏道游记的表现方法很有创造性。他有一些"抽象"式的描述，就是对一些山水进行深切体验后，经过艺术化的"抽象"，以较为形象的、概括性的勾勒和渲染，将描写对象的神髓表现出来，如《游红螺崦记》。袁宏道的尺牍反映着他与朋友的种种关系，吐露真情是其最大特点，这种真情表现了袁宏道的气质和性格，表现了他的矛盾心态及苦闷，如《与丘长孺书》。

袁宏道的传记、杂著及其他散文反映的生活面更为广阔一些，涉及历史，也涉及人生，从各侧面表现着袁宏道的音容笑貌、喜怒哀乐。另外，袁宏道的一些生活小品及杂著，格调和趣味多样化，个性和审美趣味栩栩如生地表现出来。这些都是其努力在世俗生活中发掘诗意的结果。

（三）钟惺的散文创作

钟惺（1574—1626），字伯敬，号退谷、退庵，著有《隐秀轩集》。钟惺勇于独创，能在清新自然的公安体散文之后另辟蹊径，因此，他的散文创作在明代晚期散文的发展中占有重要的历史地位。他的散文创作多从"锻局""运笔""修辞"三个方面入手。

"锻局"就是散文的布局和结构问题。钟惺匠心独运,总想使自己创作的散文在布局上具有独创性和奇特性,如《梅花墅记》以自己创作的诗歌为穿针引线的"文眼",或叫"扣子",展现一处一处的美景,使景观产生峰回路转、柳暗花明的曲折和波澜,别具一格;《与陈眉公》一信,只有短短几行字,但文气跌宕,虚实相间,很耐人寻味。

"运笔"是指语言风格的问题。钟惺"运笔"没有一定的格式,其目的是追求以奇以新取胜。他为了突出某个中心意旨,运用疑问、倒装等一系列方式,给人以另辟蹊径的强烈感受,如《梅花墅记》。有时,为了突出表现某个对象,钟惺往往将这个词汇反复嵌入语句之中,使语言场好像就是围绕着它凝聚和扩展,如《岱记》。

"修辞"是词句的艺术加工。钟惺的"修辞"也有许多大胆的创造,有力地增强了语言的表达效果。例如,他运用的比喻,充满了新鲜感,以其想象的奇妙而引人入胜,如《浣花溪记》。

正是由于钟惺能够很好地运用"运笔""修辞",才使得其散文在明代晚期具有了广泛的影响。

(四)张岱的散文创作

张岱(1597—1689),字宗子,又字石公,号陶庵,又号蝶庵居士,山阴(今浙江省绍兴市)人。著有《琅嬛文集》《陶庵梦忆》《夜航船》《西湖梦寻》等。

张岱散文的最大特点就是自我形象的描述和塑造,深刻表现了他的性格、情趣、爱好,极其真实、动人。他生于江南烟柳繁华之地,钟鸣鼎食之家,养就了一副公子哥儿习气。其散文中有不少自传,如《琅嬛文集·老饕集序》写自己精于饮食,懂得"水辨渑淄,鹅分苍白,食鸡而知其栖恒半露,啖肉而识其炊有劳薪";《琅嬛文集·茶史序》写自己精于茶道,连当时著名的品茶专家闵文水也惊叹,"余年七十,精饮事五十余年,未尝见客之赏鉴若此之精也";《陶庵梦忆·过剑门》写自己善于导演戏曲,有一个演员叫杨立,由于张岱指导得法,演出才成功,"嗣后曲中戏,必以余为导师,余不至,虽夜分不开台也";《陶庵梦忆·牛首山打猎》写自己能打猎,曾在牛首山带领百余人"极驰骤纵送之乐",并且获得"鹿一、麂三、兔四、雉三、猫狸七"的战果。从这些作品中,不难看出张岱是一个多才多艺的人,张岱的散文不仅描绘自我形象,而且善于勾勒和表现明代晚期社会环境中各色各样人物，尤其是艺术界的朋友。

张岱还善于描绘晚明的世俗生活。例如他在《陶庵梦忆·秦淮河房》中对端午节时的秦淮河的描写。张岱在创作散文时能巧妙地配置语言，使语句与语句之间产生必要的张力，自然创造出一种意境。阅读张岱散文，给人印象最深的莫过于其语言俚俗化，如《琅嬛文集·夜航船序》。

第二节 明代的诗歌

一、明代初期的诗歌创作

明代初期的诗歌创作多以时代的创伤和个人的遭际为主，基调凝重悲壮，诗歌流派的地域化倾向相当明显，代表诗人有高启、杨基和袁凯。

（一）高启的诗歌创作

高启（1336—1374），字季迪，号青丘子，又号槎轩，长洲州（今江苏苏州）人，著有《吹台集》《江馆集》《凤台集》《娄江吟稿》等。

高启的诗歌具有鲜明的时代特征，他被认为是有明一代诗歌创作成就最高的诗人。根据内容，高启的诗歌大体可以分为三类。

第一类是怀古咏史之作，诗人将对历史的感悟融入文字中，表现了对历史的感慨和对历史人物鲜明的爱恨。

第二类是描写当时的社会现实的作品，通过现实主义的创作手法，着笔描绘展现了社会生活的艰难，从侧面表现了战争的惨烈，但诗人对此甚为无力，只能在内心添加一份悲伤。整首诗的基调凝重悲怆，充分表达了诗人面对战乱的无可奈何的心情。

第三类是抒发个人生活志趣的作品。早年的高启有一种睥睨世俗的高远情怀，因此在他的诗中常会表达自己所崇尚的生活志趣，如《青丘子歌》中就塑造出了一个遗世独立、恃才傲物、耿介绝俗的自我形象。

（二）杨基的诗歌创作

杨基（1326—？），字孟载，号眉庵，江苏吴中人。有《眉庵集》。

杨基的诗歌多表达自己在当时环境中的生活遭际和复杂的心态，如《征赴京》。除了咏怀诗，杨基亦有很多写景咏物诗，其中有不少优秀之作，如

《岳阳楼》。杨基工书画，因此有不少题画诗，艺术成就也很高，如《长江万里图》。

杨基的诗歌在语言上显示出以词为诗的特点，文采雅丽纤蔚，音韵婉转流畅，尤其是七言律诗更为明显。这种语言上的特点，也造成了诗人以雕饰求新巧，意象华美，如《忆左掖千叶桃花》。这种风格的诗虽然具有较高的审美价值，但作为诗歌却缺乏深沉厚重之感。

二、明代中期的诗歌创作

明代中期，经济逐步复苏，人民生活逐渐安定，士人的忧患意识减弱，精神上贫乏的他们在追求仕进和自我平衡的心态中，欣赏的是一种平稳和谐、雍容典雅的美。到了明朝成化、弘治年间，以李梦阳、何景明为首的"前七子"开始重新审视文学现状，寻求文学出路，掀起了文学复古运动，明朝嘉靖前期该运动逐渐偃旗息鼓。嘉靖中期，以李攀龙、王世贞为首的"后七子"，重新在诗坛上举起了复古大旗。这一时期，代表诗人有杨士奇、李梦阳、杨慎、唐寅和王世贞等人。

（一）杨士奇的诗歌创作

杨士奇（1366—1444），名寓，字士奇，泰和（今属江西）人，历任四朝内阁大臣，谥号文贞。著有《东里文集》。杨士奇早期入阁前的诗，比较清新自然；入阁后，开始形成雍容闲雅、平正安和的诗风，内容则以歌咏升平为主，如《从游西苑》。作为当朝内阁大臣，杨士奇必须要引导整个国家的文化走向积极乐观的一面，故诗歌内容上主要是反映社会太平、盛世浮华，最具代表性的为《元夕观灯诗》。杨士奇的游历诗和山水诗借景抒怀，也颇有真情实感，如《同蔡尚远、尤文度、朱仲礼、杨仲举、蔡用严游东山》。

（二）李梦阳的诗歌创作

李梦阳（1472—1531），字天锡，又字献吉，号空同。著有《空同集》。李梦阳的诗歌有不少富有现实意义的作品，尤其是一些乐府、古诗，描写具体，形象也较为逼真生动。李梦阳提倡作诗宗法盛唐，公然标出"效初唐""效李白""效杜甫""效陶渊明"，他的七律诗开阖变化，善于以突兀作结来开拓诗境，寄托深意，如《秋望》。王维桢认为："七言律自杜甫以后，善用顿挫倒插之法，惟梦阳一人。"

(三)杨慎的诗歌创作

杨慎(1488—1559),字用修,号升庵,又称博南山人,其著作被后人辑为《升庵集》。杨慎的诗歌虽不专主盛唐,仍有拟古倾向。其组诗《春兴(六首)》显然受到杜甫《秋兴(八首)》的启发,但诗人反秋为春,在春和景明中表达其不甘终老无为却又报国无门的内心痛楚,整组诗意境开阔,意趣沉厚,对仗工整,用语明净,讲究韵律而不失浑厚之气。

杨慎善为嘲讽之辞,旁敲侧击地吐露内心对最高统治者一些作为的不满,如《无题》。长期的边塞生活让作者对滇池、苍洱之滨的秀丽风光和当地的淳朴民风描绘得更为细致、精彩,如《滇海曲》。杨慎爱用典故,使诗歌显得雅致。但他常常是明典、暗典交叉使用,既追求雅致,又不十分晦涩难懂,如《钓鱼城王张二忠臣词》,先用"睢阳百战""墨翟九守"这样的明典来赞赏他们是决不投降的健将,明白晓畅;之后再用《后汉书·张衡传》《晋书·顾荣传》以及《庄子·说剑篇》的典故说明他们指挥若定、沉着冷静,说明方式典雅蕴藉。各典故之间联系紧密,全诗显得十分精美。

(四)唐寅的诗歌创作

唐寅(1470—1524),字伯虎,后改子畏,号六如居士、桃花庵主、鲁国唐生、逃禅仙吏等,江苏吴县人。唐寅早年的诗比较秾丽,科考失利后性格狂荡不羁,诗风也一变而为放达,风格则浅近俚俗,率而成章,而时有奇思警句,如《叹世》。陶潜的繁华落尽,李白的清水芙蓉,甚至白居易讽喻诗的平易俚俗,都还不失风雅,唐寅却将"白俗"发挥到极致,完全走向了传统诗歌审美习惯的反面。再如其以桃花仙人自诩的《桃花庵歌》:

桃花坞里桃花庵,桃花庵里桃花仙。
桃花仙人种桃树,又摘桃花换酒钱。
酒醒只在花前坐,酒醉还来花下眠。
半醒半醉日复日,花落花开年复年。
但愿老死花酒间,不愿鞠躬车马前。
车尘马足富者趣,酒盏花枝贫者缘。
若将富贵比贫者,一在平地一在天。
若将贫贱比车马,他得驱驰我得闲。
别人笑我忒疯癫,我笑他人看不穿。
不见五陵豪杰墓,无花无酒锄作田。

这首诗充分表达了他的狂放个性和复杂微妙的心态,展示了他的人生态度与无奈的悲哀,耐人寻味,令人感叹。全诗写得音韵流转自如,艺术形象鲜明清朗,虽然带有初唐歌行的清丽色彩,但狂中见悲的韵味却已直摩李白。

(五)王世贞的诗歌创作

王世贞(1526—1590),字元美,号凤州,又号弇州山人(今江苏太仓)人。王世贞学识渊博,诗文以外,兼涉戏曲、词曲,著作甚丰,有《弇州山人四部稿》《弇州山人续稿》《弇山堂别集》《艺苑卮言》等。

作为后七子集大成者,王世贞主张诗的创作都要重视"法"的准则,所谓"声法而诗"。"法"落实到具体作品的语词、句法、结构上都有具体的讲究。他还提出:"思即才之用,调即思之境,格即调之界。"他推崇西汉文章、盛唐诗歌,但他不是一味复古,而是强调诗歌要有一定的格调,有一定的灵活性,反对"剡损性灵"。在王世贞的古诗、歌行中,也颇有一些佳作,构思精妙,善于章法,如《钦鹪行》。就创作风格而言,拟古的习气在王世贞的作品中仍然显得比较浓厚,或气势雄厚,或神情四溢,如《登太白楼》。

三、明代晚期的诗歌创作

明代晚期,激进的思想家、文学家李贽接受了王阳明哲学理论的影响,抨击了伪道学与重视个性精神的离经叛道,对晚明诗坛具有启蒙作用。到了明代末年,时局动荡不安,明朝统治面临覆灭的危机,一些文人重新举起复古旗帜,力图挽救明王朝的危亡。这一时期代表诗人有袁宏道、钟惺、陈子龙和夏完淳等人。

(一)袁宏道的诗歌创作

袁宏道提出"独抒性灵,不拘格套"的性灵说,认为无论是诗歌还是散文,都需要独抒性灵,不拘格套,因此在诗歌的创作实践中,他常常信手而成,随意而出,如《戏题斋壁》描写了为官所受的苦辛屈辱,倾吐了繁重而压抑的仕宦生活给诗人带来的苦闷,表达了诗人想要挣脱官场束缚而寄身于自由自在的田园生活的愿望。

(二)钟惺的诗歌创作

钟惺的诗歌创作有着鲜明的个性特色。他性好议论,所写的一些感时伤世的诗歌,充分说明了这位头脑较为清醒的封建官吏的洞察力,如《于 鳦先北上过白门持同年夏祠部正甫书相访策辽事赋此赠行》的议论在当时 有着比较深刻的见解,具有一定的影响。钟惺的诗作比较注意描写月景、 雪景、雨景,而且往往带有一种朦胧的气氛,如《宿乌龙潭》通过景物的 描绘,一方面烘托自己洁身自好的情怀,另一方面则表现出自己"幽情单 绪""孤行静寄"的美学情趣。

(三)陈子龙的诗歌创作

陈子龙(1608—1647),字卧子,一字懋中,号轶符,晚年又号大樽, 华亭(今上海松江)人。著有《白云草》《湘真阁稿》《安雅堂稿》等。陈 子龙的创作以诗见长,其诗学观点虽然是坚持前后七子的理论主张,提倡 复古,但其复古的内容与前后七子有所区别,他强调诗歌的寄寓、丰姿等 因"天致人工"的不同而"各不相借"。在这一理论基础的指导下,陈子龙 的诗歌创作大多数都是面对现实,有感而发,成为悲壮雄浑、高迈慷慨的 动人诗章,如《岁暮作》表达了作者自己建功立业的志向与壮士失意的胸 臆,具有浓烈的感情色彩。陈子龙处于明清交替之际,面对动荡的时局, 还创作了不少感时伤事的作品,如《辽事杂诗·八首》。

陈子龙不但揭露了丑恶现实,而且也看到了社会动乱条件下人民的困 苦生活,如《小车行》表现了灾民"出门茫茫"、无以为生的凄惨景象;《流 民》勾勒出了一幅幅明代晚期底层社会人民的生活画面,这在当时具有非 常典型的意义。陈子龙的诗作在艺术上也有较高的功力,其七古既有以浓 烈的色彩、奔放的气势、急促的音调来描绘奇异壮美的山水,如《蜀山行》 《高梁桥行》《大梁行》;也有着意刻画各具特色的人物形象,如《赠孙克 咸》《匡山吟寄灯岩子》以及《寄献石斋先生》五首等;还注意"沉壮"与 "神明"的有机结合,做到既有沉郁顿挫的章法,又有纵横飘逸的神韵。

(四)夏完淳的诗歌创作

夏完淳(1631—1647),字存古,号小隐,别号灵首,松江华亭(今属 上海市)人。著有《玉樊堂集》《夏内史集》《南冠草》《续幸存录》,今合 编为《夏完淳集》。夏完淳 13 岁以前的作品多为拟古和制艺,模拟倾向较 为严重,比如《李都尉从军》《班婕妤咏扇》《魏文帝游宴》《陈思文赠友》 等诗,从艺术构思到斟词造句,都缺乏创造性,而且其诗作的内容也较为 空泛。13 岁之后他写下的诗歌以明媚的笔调挟哀厉词气,慷慨与雄浑融为一体,形成了高远开阔的艺术意境。夏完淳的诗歌也着意刻画现实中许多抗清爱国志士的英雄形象,如《六君咏》中就对六位抗清战死的烈士进行了深刻的刻画。另外,夏完淳还常通过青楼盛衰和宴游兴替来寄寓兴亡之恨,如《青楼篇与漱广同赋》《杨柳怨和钱大揖石》《故宫行》《题曹溪草堂壁》以及《江南曲》等。

第三节　明代的词

一、明代初期的词创作

明代初期词人,多数是由元入明的,其前半生都生活在元代,难免会受到他们直接或间接的影响,因此所作词还保存着宋、元的遗风。这一时期比较著名的作者有刘基、高启、杨基等。

(一) 刘基的词创作

刘基是明初成就最高的词人,陈廷焯《云韶集》(卷十二)评云:"伯温词秀炼入神,永乐以后诸家远不能及。"王国维的《人间词话》(卷下)亦云:"明初诚意伯词,非季迪、孟载诸人所敢望也。"

《诚意伯全集》是刘基的词集,共 18 卷,有 200 多首词。从内容看,有批判揭露元朝黑暗统治,不满现实,表达自己政治抱负的,如《玲珑四犯·台州作》,表达了作者对元末黑暗现实的不满,不愿同流合污,决心离开官场,退归故里,全词虽悲凉忧郁,但低沉之中仍有闲放之致;有对官场生活的厌倦与失望,引发乡关之思的,如《摸鱼儿·金陵秋夜》;有描写羁旅行役别离之苦的,如《千秋岁·送别》;还有表现爱情、友情和闲情的,如《满江红》。

(二) 高启的词创作

高启著有《扣舷词》一卷。从题材看,高启的《扣舷词》以述怀、咏物最佳,如《沁园春·雁》托物咏怀,旨在抒发高远情志,反映了作者"遗忧愤于两忘"的思想。此词基调苍凉哀婉,行文或转折腾挪、纵横挥洒,或反复缠绵、波澜层叠,于零整错落中具疏密相间之致。语言活泼自然,如行云流水,虽不加粉饰而华采自呈。此外,高启的爱情词也独辟蹊径,值得注意，如《石州慢·春思》，以落花飞絮触动离愁，当日"携手"冶游，"斗草阑边""买花帘下"，走马章台，情景历历，宛然在目，而今"辞莺谢燕""梦断青楼"，虽欲重写"琴心"，怎奈"旧知音""难觅"，真是往事不堪回首！

（三）杨基的词创作

杨基的词多以咏物为主，这类词多数刻画细腻，描绘生动，颇能摄物之神，最有代表性的词当属《沁园春·春水》；杨基的词还有不少表现愁情的，写得也颇为真切动人，如写羁愁的《西江月·月夜过采石》；杨基也写了一些属于凄婉缠绵的词，如《眉庵词》的压卷之作《夏初临·首夏书事》。

二、明代中期的词创作

明代中期是明王朝由盛转衰的阶段，正统的古典词依旧处于衰落的过程中，其中以抒情的词表现得尤为明显。虽然词人的数量远远超过前期，但成就却不如前期，名家为数寥寥无几。这时期比较重要的词人有文徵明、杨慎等。

（一）文徵明的词创作

文徵明（1470—1559），原名璧，字徵明，后更字徵仲，号衡山居士，长洲（今江苏吴县）人，后人把他与沈周、唐寅、仇英合称"明四家"，著有《甫田集》。文徵明现存词共有50多首，其词写景明秀多姿，写情深婉缠绵，运笔轻放流转，善于变化，词语清丽，风神别具，如《鹧鸪天·秋雁》。文徵明最为引人注目的作品当属《满江红·题宋思陵与岳武穆手敕墨本》，该词纯任叙事与议论，无一句写景，但丝毫不会感到乏味，这正是由于作者感情强烈充沛，一腔义愤从肺腑中流出，此词极具感染力。

（二）杨慎的词创作

杨慎的词意蕴深厚，语言华美流利，个性鲜明且多寄慨。杨慎的词题材相当广泛，咏史、咏物、游赏、寄赠、品题、感春、伤别、登临、怀人以及闺怨等，几乎无不涉及，其中成就最高的是他的咏史词、咏物词以及闺情词。杨慎咏史词的代表作有《临江仙·滚滚长江东逝水》：

滚滚长江东逝水，浪花淘尽英雄。是非成败转头空。青山依旧在，几度夕阳红。

白发渔樵江渚上，惯看秋月春风。一壶浊酒喜相逢。古今多少事，都付笑谈中。

此词用形象比喻说明人生哲理，以高度的概括性，留下广阔的空间，给人以丰富的想象。这种以熟为生的写法，妙在不落俗套，达到了"清空"之高境，允称咏史词之佳构。

杨慎的咏物词或以摹写物态逼真见长，或以刻画细腻见佳，或以物拟人，形神兼备，但多数都是有寓意的，如《水调歌头·赏牡丹》把牡丹比作天涯漂泊的女子，说她虽在歌筵上承欢，但却以泪洗面，向人哭诉沦落漂泊之苦。反映闺人情怀意绪的词《浪淘沙·春梦似杨花》，写了一位深闺独处的女子。词以"油壁小香车"为主轴，联结上下，章法奇绝。

三、明代晚期的词创作

明代末年，时局艰危，形势变化异常激烈，这一时期的一些词人把词的创作与政治斗争紧密地结合起来，给当时词的内容注入了新鲜的血液，词坛出现了蓬勃生机的新局面。这一时期的代表词人主要是夏完淳。夏完淳留传下来的词共有40多首。其早期的词，内容比较贫乏，风格尚未形成，明亡以后因亲身参加抗清斗争，随着情感的变化，词的内容与风格亦起了巨大的变化，具有慷慨悲歌的特点，如《两同心·有梦》借描写隋炀帝乘龙舟下扬州看琼花事，抒发亡国之悲。《鱼游春水·春暮》是一首写离愁的词，通过比喻描写夫妻恩爱，因夫婿远行，"愁"由心生，让人心生感慨。

第四节　明代的散曲与民歌

一、明代的散曲创作

散曲在元代十分兴盛，而在明代又有了较大的发展，从题材开掘到艺术风格，出现了一些新的特点。

（一）明代初期的散曲创作

明代初期，由于社会的变动、统治者的爱好，一大批由元入明的散曲家,或承宠于宫禁,或啸傲于山林,写出了许多抒怀、纪游、言情、应酬的篇什,其中不乏传诵于人口、盛行于时的作品。从存曲及有关记载看,这些散曲家的作品实为元代散曲的余绪。他们继承元散曲多慨叹世情、吟咏闺思的传统,作品以描写出尘避世、休居、闲适的生活和男欢女爱、春怨秋悲的情怀为主。描写出尘避世、休居、闲适生活的作品如汪元亨的《醉太平·归隐》;描写男欢女爱、春怨秋悲情怀的作品如汤舜民的《蟾宫曲·咏西厢》。这些作品都表现了动乱时代一些文人寄情于山水和声色的心理态势;写作上多尚工巧、骈俪,步元散曲雅化后尘,缺乏独具的特色。

(二)明代中期的散曲创作

从明建国至成化的近百年间,散曲的创作十分萧条。由于明太祖朱元璋重视以文人治世,采用荐举、学校、科举之制大批起用儒生,所以读书人用世之心颇盛。在这样的情势下,只有宁献王朱权和周宪王朱有燉的散曲有些价值,他们的作品多席间即兴、醉中戏作,吟咏散诞情怀,嘲弄风花雪月,题材狭窄,亦乏真情。

弘治、正德年间,由于政治原因,文人士大夫仕途多舛,处境险恶,另外,随着经济的恢复与发展,社会生活日趋腐化,声色之好自上而下风行域内。士大夫设宴,每令歌伎以酒侑觞;不得意时,更是挟妓纵游,品竹弹丝,引吭于名山大川,低吟于花间月下。于是,以表现避世、玩世思想为主要特征的散曲便又兴旺起来。散曲作家不断出现,这些作家,按其地域和作品的风格,可分为南、北两派。

南派以王磐、陈铎最受推崇。王磐(约1470—1530),字鸿渐,明代散曲家,高邮(今属江苏)人,他生于富室,喜欢读书,曾为诸生,因嫌拘束而弃之,终身不再应举做官,纵情于山水诗酒,寄兴于诗画律吕之中。其画长于写意,评者以为"天机独到";其曲音律谐美,闻者争相传诵。他性好楼居,筑楼于高邮城西僻地,常与名士谈咏其间,自号"西楼"。著有《王西楼乐府》《西楼律诗》《野菜谱》。《西楼乐府》中收小令65首,套数9套。其中有许多咏物之作,短小精巧,逗人喜爱。

北派以康海、王九思为中心。他们的散曲以写淡泊之志、林居冶游之乐为主,却又时时流露出感愤激烈的情怀。他们的作品流露出较重的士大夫气息。北派作者仍以制北曲为主,有时也谱南曲,个别作家今所存曲以南曲为多,然所制南曲风格近北。其中王田所作,以谐谑见长。杨循吉、王守仁虽为江浙人,作风却近北派。

自嘉靖、隆庆年间魏良辅等改革昆山腔，将南曲清柔宛转、流丽悠远的风格发扬至极致后，南曲由明初的渐受重视、明中叶与北曲呈分庭之势而发展成为曲坛霸主。万历时北曲几乎已无人问津。而南曲作者也可以分为两派。一派以沈璟为主帅。沈璟强调曲要"合律依腔"，认为这是制曲的第一要义，宁可词不工，也不能违律吕，曲文则要求本色，即质直古朴，不加雕饰。另一派以梁辰鱼为主帅。梁辰鱼最先以改革后的昆曲、散曲而取得极大成功。他的散曲集《江东白苎》继前期吴中作家和沈仕香奁之曲，所写多儿女之情、闺人之意，浓艳细腻，典雅蕴藉，一时为词家所宗。但由于过分注重辞藻的华美、典雅，以致曲中镂金错彩、堆垛典故，而少真情实意和活泼、自然的风致。

（三）明代晚期的散曲创作

明代晚期成就最高的散曲作家是施绍莘，他独立于梁辰鱼、沈璟两派之外。施绍莘（1581—1640），字子野，号峰泖浪仙，华亭（今上海市松江县）人，明代词人、散曲家。他胸怀大志，但因屡试不第，所以放浪声色，置丝竹，建园林，每当春秋佳日，便与名士隐流遨游于九峰、三泖、西湖、太湖间。他兴趣广泛，除了经术及古今文外，还旁通星纬舆地、二氏九流之书。善音律，一生所作以散曲及词非常著名，著有《花影集》。《花影集》四卷，收套数 86 套，小令 72 首，其中数量最多的是写林泉之乐、声色之娱的作品，如套曲《端正好·春游述怀》。

《花影集》中还有说虚道幻、妙悟禅理的《念奴娇序·月下感怀》，感怀寄恨、凭吊千秋的《夜行船·金陵怀古》等。作者随境写怀，缘事抒情，其曲调、文词、风格皆因内容而异。

二、明代的民歌创作

在明代，民歌广为流行，这与当时文学审美趣味的变化有着密切关系。自明代中叶以来，民歌在南北地区广为流行。广大底层民众的喜爱以及一些文人士大夫的重视，推动着民歌创作的发展。

（一）明代中期的民歌创作

明代中期，城市经济不断发展，市民阶层逐渐崛起，民歌作为直接反映民众生活而又具有鲜活艺术生命力的通俗文学，越来越受到广大民众尤其是市民阶层的普遍欢迎，出现了繁荣局面。

现存最早的明代民歌集，为成化年间金台鲁氏刊行的《新编四季五更驻云飞》《新编题西厢记咏十二月赛驻云飞》《新编太平时赛赛驻云飞》《新编寡妇烈女诗曲》四种。第一种大多是痴男怨女的心声，可谓南朝民歌的嗣音，在内容上较有特色，如《每日沉沉》。

嘉靖以来，出现了不少收有民歌作品的文学选本，如张禄选辑的《词林摘艳》、郭勋选辑的《雍熙乐府》、陈所闻选辑的《南宫词纪》、龚正我选辑的《摘锦奇音》以及熊稔寰选辑的《徽池雅调》等，都或多或少地载录了一部分民歌。这一方面说明当时民歌创作趋于繁盛，另一方面也意味着选辑者对那些民间俗曲时调的重视。

（二）明代晚期的民歌创作

明代晚期，从事民歌的搜集、整理工作成绩最突出的，是天启、崇祯年间的冯梦龙，他编辑的《童痴一弄·挂枝儿》《童痴二弄·山歌》，是最值得珍视的明代民歌专集。

冯梦龙（1574—1646），字犹龙，又字子犹，别号龙子犹、墨憨斋主人等，长洲人（今江苏吴县）。冯梦龙一生致力于通俗小说和戏曲的编辑与创作，他除了编选"三言"外，还增补了长篇小说《三遂平妖传》，改作了《新列国志》，鉴定了《盘古至唐虞传》《有夏志传》《有商志传》等，此外，他还对民歌进行了整理，刊行了民间歌曲《挂枝儿》《山歌》等。在戏曲方面，他还创作了《双雄记》和《万事足》两部剧本，改编了《精忠旗》《酒家佣》等戏曲。可以说，冯梦龙为明代通俗文学的发展做出了重大贡献。

《童痴一弄·挂枝儿》收录的是明万历前后流行起来的民间时调"挂枝儿"，仅有极少数为冯梦龙和他朋友的拟作。《童痴二弄·山歌》多用吴语，是现存明代民歌中保存吴中地区山歌数量最多的一部专集。这两部民歌集从一个侧面表现了明代社会尤其是晚明时期下层民众的生活风貌。

第五节　明代的戏曲

一、明代初期的戏曲创作

在明代初期，文人从事戏曲创作主要是出于游戏辞藻、把玩音律、兴之所至、吟咏歌唱的需要，他们大多将戏曲作为寄情寓意的工具。随着明朝廷中央集权制度的加深，戏曲开始被统治者纳入了宣教的轨道。明代的戏曲分为杂剧和传奇戏曲。

（一）杂剧的创作

明代建立以后，经济上得到较快的恢复与发展。但在文化上，由于严酷的专制统治、思想控制和科举取士的引诱等原因，明初文人中很少有人执笔写剧，仅由元入明的王子一、杨文奎、汪元亨、谷子敬、罗本、刘兑以及曾受到燕王朱棣（后为永乐帝）宠爱的贾仲明、汤舜民、杨讷等人；稍后，便只有朱权、朱有燉这两位"溺情声伎以自晦"（《金梁梦影录》）的王爷了。他们的作品以歌功颂德、粉饰太平和宣扬封建道德、宗教迷信者为多，较少社会意义。此后约有半个世纪，杂剧创作更显冷寂，未见名家名作问世。这一时期的杂剧产生了以下三个变化。

1. 主导人物的变化

明初的杂剧剧坛，基本上被皇家贵族所垄断。宁献王朱权和周宪王朱有燉，是皇家剧坛的霸主。同时期被列为明朝杂剧家"群英"的王子一、刘东生、谷子敬、汤舜民、杨景言、贾仲明、杨文奎等人，实际上是趋附在朱有燉和朱权周围的帮闲文人。其中，朱有燉是明初成就最高的杂剧家。

朱有燉（1379—1439），号诚斋，明太祖第五子周定王朱橚的世子。博学多能、才智超群，且以仁孝著称。

朱有燉的杂剧题材多为神仙道扮、道德教化，以供宫廷宴乐节庆，或有补于世教，也就在情理之中了。朱有燉的"烟花剧"是其剧作中最出名的，这些占了他剧作总数近三分之一的戏剧大多以妓女生活为题材，主要是依据当时的实事或传闻敷衍而成，如《甄月娥春风庆朔堂》记范文正、甄月娥之事，《美姻缘风月桃源景》叙桃儿与李钊之事，《刘盼春守志香囊怨》记妓女刘盼春以死报情郎之事，《兰红叶从良烟花梦》演兰红叶从良之事。以上的后两剧为当时实事。《李亚仙花酒曲江池》记李亚仙与紫阳公子事，《小桃红》《团圆梦》和《半夜朝元》则将烟花粉黛与神仙道化融为一体，叙述妓女修真入道、明心见性的故事，歌颂所谓"义仙贞姬"。这些杂剧塑造了一群有情有义、可敬可爱的女子形象，深切地揭露和批判了不合理的、不健康的、对女性摧残极大的制度，带有深刻的人道主义关怀。

2. 戏剧内容的变化

明初统治者在开国之时，将"宋元宽纵，今宜肃纪纲"（《明会要》卷六十八）作为基本国策，大力提倡孔孟之道和程朱理学，对杂剧等大众艺术形式作出了具体的政策和法律规定，一是大力鼓吹宣扬风化、提倡礼教之作，如朱元璋就曾对高明的《琵琶记》大为欣赏；二是大加挞伐那些有损于贵者形象的杂剧作品。最显著的代表就是《昭代王章》第三卷"搬做杂剧"明确规定："凡乐人搬做杂剧戏文，不许装扮历代帝王后妃、忠臣烈士、先圣先贤神像，违者杖一百。官民之家容令装扮者同罪。其神仙道扮及义夫节妇、孝子贤孙、劝人为善者不在禁限。"在朝廷的严厉控制和强劲干预下，明初剧坛一片宣道之声。

3. 戏剧格式的变化

明初杂剧，遵循元剧格范，一般仍用北曲曲调、1卷4折（加一二楔子）和一人主唱。不过，有一些作者已开始注意吸取南戏优点，其杂剧创作在某些方面突破了北剧藩篱，如刘兑的《金童玉女娇红记》所叙申纯与王娇娘的爱情故事，分上下两卷，各4折；结尾有主唱，也有旦唱、末旦合唱；杨讷的《西游记》是6卷24折的鸿篇制作杂剧，且各折皆标"出"而不标"折"，24出竟有19个不同人物主唱。各本前有赞诗一首，末有"正名"四句，每出又有四字标目，标明本出内容。剧中虽用北曲，已不受一折一宫调的限制，如第14出三换宫调，15、24出两换宫调；贾仲明《吕洞宾桃柳升仙梦》以南北合套入杂剧，让末唱北曲，旦唱南曲，出现了末、旦对唱的局面；朱有燉杂剧在演唱形式上更为灵活多变，剧中角色都可唱，或独唱，或对唱，或轮唱，或合唱。他们在杂剧形式上的初步改革，对明代中叶以后流行的新的杂剧形式有着积极的影响。

（二）传奇戏曲的创作

传奇戏曲又称南曲戏文，是由南戏发展而来的。

与杂剧的冷落成鲜明对比的是宋元时在南方民间流行的南戏，其入明后更加活跃，并进入了帝王的宫殿。但它在上层社会中却因内容、文词、腔调的俚俗而受到轻视。在士大夫的心目中，杂剧仍占据着正统戏剧的地位。因此，文人作家开始进行南戏的创作，由于创作群体的转变，南戏也逐渐向传奇演化。在创作手法上，文人作家常以诗语入曲，搬弄典故，追求藻丽，开传奇创作骈绮一派之端，但他们的作品也给后来的传奇创作带来了不良的影响。不过，如邱濬等道学家、大官僚的名望与身份参与制曲，并以传奇作为教化的手段，对提高传奇的社会地位还是有作用的。此后文人士大夫执笔作传奇者日众，也产生了一些较好的作品。这一时期比较著名的传奇作品有苏复之的《金印记》、姚茂良的《双忠记》、王济的《连环记》、沈采的《千金记》、沈龄的《三元记》、陈罴斋的《跃鲤记》、徐霖的《绣襦记》、沈鲸的《双珠记》等。这些传奇作品中有以宣传忠孝节义为目的者，有表达普通群众心声者，也有高歌一曲解愁肠者。写作上大多继承了宋元南戏情意真切、文词本色的优良传统；也有邵灿为代表以时文为南曲者。

二、明代中期的戏曲创作

明代中期戏曲所产生的变化是十分明显的，从杂剧的创作来看，开始注意吸收南戏的优点，逐渐形成了独具特色的南杂剧，其中徐渭对杂剧所作出的贡献是不容忽视的；从杂剧（传奇）的创作来看，不仅在体制上发生了新的变化，而且在声腔、内容上也出现了新的创新，特别是《宝剑记》《浣纱记》《鸣凤记》三大传奇的出现，开创了明代中期杂剧（传奇）的新局面。

（一）杂剧的创作

明代杂剧发展到中期以后，逐渐展露出了新的特点。从创作的倾向上看，明代中期的杂剧创作打破了题材的限制，从风花雪月、伦理教化和神仙道化的褊狭题材中解放了出来，思想渐次深化，出现了一批张扬个性、愤世嫉俗的社会批判剧与伦理反思剧。从演唱体式上看，嘉靖之后的杂剧大都是南北合套或者纯为南杂剧，杂剧的纯北曲体式从总体上看已经终结。在这一时期，徐渭的杂剧创做贡献最大。

徐渭（1521—1593），初字文清，后更字文长，号天池、青藤，别署田水月、柿叶翁、苍筤中人、翁洲道士等，山阴（今浙江绍兴）人。著有戏曲理论专著《南词叙录》、杂剧《四声猿》等。《南词叙录》是古代戏曲史上第一部，也是唯一一部论述南戏的专著，叙录南戏的渊源、产生和发展历程以及南戏的艺术体制、剧目等，其书末附录宋元南戏剧目 65 种，明初南戏（传奇）剧目 48 种，更是极其珍贵的戏曲史料。书中对南戏的源流发展、风格特色、文词音律以及南戏的代表作家、作品，均有所阐述和评论。在《南词叙录》中，他结合对南戏剧作的评述，对戏曲本色论作了论述。他认为，无论是填词，还是作曲，其语言都必须浅显通俗，但又不同于粗俗语，即是一种具有丰富意蕴的本色语。徐渭还指出，南曲与北曲相比，多俚俗本色语，他认为，这是由于剧作家身份的不同造成的，南戏起源于民间，其作者也多为民间艺人和底层文人，当时所称的"书会才人"，故南戏的曲白俚俗无文采，多口语、俗语，有的曲文与民间歌谣无异，虽然通俗易懂，但无丰富意蕴。正因为如此，南戏受到文人学士们的鄙视。而北曲杂剧作家具有较高的文学修养，为了在剧作中充分显示自己的文学才华，故剧作的语言具有较好的文学性。虽然北曲杂剧的语言也有本色的风格，但具有丰富的意蕴。

《四声猿》是《狂鼓史》《翠乡梦》《雌木兰》《女状元》等四个长短不一的杂剧的总称。一共十出，敷演四个故事，这是徐渭独创的体制。用南曲作《女状元》杂剧，也是徐渭首创。他精通南曲声律，而又不为格律派的固执之见所束缚。徐渭的门人王骥德说，《翠乡梦》是徐渭早年之笔，《雌木兰》《狂鼓史》则为晚年居故乡时所作，而《女状元》系邀王命题而写就的，从而凑足四声之数。其中，《雌木兰》和《女状元》最能表现徐渭思想性格特征和时代精神。

（二）传奇戏曲的创作

嘉靖、隆庆时期，传奇戏曲更为盛行，从内容到形式都发生了十分明显的变化。在这期间最令人瞩目的就是《宝剑记》《浣纱记》和《鸣凤记》这三部各在一个方面开风气之先的作品。

1. 《宝剑记》

《宝剑记》是明代文人传奇创作中第一部具有较强的现实主义精神的剧作，创作者是李开先。《宝剑记》写的是汴梁书生林冲弃文从武，因征讨方腊有功而被授以征西统制之职，后因得罪奸党被逼上梁山，又领皇恩归顺的故事，反映了明代朝廷内激烈的政治斗争和社会现实，表达了创作者愿君主亲贤远佞、重用才德之士、严惩险恶小人、振封建之纲常、实现太平之盛世的理想。

李开先（1502—1568），字伯华，号中麓，山东章丘人。出身书香门第，七岁能文，博闻强记，曾于弱冠访康海、王九思，诗赋词曲得其赏识。嘉靖八年，考中进士，官至太常寺少卿提督四夷馆。他为官廉慎自持，善于职守，曾两次获朝廷敕命嘉奖；但性格伉直，不阿权贵，三十九岁时罢官回归故里，以后长期潜心于文学、戏剧创作，一生著有诗文集《闲居集》十二卷；散曲集《中麓小令》《卧病江皋》《四时悼内》；院本《一笑散》，包括《打哑禅》《园林午梦》《搅道场》《乔坐衙》《昏厮迷》《三枝花大闹土地堂》六个短剧；杂剧《皮匠参禅》；传奇《宝剑记》《断发记》《登坛记》；杂著《词谑》《中麓画品》等。他还搜集、编选民间俗曲、灯谜、楹联为《市井艳词》《诗禅》《中麓山人拙对》，校刊乔梦符和张小山的散曲，与门生共同选订元剧16种，定名为《改定元贤传奇》。

2．《浣纱记》

《浣纱记》是明代文人传奇发展新时期开端的标志，也是最早将改革后的昆山腔引入戏曲演唱而产生广泛深远影响的传奇名作，写的是西施和范蠡的故事，创作者是梁辰鱼。

梁辰鱼（约1519—约1591），字伯龙，号少伯、仇池外史，江苏昆山人。一生著作颇丰，有传奇《浣纱记》《鸳鸯记》，散曲集《江东白苎》，杂剧《红线女》《红绡妓》《补无双传》，诗集《鹿城集》《远游稿》等。

《浣纱记》有着较强的艺术性，剧中自始至终都贯穿着矛盾冲突，既有剑拔弩张的两军对垒、互不相让的忠奸斗争，也有美丽、曲折的爱情故事穿插其间。该剧构思较巧妙周密，组织颇工，以赠纱、分纱、合纱代表范蠡和西施的聚散离合，在《显圣》《吴刎》中回应公孙圣、伍子胥临死前"观苟践之入吴"和"后作影响"的预言。同时，剧中文辞华丽工整，无堆砌艰涩之弊，还恪守昆山新声格律，音调和谐柔美，这样的文词开启了昆山一派发展，鼓励了文人大量投入其中的积极性，导致了万历以后出现了传奇作品多如牛毛的现象。但有些后学仿作将追求文字的优美发展到了字雕句镂、卖弄学问的地步，传奇从此成为文人播弄辞藻、游戏音律的工具。

3．《鸣凤记》

《鸣凤记》是明代传奇表现当代重大政治事件的开端之作。关于《鸣凤记》的创作者，并无具体结论。今多为无名氏作之说。

《鸣凤记》描写的是明代嘉靖年间以夏言、杨继盛为首的忠直朝臣与擅权一时的严嵩父子之间的激烈斗争。在剧作中,作者不仅对忠奸双方在朝廷之上的正面交锋过程进行了真实的再现,而且穿插了忠臣被贬黜、严党势败、议复河套和倭寇入侵等情节,从而使得斗争的场面朝野结合、内外交错,对广阔而复杂的社会生活进行了反映。剧中虽然涉及很多的人物,但通过一个接一个的斗争陆续表现出来,壁垒分明,而且,作者还突破了传奇一生一旦的体制,出现了二生二旦。

《鸣凤记》在戏曲舞台上塑造了一批刚直耿介、忧国忧民、不畏强暴的忠臣烈士形象,最为鲜明突出的是杨继盛的性格。他"凤秉精忠,素明大义",对严嵩和仇鸾"内外同谋,阴排曾铣"、破坏恢复失地深感不满,于是愤然奏仇鸾一本,"并将此揭帖明告严嵩",公然挑战巨奸,抱定了赴汤蹈火的决心,"寒蝉鸣古木,便死也清高"。杨继盛在被贬广西后,忧国忧民的初衷始终未变,甚至干脆直接弹劾严嵩。

《鸣凤记》的曲文宾白不尚华丽宛转,简明、工整而典雅。但是用典过多,致使剧作不够通俗晓畅。不过,这并不影响《鸣凤记》成为明代众多的时事剧中成就最高、影响最大的传奇作品,李玉的《清忠谱》、孔尚任的《桃花扇》都明显受到了它的影响。

三、明代晚期的戏曲创作

明代晚期,传奇戏曲的创作开始达到高峰,出现了以汤显祖为代表的"临川派"和以沈璟为代表的"吴江派"。这两个流派各有其鲜明的特点,既互有分歧和争议,也有交流和融合,推动了传奇戏曲和戏曲理论批评的发展。此处我们主要介绍汤显祖、孟称舜、沈璟的戏曲创作。

(一)汤显祖的戏曲创作

汤显祖(1550—1616),字义仍,号海若,又号若士,别署清远道人,晚年自号茧翁,江西临川人。著有诗文集《玉茗堂文集》和《玉茗堂尺牍》。

汤显祖被公认为是明代成就最高的戏曲作家,他的代表作品为《紫钗记》《牡丹亭》《南柯记》和《邯郸记》,因居处为玉茗堂,又因为剧中皆写了梦境,因此合称为"临川四梦"或"玉茗堂四梦"。其中最为成功的为《牡丹亭》。

《牡丹亭》又名《还魂记》或《牡丹亭还魂记》,完成于万历 26 年(1598),是汤显祖戏曲创作在思想和艺术上都达到最高水平的作品。该剧共 55 出，主要讲述杜丽娘和柳梦梅的爱情故事。《牡丹亭》的艺术成就极高，首先，该剧体现了浓郁的浪漫主义风格，作者以"梦"为关键点，将现实与奇幻紧密结合，使剧中的天上地下、虚实正奇之间达到一种从心所欲的境界。其次，《牡丹亭》特别注重展示人物的内心世界，探析人物内心幽微细密的情感。

该剧曲辞典雅绚丽，案头场上两擅其美，具有浓郁的抒情诗的韵味，既能含蓄蕴藉地表达浪漫的情思，又能明白如话、通俗晓畅地表明故事情节，显示了作者高超的语言运用能力。

（二）孟称舜的戏曲创作

孟称舜（1599—1684），字子塞，又字子若，号卧云子、花屿仙史，会稽（今浙江绍兴）人。著有杂剧《眼儿媚》《桃花人面》《花前一笑》《残唐再创》（亦作《英雄成败》）、《死里逃生》《红颜年少》六种，前五种现存；传奇《娇红记》《贞文记》《二胥记》现存，另有《风云会》《绣被记》《二乔记》《赤伏符记》，均失传。孟称舜还编有《古今名剧合选》。

孟称舜是受汤显祖影响最深、成就最大的明末戏曲作家，他的戏曲创作在当时获得了很高的声誉，其《娇红记》更以独特的创作，成为同题材戏曲作品中成就最高的一部。

《娇红记》全称为《节义鸳鸯冢娇红记》，讲述科举失利的申纯因为胸中郁郁，于是以探亲为名至舅舅家散闷，结果在舅舅家见到了表妹娇娘。两人倾心相爱，但是娇娘的父亲拒绝了申纯的求婚而将娇娘许聘给帅家之子。在经历了一番波折后，两人始终无法在一起。最后娇娘抱恨成疾而死，申纯也在不久后一病而亡。在第二年清明，娇娘父亲来到女儿坟前，见一对鸳鸯嬉戏于坟前。后人凭吊感叹，名之为"鸳鸯冢"。

《娇红记》具有震撼人心的艺术感染力，这主要表现在三个方面。第一，它演绎了一种新的爱情模式。娇娘与申纯的爱情，最初以才貌相吸引，是无可非议的，但他们的爱情得以发展，历经波折变故而两情愈深，乃至双双殉情而死，最根本的原因并不在于才貌功名，而在于新的爱情观——"同心子"，即互为知己。这种模式超越了以往才子佳人的爱情模式。第二，它以悲剧告终。二人的结局并未因为申纯中了状元而得以相守，而是以死殉情，升华了主题，将才子佳人戏的情爱主题，转移到了对封建特权的抨击上。第三，在艺术表现上，作者十分注意对人物性格与心理的把握与刻画，其人物描画准确生动而又丰满，尤其是在安排和锤炼唱段以及语言方面，更能表现出人物的特定心境。

（三）沈璟的戏曲创作

沈璟（1533—1610），字伯英，号宁庵，又号词隐，江苏吴江人。著有《属玉堂稿》《情痴寱语》《词隐新词》《曲海青冰》，均失传，今仅存《南九宫十三调曲谱》21卷，有明、清刻本。

沈璟著作颇丰，传奇创作有《属玉堂十七种》，大多取材于元杂剧、明以前小说，以及古代和当时的奇闻逸事，现存全本者仅七种，为《红蕖记》《埋剑记》《双鱼记》《义侠记》《桃符记》《坠钗记》《博笑记》。另外，沈璟曾改写《牡丹亭》为《同梦记》，并曾考订《琵琶记》。在他的传奇作品中，以《义侠记》《博笑记》最为盛行。

《义侠记》是沈璟流传最广、舞台搬演最盛的一部作品，全剧36出，以武松的故事为主干，从他栖住柴进庄上写起，历叙其景阳冈打虎、为亡兄复仇、醉打蒋门神、血溅鸳鸯楼，一直写到上梁山、受招安。剧中穿插了柴进失陷高唐州、武松发配孟州道路过梁山拒绝宋江挽留等情节，增加了武松未婚妻和岳母流离坎坷、悲欢离合这条线索。这部剧表明了沈璟欲以传奇进行风化之教的目的。在剧中，他将武松塑造成一位他心目中的忠义之士：一方面，他疾恶如仇、仗义除奸，使奸夫、淫妇、强徒、贪吏都受到应有的惩处；另一方面，他忠于朝廷，宁被发配做囚徒，不肯落草依绿林，直至别无生路才怀抱"暂时遁迹且偷生，听取金鸡天上声"的愿望向山寨存身，最后主动接受招安，愿以武功保卫边塞、报效朝廷。

《博笑记》是沈璟最后完成的传奇作品，也是一部独具特色的作品。全剧共有28出，由10个小故事串联而成，每事两出或四出。这10个故事一般都根据明人王同轨《耳谈》所载改编，各有其独立性，而其题目也如小说回目。《博笑记》在艺术上的特点十分突出。

首先，《博笑记》不再以才子佳人或历史传说人物为主，而以僧道、流氓、商贩、小偷、县丞、举人等为主角，尤其是以一些下层的普通百姓为主角，并且从当代故事和现实生活中选取题材，这是对于传统的突破，具有时代气息，使人耳目一新。

其次，《博笑记》在传奇的体例方面也有创新。在形式上，它由10个短小精悍的喜剧故事构成。每个故事演完后，又用一两句话引出下一个故事，连接紧密。

最后，《博笑记》曲文、宾白简练生动，活泼明快，风格诙谐，尤其是语言富有生趣而意味深长，体现了场上之曲的特色。不过，剧中也有着浓厚的因果报应色彩、落后的封建道德思想等，如主人公安处善命中注定该被虎噬，以孝、信而免，船家本不应入虎口，因谋害人命致果虎腹；寡妇守节志不坚，终于被虎啮食；小叔贪财卖嫂，致使妻室被抢等。

第六节　明代的小说

一、明代的话本小说创作

明代的话本小说是宋元时期话本的延续。在这些白话小说中，最具有影响力的是的"三言""二拍"。

（一）"三言"

"三言"是《喻世明言》《警世通言》《醒世恒言》三部小说集的总称，每部40篇，共120篇。这三部分别于天启元年（1621）前后、天启四年（1624）和天启七年（1627）刊刻，包括了旧本的汇辑和新著的创作。"三言"的编纂者是冯梦龙。

"三言"内容丰富，题材广泛，涉及了当时社会生活的各个方面，从整体上来看，其内容主要有以下几大类。

第一类，揭露社会政治的黑暗和官场的腐败。在这类作品中，作者大胆地揭露了统治阶级倒行逆施的罪恶本质与官场吏治的腐败黑暗，同时也体现出清官贤士的正义感和下层人物的反抗精神，代表作品有《喻世明言》中的《沈小霞相会出师表》《汪信之一死救全家》《滕大尹鬼断家私》；《醒世恒言》中的《灌园叟晚逢仙女》《一文钱小隙造奇冤》《乔太守乱点鸳鸯谱》；《警世通言》中的《玉堂春落难逢夫》等。

第二类，对友情进行歌颂。在这类作品中，作者表现了人性善的一面，对背信弃义的行为进行谴责，代表作品有《喻世明言》中的《吴保安弃家赎友》；《醒世恒言》中的《施润泽滩阙遇友》；《警世通言》中的《吕大郎还金完骨肉》《俞伯牙摔琴谢知音》等。其中，《施润泽滩阙遇友》通过对小工商业者施复将捡到的银子还给失主朱恩并最终得到朱恩报恩的故事，阐述了善恶有报的道理，并展现出真挚友谊的可贵。

第三类，描写爱情婚姻生活。在这类作品中，作者通过对不同婚姻故事的描写，展现了青年男女对封建礼教的反抗，歌颂了爱情的可贵，流露出男女平等的思想，代表作品有《喻世明言》中的《蒋兴哥重会珍珠衫》；《醒世恒言》中的《卖油郎独占花魁》；《警世通言》中的《杜十娘怒沉百宝箱》《宿香亭张浩遇莺莺》等。

第四类，表现了文人和民众对科举制度的矛盾心态。在这类作品中，对科举制度的弊端以及人们对科举制度的推崇进行了揭露，代表作品有《警世通言》中的《老门生三世报恩》等。

"三言"超越了说话人的话本模式，它的出现，标志着我国古代白话短篇小说整理和创作高潮的到来，对白话小说的发展起到了重要的推动作用，在中国古代小说史上具有不容忽视的重要地位。这主要表现在以下几方面。

（1）"三言"中的很多作品突破了单线结构的模式，尝试用复线结构、板块结构和变换视角，让情节的发展更加变化多端，悬念迭出。例如在《醒世恒言》中的《张廷秀逃生救父》里，共采用了两条线索，一条线索写的是赵昂夫妇害人，另一条线索写的是张廷秀逃生救父，两条线索有分有合，交叉推进，使丰富复杂的生活场面交织在了一起，增添了作品的丰富性。

（2）"三言"采用了巧合误会的手法，让一些小说的情节变得巧妙多变，波澜起伏。例如在《醒世恒言》中的《十五贯戏言成巧祸》里，王翁给了刘贵十五贯钱，而崔宁卖丝所得的也恰好是十五贯钱。由于刘贵的一句"戏言"，二姐误以为真，离家出走，途中正遇怀揣十五贯钱的崔宁。而此时盗贼正巧进入刘贵的室内，杀死了刘贵，窃走了那十五贯钱。由于这些巧合，一桩冤案便酿成了。后来刘妻正巧被那个行凶的盗贼劫掠，此案才得以了结。虽然是巧合，但是却合情合理，毫无突兀之处。

（3）"三言"中的心理刻画十分突出，为后世小说的心理刻画提供了范例。例如在《警世通言》中的《玉堂春落难逢夫》里，通过对玉堂春的一系列动作的描写，可以充分感受到她对王景隆深刻的思念。

（4）"三言"善于根据小说素材的性质以及人物的性格特征来安排结构和处理矛盾冲突。例如在《醒世恒言》中的《乔太守乱点鸳鸯谱》里，寡妇为了将女儿珠姨保全，让自己的儿子孙润男扮女装，代她去给身患重病的未婚夫刘璞"冲喜"，而刘璞的母亲让女儿慧娘与"嫂嫂"伴宿。但不想慧娘和孙润互相爱慕，两人产生了真挚的爱情。当这件事被刘璞的母亲知道后，她责怪自己的女儿"自寻了一个汉子"，并把这一合理之事看成是奇耻大辱。最后，乔太守以才貌相当、恩义深重作为婚姻的标准，戏剧性地成全了三对青年男女的婚事。

（5）"三言"拓宽小说的创作题材了。明代中叶以后出现了很多新的事物，如资本主义因素的萌芽等，都在"三言"中得到了生动具体的展现。如《醒世恒言》中的《施润泽滩阙遇友》里对嘉靖年间苏州地区的一个乡镇的描写，就体现了资本主义因素在东南城镇的萌芽情况。

（二）"二拍"

"二拍"是《初刻拍案惊奇》和《二刻拍案惊奇》两部小说集的总称，共 78 篇小说，分别完成于天启七年（1627）和崇祯五年（1632）。"二拍"的编纂者是凌濛初。凌濛初（1580—1644），字玄房，号初成，别号即空观主人，浙江乌程（今浙江省湖州市）人。

"二拍"的内容主要可以分为以下几类。

第一类，描述婚姻爱情生活。这类作品热情赞扬了敢于冲破礼教的束缚、自主选择意中人的男女双方，歌颂了坚贞不渝的爱情。代表作品有《初刻拍案惊奇》中的《赵司户千里遗音，苏小娟一诗正果》；《二刻拍案惊奇》中的《同窗友弄假作真，女秀才移花接木》《李将军错认舅，刘氏女诡从夫》等。

第二类，揭露社会黑暗现实。这类作品对当时社会现实中的种种弊端进行了描绘，反映了社会政治的黑暗，代表性的作品有《二刻拍案惊奇》中的《青楼市探人踪，红花场假闹鬼》《王渔翁舍镜崇三宝，白水僧盗物丧双生》《进香客莽看金刚经，出狱僧巧完法会分》《硬勘案大儒争闲气，甘受刑侠女著芳名》等。

第三类，讲述商人的生活。这类作品着重写的是商人发家暴富的白日梦，表现出已经占据历史舞台的商人迅速崛起的态势和积极进取的精神，最有代表性的是《初刻怕案惊奇》中的《转运汉遇巧洞庭红，波斯胡指破鼍龙壳》；《二刻拍案惊奇》中的《叠居奇程客得助，三救厄海神显灵》等，这些作品肯定了新兴市民阶层通过冒险经营、投机取巧来发迹变泰。

"二拍"是继"三言"之后最有影响的古代白话小说集，对宋元明时代的社会生活的面貌进行了多侧面的刻画，形象地反映了各阶层人物，尤其是新兴的市民阶层的家庭、爱情和婚姻状况，以及他们的理想和愿望，也反映了人与人之间的关系、价值取向以及道德伦理观念的变化，具有很高的艺术成就，这主要表现在以下两个方面。

（1）"二拍"在描写爱情婚姻的理想方面，表现出与以往同类题材的小说、戏曲显著不同的特点，那就是"更强调理想爱情的基础，男女双方有互为知己、彼此爱慕的心理发展过程"。例如在《同窗友认假作真，女秀才移花接木》中，成都绵竹参将之女闻蜚娥为了追求爱情的自由，女扮男装，入学读书，最终选得了如意郎君。

（2）"二拍"较为充分地描写了人物在特定的情境下的心理，从而体现出了人物的独特性格。例如在《莽儿郎惊散新莺燕，㑇梅香认合玉蟾蜍》中，通过龙生与素梅的对话，揭示出了她们不同的心理活动，写出了身为侍女的龙香比身为小姐的素梅更敢作敢为的性格。

二、明代的文言小说创作

明代时，文言短篇小说的创作取得了一定的成就，尤其是在白话小说还未能形成气候的明代前期，文言短篇小说的创作更是显得活跃。特别是在瞿佑的《剪灯新话》出现以后，仿效者颇多，从而使明代的文言小说得到了一定的发展。

瞿佑（1341—1427），字宗吉，号存斋，又号乐全，钱塘（今浙江杭州）人，一说山阳（今江苏淮安）人。瞿佑少时善香奁诗，洪武年间由贡士荐授仁和训导，后升任周宪王府右长史。永乐年间，因诗蒙祸，下诏狱，谪戍保安十年，后遇赦放归，卒年87岁。瞿佑一生著作颇丰，著有《剪灯新话》《咏物诗》《存斋诗集》《存斋遗稿》《香台集》《归田诗话》《乐全集》《闻史管见》《乐府遗音》等20余种。

《剪灯新话》是明代最为著名的文言短篇小说，共4卷20篇，另有附录《秋香亭记》和《寄梅记》。《剪灯新话》的内容主要分为以下几类。

第一类，爱情婚姻故事。这类作品直面了人生的爱情婚姻，既有许多喜剧性的爱情故事，如《渭塘奇遇记》《联芳楼记》等，也有不少感人至深的悲剧性的爱情婚姻故事，如《翠翠传》《绿衣人传》《爱卿传》等。

第二类，记录对乱世士人的心态或命运。这类作品多以荒诞的形式揭露了乱世时的人们的心理状态，如《华亭逢故人记》既反映了当时世人为趁乱世取功名富贵而不计流芳、遗臭的极端自私心理，也反映了明初明太祖大杀功臣的现实。

第三类，揭露社会黑暗现实。这类作品多从社会的某一方面出发，揭露出了社会中存在的种种不公平现象。例如《令狐生冥梦录》通过描写令狐馔冥梦中之事，曲折地反映了现实吏治的黑暗，批判的矛头指向了元末的封建统治者。

第四类，描绘理想生活。这类作品多通过想象对理想的生活进行了描绘。例如在《天台访隐录》中，徐逸在进天台山采药时，偶遇了避世的太学陶上舍，从而看到了一个类似世外桃源的地方。

《剪灯新话》取得了突出的艺术成就，具有艺术吸引力，主要表现在塑造人物方面，《剪灯新话》已经注意到从多侧面对人物形象进行塑造，通过对人物的外貌神态、气质风度、才情素质和内心世界的描写，使人物形象变得更加丰满。

此外，《剪灯新话》在艺术构思的奇异变化以及故事情节的安排方面也有所创新。

三、明代的长篇小说

明代小说是我国小说创作的一个高潮，出现《三国演义》《水浒传》《西游记》等对后世影响巨大的长篇小说作品。

（一）《三国演义》

《三国演义》是中国文学史上历史演义小说的开山之作，自《三国演义》出现之后，历史演义小说如雨后春笋般不断问世，并形成了中国古代小说的一个独特类型。

1.《三国演义》的作者

从目前的资料来看，《三国演义》的作者是罗贯中。关于罗贯中的生平事迹，受资料所限，我们能够了解的并不多。关于罗贯中的生卒年，目前尚无确论，只能根据《录鬼簿续编》推测其生活在元末明初，约在 1315—1385 年之间。关于他的籍贯，明人朗瑛的《七修类稿》、田汝成的《西湖游览志余》、王圻的《续文献通考》都认为是钱塘（今杭州）。明嘉靖本《三国志通俗演义序》中有"东原罗贯中"字样，其他的明刊本中多次出现"东原罗贯中编次""东原贯中罗道本编次""东原贯中罗本编次"等字样，因而也有些人认为罗贯中的籍贯是东原（今山东东平）。另据由元入明的贾仲明在《录鬼簿续编》中的记载"罗贯中，太原人，号湖海散人，与人寡合。乐府隐语，极为清新。与余为忘年交，遭时多故，天各一方，至正甲辰复会。别来又六十余年，竟不知其所终"，由此，有些人推断罗贯中的籍贯是太原（今山西太原）。由于贾仲明与罗贯中是朋友，因此罗贯中的籍贯为太原较为可信。在明人王圻的《稗史汇编》中，有一则材料称罗贯中"有志图王",是一个有政治抱负的人,明人胡应麟在他的《少室山房笔丛》中说罗贯中是施耐庵的"门人",清人顾苓《跋水浒图》中说他"客霸府张士诚",由于缺乏其他资料的佐证,关于罗贯中"有志图王""客霸府张士诚"的说法还有待于进一步考证。

2.《三国演义》的艺术成就

《三国演义》的艺术成就是十分突出的,这主要表现在以下几方面。

(1)结构方面。《三国演义》主要是围绕战争和统一而展开的一系列关于战争谋略、斗智斗勇的事件。整本小说以曹、刘双方的矛盾斗争为主线,或详或略,或实或虚,在完整统一的结构中各个环节、各个情节又相互联系、相互依存。例如在描写吴蜀"彝陵之战"时,占有主动地位的一方是刘备,小说对刘备一方全力作详尽的描写,对东吴一方则一笔带过。东吴由陆逊任帅后,双方进入了相持阶段,描写的笔墨大体相当,而后随着战势的转变,对于战役中的最后胜利者东吴的描写由少转多,这样写,使整个战争的发展形势表现得很清楚。

(2)叙事方面。《三国演义》中对史实的叙述采用了实录的方式。例如在第三十七回"司马徽再荐名士刘玄德三顾茅庐"中,以刘备的言行为线索将各个事件贯穿起来,情节紧凑有致。《三国演义》采用的是编辑型全知叙事视角,叙事的角度是多变的,如第五回"破关兵三英战吕布"中的一段,叙述者以旁观者的身份描写了"三英战吕布"的情况。公孙瓒败走,吕布纵马赶来,"看着赶上"是从众人的视角来看;"那马日行千里,飞走如风"则是叙述者的口吻;"吕布见了"是从吕布的视角来看,"云长见了"是从关羽的视角来看;刘备前来助阵,"八路人马都看得呆了"则是从众军士眼中来看;吕布招架不住,"看着玄德面上,虚刺一戟"是从吕布眼中来看;"三个那里肯舍,拍马赶来"则又回到了叙述者的角度。叙事视角在这一段短短的文字中一再变化,这些不断变化的叙事视角让整个场面具有画面感,加深了读者的印象。

(3)人物塑造方面。全书总共写了 1200 多个人物,其中有名有姓的将近 1000 人,给人印象深刻者达百余人,堪称古代小说中写人物最多的巨著。其中最为成功的人物有诸葛亮、曹操、关羽、刘备、张飞、周瑜等。

诸葛亮在全书中处于中心位置,书中的一切人物,包括曹操、刘备、孙权、周瑜、鲁肃、司马懿等,均成为诸葛亮的陪衬。从初出茅庐到五丈原死于军旅,在数十年辅佐刘氏两代君主的漫长生涯中,诸葛亮碰到过不少杰出的对手，但统统败于他超人的智慧之下。为了突出诸葛亮的智谋，小说描写了与之相关的一系列事件，如三气周瑜、舌战群儒、借东风、空城计等，都表现出了诸葛亮的过人胆略。诸葛亮在深切地掌握敌方心理特点的情势下，巧妙地使用了骄兵计、疑兵计、伏兵计、反间计等，使敌人晕头转向；在对周瑜和孙吴方面，他采取了既团结又斗争的方针，随机应变、趋利避害，最终使蜀汉拥有了自己的立足之地。尽管诸葛亮拥有绝世的智谋，料事如神，功勋卓著，但他依然严于律己，并不心高气傲，比任何人都小心谨慎，而且忠贞不贰。从第九十回到第一百零四回，小说用了整整十四回写诸葛亮六出祁山，北伐中原的事迹，集中塑造了诸葛亮鞠躬尽瘁、死而后已的忠臣形象。虽然受制于小说明显的思想倾向，诸葛亮过于完美，违背了生活真实和艺术真实相统一的审美原则，但诸葛亮仍以横绝一世的才智、丰富的政治斗争和军事斗争经验，以及对蜀汉的忠心，成为《三国演义》乃至中国文学史上一个具有特殊人格魅力的人物。

曹操是《三国演义》中塑造得丰满而成功的人物形象。小说的第一回中"治世之能臣，乱世之奸雄"这两句话，成为小说描写曹操的一个纲。在对曹操的"奸"进行刻画时，通过吕伯奢一家被杀的事件突出了曹操的性格。"宁教我负天下人，休教天下人负我"呈现出了他奸诈残忍的性格特点。此后，他为父报仇，进攻徐州，所到之处，"尽杀百姓""鸡犬不留"，更是体现出了他的心狠手辣。对待部下，曹操也处处算计，如在与袁绍相持时，日久缺粮，他"借"仓官王垕的头来稳定军心。杀杨修、杀神医华佗、割发代首、梦中杀人、死设七十二疑冢等，也都表现了他工于权谋、奸诈、残忍，毫无惜民爱民之心的性格。

（4）战争描写方面。《三国演义》中的战争描写极为出色，以至于被后人当作一部兵书来学习。《三国演义》中涉及的战役有40多个，形形色色，千姿百态，令人目不暇接。在描写方面，作者充分吸收了《左传》《史记》以人物为中心、结合人物的个性来描写战争的特点，注意突出战争胜负的原因，紧紧地扣住战争胜负的原因来一步一步地展开描写和叙述，在具体的描写中，突出人的主观能动作用，同时还突出双方在决战前夕的精神状态的对比和双方主帅驾驭战争的能力。从整体上来看，《三国演义》中的战争，有的是以弱胜强，有的是以强凌弱，有的是以少胜多，有的是以众暴寡，有的是两弱联合以抗强者，有的是两强相争而两败俱伤，有的是以智取，有的是以力胜，有的是月夜偷袭，有的是声东击西，有的是用火攻，有的是用水淹，有的是里应外合，凡此种种，不一而同。

在《三国演义》所描写的大大小小的战争中,"赤壁之战"的描写是最为出色的,是典型中的典型。在《三国演义》中,赤壁之战占了八个回目。对这场战争的描写,作者采用了动中有静的写法,把刀光剑影的战争写得有张有弛,松紧有致,有群英会的同窗欢聚,曹孟德的横槊赋诗,庞士元的挑灯夜读。在描写曹军和联军对立的同时,作者又不时地穿插了联军内部的矛盾和纠葛,周瑜的儒将风度、足智多谋和指挥若定被描写得笔酣墨饱,但他对诸葛亮的嫉妒和不容也被作者刻画得淋漓尽致。诸葛亮的形象则更为成功,在他看来,他和周瑜斗智,不是为了争强好胜,不是一般的赌气,而是站在联吴抗曹的战略高度来有理有节地处理与友军的关系,写出了诸葛亮的胸襟气度。

3.《三国演义》的影响

《三国演义》用一种比较成熟的演义体小说语言,描写了近百年的历史进程,创造了一种新型的小说体裁,这不仅使当时的读者"争相誊录,以便观览",而且也刺激了文士和书商们继续编写和出版同类小说的热情。据不完全统计,今存明清两代的历史演义约有一二百种之多。

自《三国演义》之后,历史演义小说开始朝两个方向发展。一个是向通俗历史教科书倾斜,如冯梦龙对《列国志传》加以修订、编著《新列国志》就是出于这种目的,一方面是要传授历史知识,另一方面是要总结历史经验。其他如《唐传演义》《东西汉》《东西晋》等,都是此种类型。另一个是向故事倾斜,如《英烈传》,为了能够敷演故事,常常对历史继续不断地虚构。历史演义小说在后世发展中,还出现了神魔化和人情化的倾向。例如在《孙庞演义》中,把孙膑的胜利归结于他获得了天书,能够呼风唤雨。在《隋炀帝艳史》中,"情"的地位被提升,如果没有情的都存在,就不会有《隋炀帝艳史》。这些倾向都为后来小说的进一步变化提供了基础。

(二)《水浒传》

《水浒传》是中国文学史上英雄传奇小说的开山之作,它的出现带动了英雄传奇小说的发展,极具历史意义。现代的大多数学者认为《水浒传》是施耐庵所作,关于施耐庵其人,目前所知甚少,明人除了较为一致地肯定他是杭州人外,未曾提供其他一些可信的材料,连生活年代也有"南宋时人"(田汝成《西湖游览志馀》)"南宋遗民"(许自昌《樗斋漫录》)"元人"(李贽《忠义水浒传叙》、胡应麟《少室山房笔丛》等)等多种说法。有一些材料的记载还互相抵触,如王道生《施耐庵墓志》云:"讳子安,字耐庵。生于元贞丙申岁,为至顺辛未进士。曾官钱塘二载,以不合当道权贵,弃官归里,闭门著述,追溯旧闻,郁郁不得志,赍恨以终,……殁于明洪武庚戌岁,享年七十有五。"《兴化县续志》云:"施耐庵原名耳,白驹人。祖籍姑苏。少精敏,擅文章。元至顺辛未进士。与张士诚部将卞元亨相友善。……兀亨以耐庵之才荐士诚,屡骋不至。……明洪武初,徵书数下,坚辞不赴。未几,以天年终。"虽然这些关于施耐庵的记载并不一致,但是,从这些资料我们可以确定,施耐庵是元末明初时期的人,经历过战乱,并且有可能目睹甚至亲身经历了一场农民大起义的爆发。

1.《水浒传》的艺术成就

《水浒传》的艺术成就主要表现在以下几方面。

(1)结构方面。《水浒传》采用章回体分卷分目,每回中描绘一二个主要人物或事件,其他的人与事则"暂且按下不表",连环钩锁、散整结合的构架,保持了故事的相对完整和独立。在前70回中,《水浒传》的很多篇章都可以单独存在,属于缀段式结构,而到了第七十一回"忠义堂石碣受天文,梁山泊英雄排座次"以后,随着对108个从不同地方汇聚于梁山的英雄进行有机组合,《水浒传》开始了整体叙述,有了一个整体结构。梁山好汉的集体行动组成了一个个段落:两赢童贯、三败高俅、接受招安、破大辽、征方腊……这些段落要表现的是"忠奸之争"的原因和过程,因此它们的排列组合具有了较为严格的时间和空间规定性,先后顺序是不能颠倒的。全书在最后一回为所有的好汉画上了句号,奸佞迫害忠良的行动也最终以宋江饮下毒酒告终。作者的这种安排使得各个环节衔接紧密、彼此呼应。此外,作者还巧妙地安排情节,在高潮或转折处断接,这种断章分回的结构方式使章回之间贯通在一起,加深了人物形象的表现范围,同时也给读者留下了深刻的印象。

(2)叙事方面。《水浒传》的叙事属于编辑型全知视角。在编辑型全知视角中,叙述者经常会随意表达自己的思想感情,并自由地转换内外视角。《水浒传》中内外视角的转换就非常灵活和多变。例如在第二十七回"母夜叉孟州道卖人肉,武都头十字坡遇张青"中,叙述者先采用内视角从武松眼中写孙二娘,后用外视角写武松与孙二娘对话,最后又分别写了两人的内心活动,叙事视角的这种转换既增强了情节的紧张气氛,也使故事更加生动活泼。此外,《水浒传》每回结尾的议论或诗词韵文以及正文中的"有诗为证"都是叙述者观点的体现,这样的结尾既增强了概括性,又使故事显得更为自由。

（3）人物塑造方面。《水浒传》善于在人物性格之间的对比中凸现人物的个性差异，塑造了一系列叱咤风云的英雄典型。这些人物之间虽然在上梁山事件的态度上有相似之处，但是在处理具体事件的过程中却展现出了不同的性格差异。在这里，我们主要分析宋江和林冲这两个人物形象。

宋江是《水浒传》中的第一主角，在这部小说中是忠义的化身。他为了保住梁山的各位英雄，杀了阎婆惜，虽然辗转避难，但是并没有立即下定决心投奔梁山，其原因就在于他的内心深处是忠于朝廷的。他同情民生疾苦，同情和庇护晁盖等人智取生辰纲的行为，愿意冒着生命危险去救晁盖，这表现了他的"义"。但在宋江的身上，最重要的体现是"忠"。上了梁山之后，他牢记九天玄女"替天行道为主，全仗忠义为臣，辅国安民，去邪归正"的"法旨"（第四十二回），虽然他被迫造反，但是他的内心深处仍然是希望得到朝廷的认可，希望自己能够为朝廷效力。

林冲出身于武官世家，承袭了东京80万禁军枪棒教头的职位。这样的身份使他自有一种特殊的英雄气概。也是因为有了这样的身份，面对他人的挑衅，他一再忍让。当他得知妻子被陆谦骗至其家让高衙内调戏时，他瞬间爆发了，将陆谦家砸了个稀巴烂，但是他并没有对高衙内怎样。后来，他即使经历了误入白虎堂、刺配沧州道、遇害野猪林等一系列事件，也仍旧没有选择造反。直至他在庙里听到了陆谦、富安和差拨的一番得意的谈话之后才明白了他们全部的阴谋诡计，才知道统治者是要置他于死地。当他看清楚这一点之后，他便开始了自己的复仇。通过对林冲这样一个尊重封建秩序、恪守封建法律、不敢越雷池一步的人最终被逼上梁山的过程描写，作者深刻地揭示出封建社会的腐败和黑暗。同时，通过林冲性格的转变，作者展现出了人物特征的流动性和层次性，为后世刻画人物提供了好的范本。

（4）细节描写方面。《水浒传》通过细节的刻画更好地展现了深山英雄的行为和故事，突出了他们的性格特征。例如在第十回中，在写林冲偷听到陆虞侯等人的谈话之前，先写了林冲所在的草料场的环境，之后又对风雪进行了渲染，因为寒冷，他拿柴炭在地炉里生起焰火来，又想起要喝酒御寒，然后酒壶中无酒，他去打酒喝，回来之后，发现两间草厅被雪压塌了。因为无处可去，林冲去了山神庙：

入得庙门，再把门掩上，傍边只有一块大石头，掇将过来，靠了门。入得里面看时，殿上塑着一尊金甲山神，两边一个判官，一个小鬼，侧边堆着一堆纸。团团看来,又没邻舍,又无庙主。林冲把枪和酒葫芦放在纸堆上,将那条絮被放开。先取下毡笠子,把身上雪都抖了,把上盖白布衫脱将下来,早有五分湿了,和毡笠放在供桌上。把被扯来,盖了半截下身。却把葫芦冷酒提来慢慢地吃,就将怀中牛肉下酒。

这段文字通过细致的描写,给人一种极强的画面感。正在吃肉喝酒的时候,林冲听到了"必必剥剥"的响声,起身一看,原来是草料场着火了。林冲想要去救火,正在这时,他听到有三个人朝庙走来,这三个人原想进庙,但是因为庙门被林冲用石头堵上了,因此只得站在外边说话,这才让庙里的林冲了解了庙外人的阴谋诡计,最终让他下定了造反的决心。如果没有前面作者一再地渲染天气的寒冷、风雪的大,就不会有林冲出去买酒,也就不会有大雪压倒草厅,更不会有他在山神庙中偷听到陆虞侯等人的谈话,如果没有听到谈话;林冲不会明白他的敌人是要置他于死地的,他也不会下定决心与统治者决裂。可以说,正是这些细节描写,让我们明白了身为80万禁军教头的林冲是怎么做出落草为寇的决定的。

其他的细节描写,如鲁智深拳打镇关西、倒拔垂杨柳、武松景阳冈打虎、醉打蒋门神等,都描写得十分出色,突出了主要人物的英雄气概。

2.《水浒传》的影响

《水浒传》在中国文学史上具有崇高的地位,产生了重大的影响。它刊行后不久,嘉靖年间的一批著名文人如唐顺之、王慎中等就盛赞它写得"委曲详尽,血脉贯通",《史记》而下,便是此书"(李开先《词谑》)。李贽则把它和《史记》、杜诗等并列为宇宙内的"五大部文章"(周晖《金陵琐事》卷一)。《水浒传》盛行以后,各种文学艺术样式都把它作为题材的渊薮。以戏剧作品而言,明清的传奇就有李开先的《宝剑记》、陈与郊的《灵宝刀》、沈璟的《义侠记》、许自昌的《水浒记》、金蕉云的《生辰纲》等30多种;在昆曲、京剧和各种地方戏中,也有许多深受群众欢迎的剧目,仅陶君起的《京剧剧目初探》就著录了67种;至于以《水浒》故事为题材的绘画、说唱及各种民间文艺等,更是不可胜数。清代又出现了《水浒后传》《后水浒传》和《结水浒传》(《荡寇志》)等续书。作为英雄传奇小说的典范,《水浒传》对诸如《杨家府演义》《大宋中兴通俗演义》《说岳全传》等作品同样具有明显的影响。

(三)《西游记》

在明代的长篇章回体小说中,《西游记》是神魔小说中的代表,它的出现掀起了神魔小说创作的高峰。

吴承恩（约 1504—1582），字汝忠，号射阳居士，明中叶徙居淮安府山阳县（今江苏淮安）。他少而聪颖，性敏而多慧，博览群书，好奇闻，也喜欢"善摹写物情"的唐人传奇，这些都为他创作《西游记》打下了良好的基础。嘉靖二十九年（1550），吴承恩曾入京候选，留居三年，适逢奸相严嵩及其子把持国政、为非作歹之时，这让他加深了对官场倾轧、社会黑暗的认识，他的这些认识在一定程度上影响了他对《西游记》的创作。吴承恩曾著杂剧几种，一生写了很多的诗、文、词作品，但是去世后，很多都已散佚，后经人整理辑为《射阳先生存稿》4 卷，包括诗 1 卷，文 3 卷，文的最后一卷附有小词 38 首。

1.《西游记》的艺术成就

《西游记》的艺术成就是十分突出的，主要表现在以下几方面。

（1）结构方面。《西游记》整个故事的结构可以分为前后两个部分，前二十二回主要以师徒四人的个别行动为主，可以分为六个单元：孙悟空闹三界、取经缘起、悟空加入取经行列、白龙马加入取经行列、猪八戒加入取经行列、沙僧加入取经行列。这六个单元是按照"心猿归正""意马收疆"的结构之道进行组织的。在取经的队伍中，孙悟空的作用是最大的，因此，小说为唐僧安排的第一个护送者就是孙悟空，在孙悟空的帮助下，才有了白龙马、猪八戒和沙僧。可以说这六个单元之间有着因果承续的关系，因此它的时间与空间的排列位置有着严格的顺序，不能随便改动。

在第二十二回之后，作者开始集中笔墨讲述师徒四人西天取经的集体行动，这一部分的结构之道在于说明取经的艰难，隐喻着明心见性必须要经过一个长期艰苦的"渐悟"过程。取经路上出现了形形色色的险阻与妖魔，他们是修心过程中障碍的象征，唐僧师徒四人是连接这些磨难的贯串人物，观音菩萨的不时出现则又使这些磨难前后呼应，成为一个整体。在具体情节的安排上，《西游记》十分注意前后的呼应与衔接，体现出了作者在结构安排上的独具匠心。另外，虽然小说中的主要故事讲述的都是取经人与阻挠他们西去的各路势力之间进行斗争并且最终必胜的主题，但是在具体的情节安排上却各不相同，如三打白骨精、平顶山葫芦装天、车迟国斗圣、过火焰山等，无不曲折往复，扣人心弦，几十个故事无一雷同或重复，其手法令人惊叹。

（2）叙事方面。《西游记》采用的是编辑型全知叙事视角。随着叙述者的叙述，我们可以了解《西游记》整个故事的起因、经过、结果；透过叙述者的言语，感受到他的爱憎以及情感变化。例如在第九至十二回描写唐太宗做梦的事件中，叙述者一开始并没有从故事人物的主观视角出发，而是将其隐在了后台，先讲述了龙王的故事，之后将龙王的故事与唐太宗的梦联系在了一起，最后才将视角转到了唐太宗的身上。通过这几次的视角转换，我们才得知了事情的来龙去脉，才明白了唐太宗为何要派人去西天取取经。在这个过程中，叙述者也对唐太宗进行了称赞，称其是一个"有道的君王"。

（3）人物塑造方面。《西游记》中的人物形象具有多角度、多色调的特点。故事中的人物以现实的人性为基础，加上作为其原型的各种动物的特征，再加上浪漫的想象所赋予的神性，而显得各具特色，生动活泼。在这里，我们主要分析孙悟空和猪八戒这两个形象。

孙悟空生成于天地之间，行事敢作敢当，颇有英雄气度。他入龙宫索宝得到如意金箍棒，入地府改了生死簿。玉帝下旨对他进行安抚，召他到天宫做官。他以为自己受到了重视，因此欢欢喜喜去了天宫，但是，当他得知自己所做的"弼马温"只是个未入流的小官后，便对玉帝产生了不满，因为他觉得受到了轻视。为此，他大闹天宫，将天宫弄个了天翻地覆，众神都奈何不了他，最后被如来佛祖压在了五行山下。五百年后，他被唐僧从五行山下救起，成为皈依佛门、跟从唐僧去西天取经的护法大弟子。为了使他不再反抗，观音授意唐僧给他戴上了"镶金的花帽"，唐僧随时可以念紧箍咒对他实施控制，让他再也不能为所欲为。经过众多的艰难险阻之后，孙悟空功德圆满，被封为了斗战胜佛。在孙悟空的身上，体现出了追求自由、蔑视权威的精神和战胜一切艰难险阻的勇气。总之，孙悟空的英雄精神与为实现理想而奋斗到底的献身精神和强烈的个性的结合，呈现了其独特的光彩。但需要注意的是，孙悟空的身上也蕴含着一定的悲剧色彩，他所追求的自由带有一种本能的特点，是一种与生俱来的感性的生命冲动，他反抗传统理性的顽强束缚和沉重负荷，但缺乏一种更加理性的、明确的追求，这就使他的性格中潜藏着深刻的矛盾。

猪八戒在取经路上，在斩妖除怪的战斗中，是孙悟空的得力助手。一方面，在顽敌面前，他从不示弱，即使被俘，也不屈服，虽受气也"还不倒了旗枪"；但另一方面，他食、色两欲一时难以泯灭；偷懒、贪小，使乖弄巧，好占便宜。他也经不起一点儿诱惑，看到美酒佳肴、馒头贡品，常常是流涎三尺。人家的馒头米饭流水一般送上来，他犹如风卷残云似的，一会儿就吃光了。猪八戒很恋家，他粗笨莽撞，蹒跚臃肿，瞻前顾后，牵肠挂肚，时时眷恋着高老庄和"媳妇"高小姐。看见美色，猪八戒会挪不动步，即使快到西天了，他还动"淫心"，拉着嫦娥不放手。他还偷偷地积攒"私房"钱，有时还说谎，撺掇师父念紧箍咒整治、赶走大师兄，或者嚷着"分行李"，散伙回高老庄。猪八戒身上的这些缺点，让他具有浓厚的人情味，因此虽然他缺点满身，却并不会令人生憎。

（4）文字描述方面。《西游记》的文字幽默诙谐、灵动流利，善于描写各种奇幻的场面，显示了相当高的艺术水平。这些文字描述，有时只是为了调节气氛，增加小说的趣味性，如第四十二回写悟空去向观音借玉净瓶时，观音要他"脑后救命的毫毛拔一根"作抵押，悟空不肯，于是观音就骂道："你这猴子！你便一毛也不拔，教我这善财也难舍。"这"一毛不拔"就是顺手点缀的"趣话"，博人轻松一笑。有些文字描述则成为讽刺世态的利器，如第四十四回写车迟国国王迫害和尚，作者对当时的情境写道："且莫说是和尚，就是剪发、秃子、毛稀的，都也难逃。四下里快手又多，缉事的又广，凭你怎么也是难脱。"看似风趣而夸张，实则是对当时特务横行、厂卫密布的社会现实的控诉与批判。又如如来知晓阿难、伽叶发放无字经书时，作者让法相庄严的如来佛祖讲出一连串令人发噱的市井话，无疑增添了对宗教的讽刺意味。

2.《西游记》的影响

《西游记》自诞生以来，以其瑰丽奇绝、生动活泼赢得了广泛的读者群，达到家喻户晓、妇孺皆知的地步，一直为人们津津乐道。中华人民共和国成立以后，《西游记》声名远播海外，先后有了俄、英、日等多种译本，成为世界文化范围内的一份宝贵文学遗产。

《西游记》出现之后，神魔小说开始朝着四个方向发展，出现了四种风格类型。第一种是以对立双方的斗法为主，写法宝，写神通，代表作品有《封神演义》《续西游》等。第二种是以发挥象征性寓意为主，藉神魔题材表达人生哲理，代表作品有《东游记》《北游记》等。第三种是以玩世不恭的态度借题发挥、指斥世俗、抨击奸佞，代表作品有《斩鬼传》《常言道》等。第四种是与人情小说以及其他类型小说合流，代表作品有《绿野仙踪》《瑶华传》等。

第八章 集大成的清代文学

清代，是中国古代文化的集大成时期，意识形态、学术思想、文学创作等，无不呈现出五彩斑斓的状态。清代的文坛，包罗万象，取得了辉煌的成就。

第一节 清代的散文与骈文

清代散文家倡导经世致用、顺天应时、振兴民族。桐城派是清代最具影响力的散文派别。同时，骈文在清代出现复兴的局面，盛行一时，产生了一定的影响。

一、清代的散文创作

（一）清代初期的散文创作

清代初期写作散文比较有名的有"清初三大家"的侯方域、魏禧和汪琬。魏禧观点卓越、析理透辟，汪琬写人状物笔墨生动，侯方域的影响最大，其继承韩愈、欧阳修的传统，融入小说笔法，流畅恣肆，委曲详尽，推为第一。

1. 侯方域的散文创作

侯方域（1618—1654），字朝宗，明归德府（今河南商丘）人。侯方域的散文内容广泛，体裁多样。议论而指斥权贵的如《癸未去金陵日与阮光禄书》《答田中丞书》等，抒情而摅写怀抱的如《与方密之书》《祭吴次尾文》等，评说而论功罪的如《朋党论》《王猛论》《太子丹论》等，或义正词严，酣畅饱满，或缠绵悱恻，声情并茂，或雄辩汪洋，纵横奔放，有唐宋八大家的遗风。敢于打破文体壁垒，以小说为文，写掾吏、伶人、名伎、军校等下层人物的作品，如《赠丁掾序》，歌颂丁掾廉洁正直，忠于职守的优秀品质；《马伶传》写艺人马伶为求演技精进，投身为仆三年艺成的事迹；《任源邃传》赞扬平民出身的任源邃抗清被捕，宁死不屈的高贵精神；《李姬传》再现风尘女子李香识大义、辨是非的品德和节操,都"以小说为古文辞",提炼细节,揣摩说话,刻画神情,像《李姬传》所选的三个典型事件,精择李香对话组成,切合身份与心境,曲折生动,使人物个性鲜明,堪称性格化的语言,突破陈规,具有短篇小说的特点。

2. 魏禧的散文创作

魏禧(1624—1680),字冰叔,号裕斋,江西宁都人。他论文以有用于世为目的,要"关系天下国家之政",反对模仿,不"依傍古人作活",自谓"少好《左传》、苏老泉,中年稍涉他氏,然文无专嗜,唯择吾所雅爱赏者"。他博学多闻,身际易代,怀抱遗民思想,关心天下时务。其人物传记表彰抗清殉国和坚守志节之士,如《许秀才传》《哭莱阳姜公昆山归君文》等,感慨激昂,低回往复,既有淋漓尽致的描摹,也有纡徐动荡的抒情,兼有欧、苏之长。《大铁椎传》是其名篇,叙事如状,写身怀绝技的剑侠的遭际和愤懑,神情毕现,豪爽照人,篇末寄意不为世用的感慨,耐人寻味。他的政论散文则识见超人,精义迭现,《蔡京论》《续朋党论》等独出己见,议论风生,《答南丰李作谋书》谈教育人才应"恢宏其志气,砥砺其实用",观点正确,方法可取,《宗子发文集序》提出积理练识,纠正模拟剽古之弊,识见精当,行文酣畅,凌厉雄杰,表现出善于议论的个性和明理致用的文章风格。

3. 汪琬的散文创作

汪琬(1624—1691),字苕文,长洲(今江苏苏州)人。其散文力主纯正,对侯方域《马伶传》、王猷定《汤琵琶传》等小说写法颇示不满,偏于保守。所作原本六经,叙事有法,碑传尤为擅长,"公卿志状皆得琬文为重",受到后世正统文士的推崇。其《陈处士墓表》《申甫传》《书沈通明事》等记事简当不繁,代表碑传文的水平;《答陈霭公书》《陶渊明像赞并序》《送王进士之任扬州序》等清晰简要,自然流畅,与唐顺之、归有光等文风相近;记叙苏州百姓反暴政的《周忠介公遗事》,为世称道,文以周顺昌事迹为主线,写东林党人与魏党的斗争,突出周被逮时苏州百姓仗义执言和群情激愤的热烈场面,有些描写如"众益怒,将夺刃刃(毛)一鹭",魏忠贤爪牙被打而"升木登屋",抱头鼠窜,真实生动,称得上散文中的优秀作品。

(二)清代中期的散文创作

清代中期,由安徽桐城人方苞开创,同乡刘大櫆、姚鼐等继承发展的桐城派是这一时期影响最大的散文派别。

1. 方苞的散文创作

方苞（1668—1749），字凤九，号灵皋，晚号望溪，安徽省桐城县人。他作为桐城派创始人，与刘大櫆、姚鼐合称"桐城三祖"。方苞的古文选材精当，以凝练雅洁见长，开桐城派风气。其读史札记和杂说，如《汉文帝论》《辕马说》等简洁严整，无枝蔓芜杂之病；游记如《游雁荡记》，赠序如《送刘函三序》，碑铭如《先母行略》《兄百川墓志铭》《田间先生墓表》等，详略有致，具有法随义变的特点。《狱中杂记》以其亲身经历，揭露狱中种种奸弊、秽污、酷虐，事繁而细，条理分明，文字准确。

2. 刘大櫆的散文创作

刘大櫆（1698—1779），字才甫，号海峰，安徽桐城（今枞阳）人。他上承方苞、下启姚鼐，是"桐城三祖"之一。刘大櫆的文章抒发怀才不遇，指摘时弊，以"雄奇恣睢，铿锵绚烂"（吴定《刘海峰先生墓志铭》）称胜。游记文如《游晋祠记》《游大慧寺记》《游万柳堂记》等借景抒情，讽世刺时，近于雄肆奇诡，姚鼐评为"有奇气，实似昌黎"（《海泊三集序》评语）。《书荆轲传后》《送姚姬传南归序》《息争》等可看出其文章的音节之美。

3. 姚鼐的散文创作

姚鼐（1731—1815），字姬传，室名惜抱轩，因此人称惜抱先生。他在桐城派中地位最高，主张"道与艺合，天与人一""义理、考据、辞章"合一，让儒家道义与文学结合，天赋与学力相济，"义法"外增加考证，以求三者的统一和兼长，达到既调和汉学、宋学之争，又写出至善极美文章的目的。其运用传统的阴阳刚柔说，将多种风格归纳为"阳刚"和"阴柔"两大类，以生动形象的语言，细致描绘两者鲜明的特色，提出"统二气之会而弗偏""协合以为体"，追求刚柔相济，避免陷入"一有一绝无"的片面和极端，接触到文学审美风格的实质问题，对后世影响甚大。

（三）清代后期的散文创作

清代后期，散文进入了一个新的天地。随着时代的不断前进，人们越来越自觉地把文章作为战斗的武器，用各种不同的方式揭露反帝反封建这一时代主题，表现出光辉的民主思想和爱国主义精神。下面主要对龚自珍和梁启超的散文进行分析。

1. 龚自珍的散文创作

龚自珍（1792—1841），字尔玉，又字璱人，更名易简，字伯定，号定庵，又号羽琌山民。龚自珍的文章不讲宗法，凡经、史、诸子百家无不融贯，题材广泛，立意新鲜，个性鲜明，多具时代特色。他总是带着批判的眼光，从政治、社会的高度看问题，内容多讥切时政，或议论，或寓言讽刺，或一般记叙，语言风格活泼多样，尤以纵横恣肆、透彻明快著称，开创了有别于桐城派的散文风气，标志着清代散文的转折。

2. 梁启超的散文创作

梁启超（1873—1929），字卓如，号任公，另署饮冰室主人，广东新会人。光绪时期举人，康有为的弟子，两人同为维新变法运动的主要人物。清末主办《时务报》，提倡两学，宣传改良，为戊戌变法倡导者之一。戊戌变法失败后潜居日本，创办《清议报》《新民丛报》《新小说》等报刊。晚年在清华大学讲学。其著作编为《饮冰室合集》。

梁启超的散文平易畅达，杂以俚语、韵语及外国语法，条理明晰，笔带情感，创立了别有一种魅力的新文体，宣示着古代散文的终结和白话散文的开启。这种文体曾风靡一时，号称"新文体"。这种新文体散文直接服务于资产阶级改良政治，为晚清的文体解放和"五四"白话文运动开辟了道路。

二、清代的骈文创作

在桐城派以正统自居，声势日张时，骈文也很流行，与其立异争长。较著名的是李兆洛编选的《骈体文钞》。

清代骈文的复兴，有其特定的文化背景。随着清朝统治的日益稳固和文化政策的调整，皇帝"以提倡文化为己任，师儒崛起"（《清史稿·文苑传》），号称"乾嘉学派"的考据学走向鼎盛，"清代学术，超汉越宋"，获得前所未有的发展。踵事增华、编织丽词美语和具有匀称错综的形式之美的骈文，在浓重的学术文化氛围里，重新得到肯定和利用。汉、宋学之争，又使骈文的兴起，带上了和桐城派对峙的色彩。汉学重学问，重考据、训诂、音韵之学，对桐城派尊奉以程朱为代表的宋学所造成的空疏浮薄，是有力的冲击，风气所及，饱学之士喜爱重典实、讲音律的骈体文，借以铺排遣使满腹的书卷知识,从而刺激了骈文的写作和运用。与当时的社会繁荣状况相适应,骈文的批评理论也在发展,由开始正名争一席之地,到阐发艺术特点,认识和把握文学本质的某些属性,进而达到与古文家争正统的地位。清初陈维崧、毛奇龄开始倡导,中期则有袁枚、孔广森、吴鼒、曾燠、李兆洛等热情辩护,给予肯定,阮元则著《文言说》,视骈文为正统,将骈散之争推向高潮,同时,吴鼒的《国朝八家四六文钞》、曾燠的《国朝骈体正宗》、李兆洛的《骈体文钞》弘扬骈文正脉,扩大影响。经过这一番推波助澜,骈文势力逐步强大,取得了相当的成功。

在清代骈文作家中,汪中被公认为成就最高。汪中(1744—1794),字容甫,江都(今江苏扬州)人。著有《述学》6卷,《广陵通典》10卷,《容甫遗诗》6卷等。汪中的骈文内容上取材现实,情感上吐自肺腑,艺术上能"状难写之情,含不尽之意",风格遒丽富艳,渊雅醇茂,而且用典属对精当妥帖,被视为清代骈文复兴的代表。

第二节 清代的诗歌

清代诗歌是我国古代诗歌的光辉总结,是古典诗歌的再度辉煌。清代诗人之多,创作之富,是历代都无法比拟的。

一、清代初期的诗歌创作

遗民诗人的诗歌是清初最富有时代精神的诗歌,他们用血泪写成的诗篇,或谴责清兵,或讴歌贞烈,或悲思故国,或表白气节,具有抒发家国之悲和同情民生疾苦的共同主题,感情真挚,反映了易代之际惨痛的史实与民族共具的情感,沉痛悲壮,笔力遒劲,开启了清朝诗歌发展的新篇章。

(一)遗民诗人的诗歌创作

顾炎武、黄宗羲、钱谦益、吴伟业、王夫之、吴嘉纪、屈大均、杜濬、钱澄之、归庄、申涵光等都是当时著名的遗民诗人,下面对顾炎武、黄宗羲等诗人的诗歌创作进行赏析。

1. 顾炎武的诗歌创作

顾炎武(1613—1682),昆山亭林人,明朝诸生。初名绛,明亡后改炎武,字宁人,学界尊称亭林先生。

他一生写有四百多首诗,许多诗的主题都是抒发自己的民族感情和爱国思想,反清复明和坚守气节是其诗突出的色调。如《秋山》讽刺了专营安乐窝的燕雀之辈,表示"我愿平东海,身沉心不改"的决心,政治色彩极为强烈。

随着实践的消逝和希望的幻灭,顾炎武逐渐认识到现实局势,知道自己的希望永远无法实现,虽然感伤沉郁,但他不灰心,至死犹坚,所以他所做的诗仍然雄浑有力,慷慨悲壮,如《五十初度时在昌平》。顾炎武的诗在当时影响很大,为一代清诗树立了笃实、高阔的峰标。

2. 黄宗羲的诗歌创作

黄宗羲(1610—1695),浙江余姚人,字太冲,一字德冰,号南雷,别号梨洲老人、梨洲山人与顾炎武、王夫之并称明末清初三大思想家或者称清初三大儒。

他关心天下治乱安危,以学术经世,论诗称"情者,可以贯金石,动鬼神",强调诗要写现实;注重学问,推崇宋诗,与吴之振等选辑《宋诗钞》,扩大了宋诗的影响,推动了浙派的形成。黄宗羲的诗歌作品沉着朴素,感情真实,具有爱国精神和高尚情操。《书事》是黄宗羲晚年的作品,虽然已步入晚年,但是岁月并没有消磨黄宗羲的意志,在他的作品中仍然流露出了强烈的民族意识。黄宗羲的诗歌内容丰富,具有强烈的时代性、深刻的思想性和高度的艺术性,他的诗歌与其学术成就一样,具有大师风范,对后世具有重要影响。

(二)钱谦益的诗歌创作

钱谦益(1582—1664),字受之,号牧斋,晚号蒙叟、绛云老人、东涧遗老等,江苏常熟人,人称虞山先生。作品有《初学集》《有学集》《投笔集》等,总为《牧斋全集》。

钱谦益的诗作大约可以分前、后两个时期。前期是明朝仕途时的诗歌。钱谦益在明朝仕途,历尽坎坷挫折,感时愤世,郁塞苦闷。《初学集》中的诗歌,对党争阉祸极为愤慨,痛心内忧外患。《费县三首》《乙丑五月削籍南归十首》《狱中杂诗三十首》等诗,既有清正之士的孤愤,也有失意者的感喟。后期是入清后的诗歌。经历了故国沧桑、身世荣辱的巨大变故,钱谦益的诗歌更显出鲜明的艺术个性和创作特色。这一时期的诗歌主要是悼念亡明,指斥新朝暴行,如《金陵秋兴八首次草堂韵》其一,诗人以欣喜若狂之情写水师的军威和民众的支持,表达了强烈的反清复明的愿望,气势宏大,慷慨昂扬。随着军事的失利,钱谦益愤激之情不可遏止,连叠十三韵,记录郑成功与南明永历政权的军事斗争,以及他和柳如是的抗清活动,实为一部"诗史"。

钱谦益为清初诗坛盟主50年,当时的地位和声望是无人能比的。他培养了如王士禛这样的后起大家,还在家乡开创了虞山诗派。正是从他开始,明诗告退,开创了清诗历史的新纪元。

(三)吴伟业的诗歌创作

在清初诗坛上,吴伟业与钱谦益并称。吴伟业(1609—1671),字骏公,号梅村,江苏太仓人。吴伟业的诗歌以明末清初的历史现实为题材,反映山河易主、物是人非的社会变故,描写动荡岁月的人生图画,志在以诗存史。他的这类诗歌约有四种:第一种以宫廷为中心,写帝王嫔妃戚畹的恩宠悲欢,引出改朝换代的沧桑巨变,如《永和宫词》《洛阳行》《萧史青门曲》等。第二种以明清战争和农民起义斗争为中心,通过重大事件的记述,揭示明朝走向灭亡的趋势,如《临江参军》《松山哀》《圆圆曲》等。第三种以歌伎艺人为中心,从见证者的角度,叙述南明福王小朝廷的衰败覆灭,如《听女道士卞玉京弹琴歌》《临淮老妓行》《楚两生行》等。第四种以平民百姓为中心,揭露清初统治者横征暴敛的恶政和下层民众的痛苦,类似杜甫的"三吏""三别",如《捉船行》《芦洲行》《马草行》《直溪吏》等。此外还有一些感愤国事,长歌当哭的作品,如《鸳湖凸》《后东皋草堂歌》等,几乎"可备一代史诗"。他在《梅村诗话》中评自己写《临江参军》一诗:"余与机部(杨廷麟)相知最深,于其为参军周旋最久,故于诗最真,论其事最当,即谓之诗史可勿愧。"这种以"诗史"自勉的精神,使他放开眼界,"指事传辞,兴亡具备",在形象地反映社会历史的真实上,取得了突出的成绩,高过同时代的其他诗人。

吴伟业最大的贡献在七言歌行,他在继承元、白元稹、白居易诗歌的基础上,自成一种具有艺术个性的"梅村体"。它吸取白居易《长恨歌》《琵琶行》和元稹《连昌宫词》等歌行的写法,重在叙事,辅以初唐四杰的采藻缤纷,温庭筠、李商隐的风情韵味,融合明代传奇曲折变化的戏剧性,在叙事诗里开出新境界,如《永和宫词》《萧史青门曲》《鸳湖曲》《圆圆曲》等,把古代叙事诗推到新的高峰,对当时和后来的叙事诗创作产生了很大的影响。

二、清代中期的诗歌创作

清代中期的诗坛,才人辈出,各领风骚。沈德潜、翁方纲,或主格调,或言肌理,固守儒雅复古的阵地;袁枚等人标榜性灵,摆脱束缚,追求诗歌解放。

(一)沈德潜的诗歌创作

沈德潜(1673—1769),字碻士,号归愚,长洲(今苏州市)人,著名诗人、诗歌批评家。沈德潜论诗倡导"格调说",《说诗晬语》是其格调说的理论代表作。所谓格调,就是重视唐诗那种格律、声调。沈德潜的诗歌创作实践了他的格调说,继承了盛唐及明七子的高古文格,中正和平,温柔敦厚。

当然,沈德潜和明七子一样,有些诗特别是早期的诗,也能真实地反映民生疾苦,揭露时弊与社会黑暗。例如《凿冰行》与《后凿冰行》。

沈德潜的诗现存2300多首,有很多都是为统治者歌功颂德的作品。如《制府来》《晓经平江路》等虽然反映了一些社会现实,但又常常带有封建统治阶级的说教内容。

(二)翁方纲的诗歌创作

翁方纲(1733—1818),字正三,一字忠叙,号覃溪,大兴(今属北京市)人,清朝著名书法家、文学家、金石学家。翁方纲著有《复初斋文集》《石洲诗话》等。翁方纲论诗倡导"肌理说",主张"为学必以考证为准,为诗必以肌理为准。"因此,他在诗歌创作中,大量以学问、考据入诗,如《南昌学宫摹刻汉石经残字歌》。翁方纲作为一个诗人,清楚地知道诗歌应该言志传情。他一味强调以学问、考据为诗,可能是在清廷屡兴文字狱的情况下,去迎合最高统治者提倡读书穷经、考据博物的产物,因而他受到统治者的垂青,也受到许多官僚士大夫的认同与肯定。

翁方纲多年主持各地学政,学生遍天下,受其影响者甚多,如凌廷堪、张廷济、谢启昆、梁章钜、吴重意、阮元及其子翁树培等。其派规模与影响虽然比"神韵""格调"稍逊,但也影响很大,以致后来几乎与性灵派平分秋色,形成"南袁北翁"的态势。

(三)袁枚的诗歌创作

乾隆年间的"性灵诗"以袁枚为领袖,倡和者有号称"乾隆三大家"

之一的赵翼，另外有张问陶、孙原湘等。所谓"性灵"，指的是性情、灵感、个性、灵机，即诗人必须具有的主观创作条件，当一个诗人有了创作灵感，将自己的真性情写出来，就是一首好诗。这也是袁枚在总结以往性灵说的基础上发展起来的。

袁枚（1716—1797），字子才，号简斋，晚年自号仓山居士、随园主人、随园老人。汉族，钱塘（今浙江杭州）人。袁枚的诗歌创作贯穿了其"性灵说"的精神，具有自己鲜明的特色。他的诗表现了民主精神和市民意识。例如，他写给叔父家僮仆的《别常宁》，该诗情感真挚，十分动人，由此可见他主仆平等的思想观念。总体来说，袁枚的性灵诗对清朝乃至后世影响巨大，他所提出的性灵说内涵丰富，顺应了当时社会进步的美学思潮，指出了诗歌创作的本质与规律。

三、清代后期的诗歌创作

（一）爱国诗人的诗歌创作

清代后期，随着西方列强用坚船利炮打开中国封闭的国门，以龚自珍、林则徐、魏源、张维屏、张际亮等人为代表的爱国进步文人开始登上诗坛。他们的诗歌反映了鸦片战争前后黑暗的社会现实，表现了爱国志士和广大人民卫国抗敌的斗争，抒写了自己强烈的爱国情感和民族义愤，富有爱国主义的精神。

1. 龚自珍的诗歌创作

龚自珍认为诗歌创作动机是由"外境"，即现实生活引起的，"外境迭至，如风吹水，万态皆有，皆成文章"（《与江居士笺》），而创作方法则和撰史一样，应该利用一切历史资料。他的诗作与他的诗论一脉相承，"以深邃的历史思考为依托，绝少单纯地描写自然景物，而是着眼于现实政治、社会形势，揭示清王朝的黑暗和危机"。龚自珍现存诗歌600余首，内容庞杂，大多是他中年以后的作品。其中，"伤时""骂坐"之作占了相当一部分。还有一些抒情诗反映了诗人对自身遭遇的感慨和自身理想抱负的抒发，表现了他深沉的犹豫和孤独感，如《夜坐》。龚自珍最具有代表性的诗歌作品是作于晚年的大型传记体组诗《己亥杂诗》，这组诗由315首七言绝句组成，全面而深刻地反映了清末现实生活和社会面貌，集中体现了他深刻的思想、抗争个性。其中最突出的是那些指出外国侵略对中国危害、统治阶级昏庸堕落和民众苦难的诗。

龚自珍的诗想象丰富诡奇，恣意而行，气势磅礴。其文辞瑰丽，善用类比，众体兼备，甚至于连传统的诗歌格律都不尽遵守，富于浪漫主义色彩，在清末诗坛上标新立异，独树一帜，产生了极为深远的社会影响。

2. 魏源的诗歌创作

魏源（1794—1857），原名远达，字默深，又字汉士、墨生，号良图，湖南邵阳（今隆回）人。

魏源致力于弊病改革和经学以及时务政事等方面的研究和著述，但是他在文学上最主要的成就是诗歌的创作。魏源极为擅长写山水诗，这也是他致力最多的作品，如《天台石梁雨后观瀑歌》《钱塘观潮行》等。不过，最能表现出他的爱国情怀的是一系列写于鸦片战争时期的爱国诗歌，如《寰海十首》。魏源的诗歌奇豪壮美，在艺术上重视自然，多用比兴，以叙事和议论的手法直接抒发情感，具有动人心魄的力量。

（二）汉魏六朝诗派的诗歌创作

汉魏六朝诗派是在道光、咸丰、同治年间以汉魏六朝诗为取法对象的诗歌流派，其代表人物是王闿运。

王闿运（1833—1916），初名开运，字壬秋，又字壬父，号湘绮，湖南湘潭人。王闿运论诗以摹拟汉魏六朝为尚，这是他诗论的核心，在清代宗唐、宗宋两大流派之外别立一宗。他认为古人之诗已经尽善尽美，要达到理想境界，必须学古，"古人之诗尽善尽美，典型不远，又何加焉"（《论文法答陈完夫论》）。而在学古的基础上，他又认为诗以五言为上，最好的是汉魏六朝五言诗，"作诗必先学五言，五言必读汉诗，而汉诗甚少，题目种类亦少，无可揣摩处，故必学魏晋也。诗法备于魏晋，宋齐但扩充之，陈隋则开新派矣"（《论诗示黄廖》）。他大加赞赏魏晋六朝时期的诗人，贬斥其后朝的诗人，这种偏激的复古主义论调遭到了当时不少人的批评。至于学古的方法，他主张先从模拟入手，从模拟中求变化，"诗则有家数，易模拟，其难亦在于变化。于全篇模拟中，能自运一两句，久之可一两联，就之可一两行，则自成家数矣"（《论文法·答张正旸问》）。

王闿运在诗歌创作上虽然以拟古为重，摹拟汉魏的诗法，但并非脱离现实一味拟古，在他的诗中也有一些反映社会现实的作品，如《圆明园词》；虽然有很多拟古之作，但也有很多表达了诗人的真情实感，如《丰阳舟中寄怀梦缇》。王闿运的诗歌提倡含蓄蕴秀、曲径通幽式的表现手法，大多数诗歌委婉俊秀，以词掩意，托物起兴。

（三）同光体诗派的诗歌创作

同治、光绪年间，诗坛上出现了以陈三立、陈衍、沈曾植、郑孝胥为代表的一个诗歌流派，被称为同光体诗派。

1．陈三立的诗歌创作

陈三立（1852—1937），字伯严，号散原，江西义宁（今江西修水）人。陈三立被誉为中国最后一位传统诗人。他初师韩愈，后学黄庭坚，避俗避熟，力求生涩，追求一种精思刻练、奇崛不俗而又能达于自然、不见斧凿痕迹的境界。陈三立积极参与新政国事，因而对于国家的内忧外患十分关心，在他的诗中时常表现出家国之痛、民生之哀。例如《十月四十夜饮秦淮酒楼，闻陈梅生侍御、袁叔舆户部述出都遇乱事感赋》。

陈三立宗江西派，他极力推崇苏轼和黄庭坚，其诗生涩拗奇，力避熟俗，刻意求新，造字炼句，异常新警，但又常于文从字顺中显出佳处，为时人所推崇。陈三立工近体诗，时有构思巧妙之作，擅长用不同意向传递情绪，意境清奇奥衍，感情色彩浓郁，具有刚健浑厚的风格。

2．陈衍的诗歌创作

陈衍（1856—1937），字叔伊，号石遗，福建侯官（今福州）人。陈衍的诗歌创作起初宗法梅尧臣、王安石，后学习白居易、杨万里，曲折用笔，骨力清健，爽朗平淡，以新词、俗语入诗。他的诗歌以游览诗居多，如《水帘洞歌》描绘武夷山水帘洞的壮观景象，连用奇特的比喻来描绘瀑布的雄奇变幻，形式奇特，句式参差变化，用语雄健，气势磅礴。

第三节　清代的词

经过元明两代的沉寂，在明清易代之际摆脱柔靡，出现了中兴的气象。朱彝尊说："词虽小技，昔之通儒巨公往往为之，盖有诗所难言者，委曲倚之于声，其词愈微，而其旨益远，善言词者，假闺房儿女子之言，通之于《离骚》、变雅之义，此犹不得志于时者所宜寄情焉耳。"（《曝书亭集》卷四十《红盐词序》）清代词人云集，高才辈出，词作五万余首，成就辉煌。

一、清代初期的词创作

清初词坛，流派纷纭，迭现高潮，出现了以陈维崧为首的阳羡词派、朱彝尊为首的浙西词派和独树一帜的著名满族词人纳兰性德。

（一）陈维崧的词创作

1. 陈维崧的生平

陈维崧（1625—1682），字其年，号迦陵，江南宜兴（今属江苏）人。其父陈贞慧，为明末著名复社文人。陈维崧少有才名，入清后出游四方，晚年举博学鸿词科，官翰林院检讨。他学识渊博，性情豪迈，才情卓越，兼以过人的哀乐，学习苏、辛，使豪放词大放异彩，平生所作词 1800 多首，居古今词人之冠。

2. 陈维崧的词作品分析

陈维崧尊词体，以词并肩"经""史"，摈弃"小道"和"词为艳科"的传统观念，继承《诗经》和白居易"新乐府"精神，敢拈大题目，写出大意义，反映明末清初的国事，无愧"词史"之称。

（二）朱彝尊的词创作

朱彝尊（1629—1709），字锡鬯，浙江秀水（今嘉兴）人。朱彝尊推尊词体，崇尚醇雅，宗法南宋，以姜夔、张炎为圭臬，与汪森辑录《词综》，推衍词学宗趣和主张。他在清朝步入盛世时，提出词的功能"宜于宴嬉逸乐，以歌咏太平"（《紫云词序》），投合文人学子由悲凉意绪转入安于逸乐的心态，也适应统治者歌颂升平的需要，故天下向风，席卷南北。

朱彝尊词集里"宴嬉逸乐"的欢愉之辞，有《静志居琴趣》写男女爱情，《茶烟阁体物集》和《蕃锦集》的咏物集句。其中情词为世所称颂，独具风韵，如《高阳台》"桥影流虹"、《无闷·雨夜》"密雨垂丝"、《城头月》"别离偏比相逢易"、《鹊桥仙·十一月八日》等，感情真挚，圆转流美。《桂殿秋》描写心心相印的男女爱情，含蓄不露，情致深婉，是情词的佳作。

（三）纳兰性德的词创作

纳兰性德（1654—1685），他原名成德，因避讳改名性德，字容若，号楞伽山人，满洲正黄旗人，太傅明长子。纳兰论词主情，崇尚入微有致。

爱情词低回悠渺，执著缠绵，是其词作的重要题材，有《相见欢》"落花如梦凄迷"，《蝶恋花》"眼底风光留不住"等。其与原配卢氏伉俪情笃，孰料婚后3年，卢氏死于难产。其为爱妻早逝所写悼亡词，如《金缕曲·亡妇忌日有感》《蝶恋花》"辛苦最怜天上月"等，一字一咽，颡泪泣血，不仅极哀怨之致，也显示了纯正的情操，可与苏轼《江城子·记梦》相比。纳兰词标出悼亡的有七阕，未标题目而词近追恋亡妇、怀念旧情的有三四十首。

纳兰词真挚自然，婉丽清新，善用白描，不事雕琢，运笔如行云流水，纯任感情在笔端倾泻。他还吸收率李清照等词人的婉约特色，铸造出个人的独特风格。

二、清代中期的词创作

清代中期，常州词派的兴起，将词的创作和理论推向了尊词体、重寄托的阶段。

常州派发轫于嘉庆初年，这个时期各种社会矛盾趋于尖锐激烈，朝野上下产生"殆将有变"的预感，浓重的忧患意识使学者眼光重又转向于国计民生有用的实学。在词的领域，阳羡末流浅率叫嚣，浙派襞积馉饤，把词引向淫鄙虚泛的死胡同，物极必反，曾致力经学研究的张惠言顺应变化了的学术空气和思想潮流，"开山采铜，创常州一派"。

张惠言（1761—1802），字皋文，武进（今江苏常州）人。他与兄弟张琦合编《词选》，选择精严，并附当世常州词人以垂示范，显示一个在创作和批评两方面均具特色、以地域集结起来的词人群体的存在，因此，《词选》成了一面开宗立派的旗帜。他所写《词选序》全面阐述自己词学理论，主张尊词体，要词"与诗赋之流同类而讽诵"，提升词的地位，倡导意内言外、比兴寄托和"深美宏约"之致，对扭转词风和指导风气起了积极作用。他的《茗柯词》骋情惬意，细致生动，语言凝练干净，无绮靡浓艳之藻，抒发怀才不遇、漂泊无依和羁缚受制等心绪，词旨常在若隐若现之间。如《木兰花慢·杨花》名为咏物，实为抒怀，借杨花吟咏身世之感，体物形神兼备，抒情物我合一，在描摹杨花里寄托追求、失望、游转无定和历经坎坷的心态，是以物写情的传世名作。

另外，这一时期，不傍浙、常门户，博取各家之长的词人，却成了填词的佼佼者。扬州词人郑燮、继承阳羡词风的蒋士铨、黄景仁、洪亮吉等，或以凄厉之笔，倾泻"盛世"的悲哀，或以幽怨之情，抒发惨伤的心怀。

三、清代后期的词创作

清代后期，词坛上名气最大的是"清末四大家"——王鹏运、郑文焯、朱孝臧和况周颐。他们的词作中对词体的声律特性、声律作用等问题进行了多方面的阐述，在当时产生了积极的影响。

（一）王鹏运的词创作

王鹏运（1849—1904），字佑霞，号半塘老人，又号半僧、鹜翁、半塘僧鹜，临桂（今广西桂林）人。王鹏运幼年遭逢太平天国之乱，入仕后，又经历了中法战争、中日战争、戊戌变法、八国联军入侵等重大事件，加之他在任期间屡次上疏，弹劾权贵，声震天下，却终以不得志告归，所以他的词在不少篇什中能关联时事，跳动着时代的脉搏。

王鹏运关心国事，感伤国势，不但表现在现实题材的作品中，同时还表现在历史题材的作品中，他的登临凭吊、怀古、咏古词，数量虽不很多，但立意高远，寄慨深沉，无一不是借古事以抒今情之作。

应当特别指出的是，王鹏运为词尊崇常州词派，他更多的词的艺术造诣是善于运用"寄托"，即把抒情主体隐藏在物象或景象的后面。所谓"导源碧山，复历稼轩、梦窗以还清真之浑化，与周止庵氏说契若针芥"，就是指这类词的艺术特点。王氏后期的词作，大都寄托遥深而浑化无迹，有的还达到"流露于不自知，触发于弗克自已"的妙造自然之境。

（二）郑文焯的词创作

郑文焯（1856—1918），字俊臣，号小坡，晚号大鹤山人，又署冷红词客，奉天铁岭（今辽宁铁岭县）人。在"清末四大家"中，郑文焯最精音律。郑文焯的词在不同的时期具有不同的表现。一般来说，从"戊戌政变"到八国联军入侵前后，他的部分感时伤怀的词作，较富时代色彩，故"多凄异之响"。辛亥革命之后，作为"遗老"的郑文焯，对清王朝的覆灭深感悲痛，因此这时期的词多抒"故国之思"，格调亦由怨愤悲楚转为低唱哀吟，具有浓厚的感伤色彩。

（三）朱孝臧的词创作

朱孝臧（1857—1931），一名祖谋，字古微，号沤尹，浙江归安人（今湖州）。朱孝臧早年以能诗知名，及官京师，交王鹏运，乃弃诗专攻词，勤探孤造，抗古迈绝，被今近词家尊为"集清季词学之大成，公论翕然，无待扬榷"。他的词委婉致密，音律和谐，最初近似吴文英，晚年融化苏轼豪放词风于沉抑绵邈之中，形成自己独特的风格。

朱孝臧的词大多以顿挫之笔，写沉郁之思，其长调尤见层叠多转，愈转愈深，例如《琵琶仙·送朱敬斋还江阴》。辛亥革命后，朱孝臧以遗老自任，往返于苏州和上海之间，以著述自娱。所作词基调低沉，充满对现实生活厌倦之感。而对已被推翻的极为腐朽的清王朝，则表现得惋惜依恋，难以忘怀。

（四）况周颐的词创作

况周颐（1859—1926），原况名周仪，字夔笙，号蕙风，广西临桂（今桂林）人。况周颐一生致力于词的理论与创作，是一位功力很深的专业词人，其作品锤炼而不失自然，浑厚而见活脱，情调抑郁悲凉，但不枯寂衰飒，绵密深微，寄兴渊深。况周颐创作了不少咏物词，他的《蕙风词》中20多阕咏物词，几乎篇篇都达到高境，在清代词人中尚属少见。这与他的理论主张不无关系。况周颐《蕙风词》中的小令多抒一己之牢愁，反映面不如长调深广，题材也比较狭窄，但艺术成就并不逊色，功力甚深，精品不少，表现手法灵活多致。

第四节　清代的戏曲

在戏曲方面，在明代盛行的传奇已经文人化、杂剧案头化的发展过程中，清代戏曲顺从晚明的趋势，发展更加活跃，戏曲创作中对社会历史意识的增强和对戏剧性的注重日益增强。

一、清代初期的戏曲创作

清代初期的戏曲创作基本保持明末的旺盛势头。其中，由明入清的李玉继续创作，创作了不少历史题材的剧作，如《千忠戮》《清忠谱》等。吴伟业、尤侗等一批具有才学的文化名流也以戏曲来抒写心意，而李渔等人则专事风情喜剧的创作。这些戏曲创作，标志着清代戏曲创作艺术的更加成熟，对后来的戏曲创作产生了深远的影响，直接迎来了清代两大传奇—

《长生殿》和《桃花扇》的诞生。

(一)《长生殿》

《长生殿》的作者是洪昇。洪昇(1645—1704),字畴思,号稗畦,钱塘(今浙江杭州市)人。《长生殿》演的是唐明皇与杨贵妃的历史故事。洪昇重新演绎唐明皇与杨贵妃的故事,基本上是继承了白居易诗和白朴剧的内容和意蕴,而有所改变。《长生殿》融合进唐以来叙述、咏叹天宝遗事的文史、传说等许多材料,剧中出现的许多人物、情节大都是有根据的。上半部表现出尊史重真的精神,剧作重在唐明皇、杨贵妃的"钗合情缘"(《长生殿·例言》),但却做了如实的描写,写出了封建宫廷中帝王与妃子的真实关系、真实情况,后半部分通过虚构和想像表现唐玄宗与杨贵妃的爱情。

《长生殿》前一部分是写实,是爱情的悲剧,后一部分是写幻,是鼓吹真情。从结构上说,两者是对立的,但又是互相依存的。没有前半部分现实的悲剧,后半部分鼓吹至真之情便无从生发;没有后半部分唐明皇、杨贵妃的忏悔、重圆,则成了《唐明皇秋夜梧桐雨》式的悲剧,只是留下了一份历史的遗憾。这种既对立又依存的关系,虽然中间转换得有些勉强,但却正构成了《长生殿》的结构特征和思想特色:写唐明皇与杨贵妃之情事,并不限于言二人之情,而是含而不露地拓宽了"情"的内涵,充分地表现出剧作第一出《传概》里所申述的命意:"古今情场,问谁个真心到底。但果有精诚不散,终成连理……感金石,回天地,昭白日,垂青史,看子孝臣忠,总由情至。先圣不曾删《郑》《卫》,吾侪取义翻宫徵,借太真外传谱新词,情而已。"这与清初的启蒙思潮是息息相通的。

全剧上下两部分虽各有侧重,但也有许多对照、呼应,如上半部写现实的悲剧,插入了幻想的《闻乐》一出,为下半部杨贵妃仙归蓬莱伏下了引线;下半部主要以幻笔写情,插入《献饭》《看袜》《骂贼》等写实场面,与上半部唐明皇的失政、宠信安禄山、杨氏一门的骄奢,有着明显的对照意义。《长生殿》结构细密,场面安排上轻重、冷热、庄谐参错,都是出于匠心经营,从而将传奇剧的创作推向了艺术的新高度。

(二)《桃花扇》

继《长生殿》之后问世并负盛名的《桃花扇》,是一部近世历史剧。

孔尚任(1648—1718),字聘之,号东塘,曲阜(今属山东)人。《桃花扇》是一部最接近历史真实的历史剧。全剧以清流文人侯方域和秦淮名妓李香君的离合之情为线索，展示南明弘光小朝廷兴亡的历史面目。从它建立的历史背景，福王朱由崧被拥立的情况，到拥立后朱由崧的昏庸荒淫，马士英、阮大铖结党营私、倒行逆施，江北四镇跋扈不驯、互相倾轧，左良玉以就粮为名挥兵东进，最后史可法孤掌难鸣，无力回天，小王朝迅速覆灭，基本上是"实人实事，有根有据"，真实地再现了历史，如剧中老赞礼所说："当年真如戏，今日戏如真。"只是迫于环境，不能直接展现清兵进攻的内容，有意回避、改变了一些情节。

《桃花扇》中塑造了几个社会下层人物的形象，最突出的是李香君和艺人柳敬亭、苏昆生。照当时的等级贵贱观念，他们属于为衣冠中人所不齿的"倡优""贱流"，在剧中却是最高尚的人。李香君毅然却奁，使阮大铖卑劣的用心落空，其孤身处在昏君、权奸的淫威下，誓不屈节，敢于怒斥权奸害民误国。柳敬亭任侠好义，奋勇投辕下书，使手握重兵又性情暴戾的左良玉折服。

《桃花扇》创作的成功还表现在人物形象上，虽人物众多，但人各一面，性格不一，即便是同一类人也不雷同。这显示出孔尚任对历史的尊重，如实写出人物的基本面貌。如同是武将，江北四镇都恃武逞强，但行事、结局却不同：高杰无能，二刘投降，黄得功争位内讧，却死不降北兵；左良玉对崇祯皇帝无限忠心，但骄矜跋扈，缺少谋略，轻率挥兵东下。侯方域风流倜傥，有几分纨绔气，却关心国事。这些都反映出孔尚任对人物性格的刻画较其他传奇作家有着更自觉的意识，要将人物写活。

总之，《桃花扇》在清代传奇中是一部思想和艺术达到完美结合的杰出作品。

二、清代中期的戏曲创作

（一）案头化的文人戏曲创作

清代中期的戏剧创作已陷入衰退状态。虽然传奇的体制在向杂剧靠拢，开始多样化，愈加灵活自由，给剧作家驰骋才华提供了更为宽广的天地，但仍未能阻止这种低落下滑的趋势，传奇和杂剧的创作已进入了最后的阶段。其原因除了剧本赖以上演的昆曲雅化甚至僵化而失去广大观众，使剧作成为纯粹的案头读物之外，也与当时意识形态领域内的专制日益强化大有关系，它使戏剧创作失去了鲜活的生命力。

这时期的作家，从历史人物和传说故事中取材，宣传封建伦理道德和描写男女风情的作品居多。主要有夏纶《新曲六种》，在各题下直接标举"褒忠、阐孝、表节、劝义、式好、补恨"的主旨，用戏曲创作图解自己的观念。张坚《玉燕堂四种曲》，除《怀沙记》写屈原自沉汨罗江外，其他三种《玉狮坠》《梅花簪》《梦中缘》皆写男女爱情故事，时人合称为"梦梅怀玉"，主要是模拟风情喜剧旧套，追求场上效果，但缺乏创造性，成就不大。唐英《古柏堂传奇》17种，多数是杂剧，5种属传奇，都没有触及深刻的社会问题，甚至宣传忠孝节义和因果报应的思想，但他的剧作语言通俗，情节生动，曲词不受旧格律的束缚。唐英自蓄昆曲家班，熟悉舞台演出，剧本常依据"乱弹"和民间传说改编，如从乱弹《张古董借妻》改编《天缘债》，从《勘双钉》《孟津河》改编《双钉案》（又名《钓金龟》），并吸取民间戏曲表演的特色，浅俗单纯，易于上演，他的《十字坡》《面缸笑》《梅龙镇》，后来分别被改编成京剧《武松打店》《打面缸》《游龙戏凤》在各地演出，这种情况，在清中期的戏剧家里为数不多。

成就较大并值得注意的传奇作家是蒋士铨。蒋士铨（1725—1784），字心馀，号藏园，晚号定甫，江西铅山人。他在诗坛上与袁枚、赵翼齐名，具有经世济民的抱负，通过戏曲创作，写民族英雄、志士仁人或社会习俗等，不肯落入才子佳人的俗套，他说："安肯轻提南董笔，替人儿女写相思。"现存剧作以《红雪楼九种曲》最有名，而以《桂林霜》《冬青树》《临川梦》三种受人重视。

杂剧作家以杨潮观、桂馥、周乐清等为代表，但是他们的作品大都缺乏激情深意，舞台效果不佳，多是脱离舞台的案头之作。

（二）京剧的诞生和地方戏的勃兴

1. 京剧的诞生

元代杂剧和宋元南戏为地方戏树立楷模，推动戏曲的前进。明中叶到清初，昆曲以唱腔优美和剧目丰富，在剧坛占有几乎压倒一切的优势。从康熙末至乾隆朝，地方戏似雨后春笋，纷纷出现，蓬勃发展，以其关目排场和独特的风格，赢得观众的爱好和欢迎，与昆曲一争长短，出现花部与雅部之分。李斗《扬州画舫录》说："雅部即昆山腔；花部为京腔、秦腔、弋阳腔、梆子腔、罗罗腔、二簧调，统谓之乱弹。"但地方戏不登大雅之堂，被统治者排抑，昆腔则受到钟爱，给予扶持。花部诸腔则在广大人民的喜爱和民间艺人的辛勤培育下，以新鲜和旺盛的生命力，不停地冲击和争夺着昆腔的剧坛地位。民间戏曲的交流与竞赛、提高和丰富，逐渐夺走昆曲部分场地和群众,但还不能与之分庭抗礼,宫廷和官僚士绅府第所演的大多数还是昆曲,花部剧种处在附属地位,主要在民间演出。

乾隆年间情况开始有了变化。当时地方戏的活动主要集中在北京和扬州两大中心。尤其北京,是全国政治、经济、文化中心,各地造诣较高的剧种,争先恐后在北京演出,"花部"的地方戏自然也从全国范围内的周旋,转为集中在北京与昆曲争奇斗胜。

嘉庆、道光年间,地方剧种的高腔、弦索、梆子和皮簧与昆腔合称五大声腔系统。其中梆子和皮簧最为发达。皮簧腔是由西皮和二簧结合而成。西皮起于湖北,由西北梆子腔演变而来,"梆子腔变成襄阳腔,由襄阳腔再加以变化,就成了西皮"。二簧的演变则复杂得多,它是多种声腔融合的产物。明代中叶以后,受弋阳腔、昆山腔的影响,皖南产生了徽州腔、青阳腔(池州腔)、太平腔、四平腔等。四平腔后来逐渐形成吹腔。西秦腔等乱弹也流入安徽,受当地声腔影响,形成拨子,为安徽主要唱腔之一。吹腔与拨子融合,就是二簧调。大约在乾隆、嘉庆年间,二簧流传到湖北,与西皮结合,形成皮簧腔。在湖北叫楚调,在安徽叫徽调。乾隆年间四大徽班入京,所唱主要为二簧,也兼唱西皮、昆曲。道光初年,楚调演员王洪贵、李六等搭徽班在北京演出,二簧、西皮再度合流,同时吸收昆、京、秦诸腔的优点,采用北京语言,适应北京风俗,形成了京剧。此后又经过无数艺人的不断努力和发展,京剧逐渐流行到各地,成为全国影响最大的剧种。

2. 地方戏的勃兴

地方戏的剧目,绝大多数出自下层文人和民间艺人之手,靠师徒口授和艺人传抄,在戏班内流传,刊印机会极少,大都散佚。从目前见到的刻本、钞本、曲选、曲谱、笔记和梨园史料的记载可以发现,剧目十分丰富。仅《高腔戏目录》就著录高腔剧本 204 种。钱德苍《缀白裘》第六和第十一集收有 50 多种花部诸腔剧本。叶堂《纳书楹曲谱》"外集""补遗",李斗《扬州画舫录》,焦循《剧说》《花部农谭》,以及《清音小集》等书也记载地方戏剧目约有 200 种。这些剧目,或移植昆曲演唱的传奇、杂剧的剧目,或是从民间故事传说和讲唱文学取材,或是改编《三国演义》《水浒传》《隋唐演义》《杨家将》等通俗小说,带有新的时代特征,题材广泛,贴近生活,由于经过无数艺人琢磨和长期在舞台实践中加工提高,许多戏成为深受群众欢迎的舞台演出本。

地方戏的内容以反映古代政治、军事斗争的戏占有突出地位,如《神州擂》《祝家庄》《贾家楼》《两狼山》等，歌颂反抗斗争和人民群众爱戴的英雄人物。爱情婚姻剧目相对较少，但有新的特点，如《拾玉镯》《玉堂春》《红鬃烈马》等。《穆柯寨》《三休樊梨花》等在爱情戏里别具一格，描写武艺高强、富于胆略的女子积极争取爱情，具有强烈的传奇色彩。社会伦理剧《四进士》《清风亭》《赛琵琶》等，歌颂正直善良，批判负恩忘义；生活小戏《借靴》《打面缸》等活泼清新，富于浓郁的生活情趣。

三、清代后期的戏曲创作

清代后期的戏曲，大致可分为前后两期。前期的戏曲创作，在思想倾向上基本是对传统文化的因袭和延续，以京剧的兴盛为代表；到了后期，戏曲的改良运动使这一时期的戏曲作品表现出了鲜明的时代特征，在思想倾向上与风起云涌的社会变革联系紧密，成为社会变革的思想武器之一。

（一）京剧的兴盛

同治、光绪年间是京剧的极盛时期。在晚清舞台上，经常上演的京剧剧目已有七八百出之多。到辛亥革命前后，流行的京剧剧目已达1100多出，其中以三国戏、杨家将戏、水浒戏、包公戏为四大支柱。陶君起《京剧剧目初探》收入京剧剧目1383种，周明泰《五十年来北平戏剧史料》收入剧目2000多种。京剧流行剧目很多，如三国剧目《群英会》《定军山》《空城计》等，水浒剧目《挑帘裁衣》《坐楼杀惜》等，东周列国剧目《文昭关》《搜孤救孤》等，隋唐剧目《当锏卖马》《罗成叫关》等，杨家将剧目《探母》《碰碑》等，包公案剧目《乌盆记》等，施公案剧目《恶虎村》《连环套》等，源于话本小说的剧目《玉堂春》《鸿鸾禧》等。许多京剧剧目，经过几代艺人的琢磨，内容充实，技艺精湛，在舞台上长演不衰。例如《四进士》由汉剧剧目改编，内容是被革职的刑房书吏宋士杰仗义执言，为受害民妇杨素贞越衙鸣冤告状，告倒了贿请关说、贪赃枉法的官吏。全剧结构洗练紧凑，突出了宋士杰刚肠嫉恶、惯喜打抱不平的豪爽个性。

（二）戏曲改良运动

光绪二十三年（1897）十一月至十二月，严复、夏曾佑在天津《国闻报》上连载了《本馆附印说部缘起》一文，率先提出小说、戏曲是"使民开化"的重要工具，标志着剧坛风气的根本性转变。戏曲改良运动在中国戏剧界的蓬勃发展，具体来说影响如下。

1. 出现了新题材、新思想、新人物

戏曲改良运动的影响，更突出地表现为戏曲剧本出现了新题材、新思想、新人物。这时期的戏曲作品，或破除迷信，或讽刺时政，或表扬忠义，或排斥异族，大都具有鲜明的政治倾向性。就其题材内容而言，大致有以下三类。

（1）描写当代政治斗争，宣扬民主革命的时事剧。例如，光绪三十三年（1907）七月，一代女杰秋瑾响应徐锡麟发动的安庆起义，不幸在浙江绍兴殉难。此事成为一时戏曲创作的热门题材，数年之内出现了古越嬴宗季女的《六月霜》、萧山湘灵子的《轩亭冤》、吴梅的《轩亭秋》、华伟生的《开国奇冤》等十几种杂剧传奇剧本。此外，写维新变法运动的，有吴梅的《血花飞》、阙名的《维新梦》等；写反抗帝国主义侵华战争的，有钟祖芬的《招隐居》、梁启超的《劫灰梦》、南荃居士的《海侨春》等；宣扬妇女解放、提倡女权的，有玉桥的《广东新女儿》、柳亚子的《松陵新女儿》等。

（2）借歌颂古代英雄人物事迹，鼓舞革命斗志的历史剧。由于身处清朝统治、家国危亡之秋，戏曲作家最感兴趣的题材，是宋金、宋元和明清之际汉族与少数民族争战的故事。例如幽并子的《黄龙府》写岳飞抗金的事迹，觉佛的《女英雄》写梁红玉抗金的事迹，虞名的《指南公》、川南筱波山人的《爱国魂》写文天祥义不事元的事迹，刘翌叔的《孤臣泪》写南明史可法部将刘应瑞父子起兵复明的故事，吴梅的《风洞山》写南明瞿式耜抗清的事迹，浴日生的《海国英雄记》写郑成功抗清的事迹，等等。

（3）借外国资产阶级革命故事，宣扬资产阶级革命和民主、自由、平等思想，借以振奋民族精神的外国历史剧。例如梁启超的《新罗马传奇》和《侠情记传奇》、玉瑟斋主人的《血海花》、春梦生的《学海潮》、感惺的《断头台》、刘珏的《海天啸》等。这些剧作把外国资产阶级革命的历史故事编成戏曲作品，让外国的英雄豪杰活动于中国舞台，为中国戏曲舞台上增添了崭新的艺术形象，丰富了中国戏曲舞台的形象系列。

需要注意的是，上述大多数剧本为案头之剧，极少正式上演。这些戏曲作品大多发表于报纸杂志，成为一种独特的"报刊戏剧"。当时《新民晚报》《小说月报》《小说林》《女子世界》等刊物还专设"传奇"一栏，这既刺激了传奇剧本的创作，又通过"纸上戏剧"的形式，传播了新思想和新观念。

2. 突破了传统戏曲体制

戏曲改良运动的成效，还表现为对传统戏曲体制的超越和突破，所谓

"既创新格,自不得依常例矣"。以梁启超的《新罗马传奇》为例,该剧打破了生旦俱全作为贯穿全剧主人公的传奇惯例,主人公意大利三杰均为男性;也打破了第一出由正生或正旦登场的惯例,以净丑上场;还突破了曲律的束缚,如第三出《党狱》两支【混江龙】曲,连曲带白 600 多字,一气鼓荡,汪洋恣肆;而且曲词也向散文化、通俗化、口语化发展,甚至新旧杂糅、中西合璧。例如第一出《会议》:

【字字双】区区帝国老中堂,官样。揽权作势尽横行,肥胖。说甚自由与平等,混账。堂堂大会俺主盟,谁抗。

曲中既有中国官名"老中堂",也有外来新词"自由""平等",还有俚语"肥胖""混账"等,杂凑成一个大拼盘。同时,服饰、道具与动作等也开始由古典化、程式化趋于现代化、写实化。

第五节 清代的小说

一、清代文言短篇小说

清代的文言短篇小说以蒲松龄的《聊斋志异》为最高成就,它带动了文言短篇小说的中兴,在中国小说史、文学史上都占据了重要的地位。之后出现的《阅微草堂笔记》《新齐谐》《谐铎》等都在一定程度上受到了《聊斋志异》的影响。

(一)《聊斋志异》

蒲松龄(1640—1715),字留仙,又字剑臣,别号柳泉居士,世称聊斋先生,著有著名的短篇文言小说《聊斋志异》。《聊斋志异》谈鬼说狐,却最贴近社会人生。联系者蒲松龄一生的境遇及其一生志向,不难推测出他笔下的狐鬼故事实际上凝聚着他大半生的苦乐,表现着他对社会、人生的思考与憧憬。

在《聊斋志异》中有很多以写书生科举失意、嘲讽科场考官的作品。蒲松龄一生饱受考试的折磨,十九岁入学,直到 71 岁时才补了一个岁贡生。蒲松龄深感科举制度的弊端,他认为科举弊端症结在于考官昏庸,黜佳才而进庸劣。一次次名落孙山的沮丧、悲哀与愤懑全部借助假谈鬼说狐发泄出来。《聊斋志异》中《叶生》描写落魄士子的生活遭遇,《贾奉雉》中作虚构了一位异人，表达作者怀才不遇的文士的愤懑心情，《司文郎》中，借鬼魂将考官的一窍不通帘揭露得入木三分。在这些作品中，无论是游魂叶生，还是身怀异术的郎生与盲和尚，都是作者根据表现主题的需要而精心创造出来的。作者有意识地让人、鬼以及神在一块活动，以此造成一种亦真亦幻境界。作者通过虚幻的手法与扑朔迷离的境界来映射现实社会中的荒谬与丑恶，并对其进行辛辣的讽刺。

《聊斋诗集·逃暑石隐园》中云："石丈犹堪文字友，薇花定结喜欢缘。"这表明独自生活的寂寞，使得蒲松龄不免假想象自遣自慰，《聊斋志异》中众多狐鬼花妖与书生交往的故事，则是蒲松龄在落寞的生活处境中生发出的幻影，是将其自遣寂寞的诗意转化为幻想故事。

蒲松龄在《聊斋志异》的创作中，并没有将小说局限于个人情绪的宣泄上，《聊斋志异》也反映了当时官贪吏虐，乡绅为富不仁，对百姓的压榨与欺凌等内容。如果说在描写自己落寞生活中的梦幻的作品中，作者真幻交织的手法使个人境遇爱情大大诗意化了，那么在现实成分比重较大的暴露政治黑暗，揭露人民生活苦难的作品中，这种手法则起到了将丑恶夸张放大、将荒谬推向极端的作用。

蒲松龄在《聊斋志异》中对黑暗的现实社会和贪官污吏进行讽刺的作品还有《席方平》《续黄粱》《梦狼》《公孙夏》等。《席方平》通篇写阴曹地府、鬼人鬼事，是声讨地方官僚的檄文；《续黄粱》由富贵如梦的启示，来写朝廷宰辅大臣"荼毒人民，奴隶官府"的罪行；《梦狼》通过白翁的梦境来写"官虎吏狼"的社会现实，将知县的虎狼之性暴露得淋漓尽致；《公孙夏》则对现实社会中官场的肮脏交易进行了讽刺性的揭露。

《聊斋志异》中还有一些作者由社会风气、家庭伦理等见闻和感受，写出的一些讥刺丑陋现象与颂扬美好德行、立意在于劝诫的作品。如《邵女》《珊瑚》等作品中，塑造了甘心作人妾，受大妇的凌辱至于炮烙的邵女；被休而不再嫁，受凶姑悍娌虐待而无怨的珊瑚等现实妇女的典型，这在一定程度上鼓吹了当时社会背景下女性为夫权而牺牲一切的奴性；《曾有于》《张诚》等作品则以主人公的委曲求全、逆来顺受以及调和家庭嫡庶兄弟关系等为美德，尽管表现了淳风厚俗的愿望，但是却失之迂阔。总之，作者通过讥刺社会与家庭中的负义、伪孝以及弃妇种种失德现象力图为社会树立一种道德楷模。

《聊斋志异》能成为文言短篇小说的典范，不仅在于作者将现实与幻想的完美的交织与融合，造成了一般写实作品所难以企及的效果，还在于作者对短篇小说艺术形式的娴熟把握。《聊斋志异》在小说模式、小说诗化倾向、叙述语言等方面均有所创新。这里主要从故事情节、丰富的细节描写以及人物语言三个方面进行分析。

1. 在情节上的艺术创新

在历来的《聊斋志异》评论中,《聊斋志异》摇曳多姿、令人难忘的艺术情节最为评点家们所激赏。中国古典小说向来比较注重情节的曲折多变与出人意料,蒲松龄更是这方面的圣手。哪怕是一件十分平淡的小事,到了他的笔下,总是那样仪态万方、奇幻委曲、起伏跌宕、波谲云诡,有着特殊、持久的魅力。

小说的情节归根到底是以人物、人物行为间的相互关系以及矛盾冲突的发展为根据的,因此,可以说组织情节的艺术首先表现为组织矛盾冲突的艺术,而蒲松龄则非常善于将矛盾冲突戏剧化,他不仅让情节在这种戏剧性冲突中环环相扣,自然进展,而且人物性格也随着情节的进展自然而然地显现出来。

在《聊斋志异》中,作者紧紧抓住了情节和情节之间的因果联系,让笔底波澜深深系根植于生活的波澜,使每一个情节片断都成为描绘人物性格、刻画人物心理不可或缺的有机环节,做到奇幻而不失其真,曲折而入情入理。如《西湖主》中,陈弼教途经洞庭,遇大风翻船,不仅死里逃生,而且偶至一清幽之境,心旷神怡。闯入湖君禁苑本来就有"犯驾当死"之忧,又私窥公主,红巾题诗,一声"汝死无所矣",再次使其陷入了绝望的深渊,"惟延颈等死"。然而"迁久",复又见一线生机。公主的态度有了转变之后,却平地又生一浪,因事泄于王妃,王妃大怒,陈弼教再一次面如灰土,当其准备去引颈受戮,不料等待他的却是华筵盛席,陡地化险为夷,变凶为吉,还做了湖君的乘龙快婿。几次起伏,都描写得十分引人入胜,极尽情节腾挪跌宕之能事,甚至可以说情节的趣味性超过了内容的意义。

2. 在细节描写上的创新

《聊斋志异》中的作品篇幅都比较短,长者三四千字,短的只有几百字。而要在简短的篇幅里将一个乃至几个人物写得血肉丰满,栩栩如生,无疑对叙述或描写都提出了要高度凝练的要求,尤其是对于那些并不直接推动故事进展的细节描写来说更是如此。《聊斋志异》细节描写的最大特点尤其恰恰在于此处,作者所捕捉住的细节,容量非常丰富,往往简单一笔,就将人物的性格神态、心情意绪刻画出来,并给读者留下十分深刻的印象。

3．在人物语言描写上的创新

在《聊斋志异》中，人物语言所占比重大，也因人因事而多样化。在保持文言基本体式的限度内，人物语言有雅、俗之别。雅人雅语，不妨有人掉书袋，书札杂用骈俪的句子；俗人语、婆子语带生活气息，时而插入口头俚词俗语。其中也有庄谐之别，慧心女以诗传情，闺房戏谑竟至曲解经书，戏用孔孟之语。这都增强了文言小说的小说性，进一步拉大了与传记文的距离，更富有生活气和趣味性。其中，人物的对话是人物的情感、思想等最直接的传达方式，蒲松龄不仅大胆地吸收口语，加以改造，而且尽力发挥文言的优势，创造出别具一格的人物语言。

（二）《阅微草堂笔记》

纪昀是《阅微草堂笔记》的作者。纪昀（1724—1805），字晓岚，一字春帆，晚号石云，道号观弈道人，谥文达，河北沧县人。《阅微草堂笔记》记叙见闻，结撰小故事，辨正史地讹误，发表议论，虽然思想保守，记神鬼物怪之事往往寓有宣扬纲常名教偏向，其中也不乏针砭社会上荒谬的习俗、道学家的"不情之论"，展示人情事理的作品，能给人以有益的启示。他运思有灵性，命笔自如，行文洒脱。《阅微草堂笔记》虽不足与《聊斋志异》相颉颃，但也不失为独树一帜的作品，在文人中产生了一定的影响。嗣后相继而出的作品，就只是回到了笔记杂录的路上去了。

（三）《新齐谐》

《新齐谐》的作者是袁枚。《新齐谐》用《庄子·逍遥游》"齐谐者，志怪者也"句意。在《新齐谐》自序中，袁枚声称："文史外无以自娱，乃广采游心骇耳之事，妄言妄听，记而存之……以妄驱庸，以骇起惰。"

《新齐谐》的故事多采自传闻，其中有些作品与早期志怪小说有一些相似之处；但也有不少作品并无怪异，却在简略的叙事中，表现饶有趣味的情思。如《沙弥思老虎》一故事流传甚广，颇多异说，反映了人的正常欲望的觉醒。总体来说，《新齐谐》文笔朴实自然而有时流于率意芜杂，思想活泼而有时流于肤浅直露。

二、清代的长篇小说

清代长篇小说是中国小说史上继明代之后又一个长篇小说创作和传播

的高峰时代。吴敬梓的《儒林外史》、曹雪芹的《红楼梦》以及"四大谴责小说"等都是清代杰出的长篇小说代表。这些小说的出现，代表着中国古代白话小说与文言小说艺术的最高成就。

（一）《儒林外史》

吴敬梓（1701—1754），字敏轩，号粒民，晚年自号秦淮寓客，安徽全椒人。吴敬梓在少年时代过了几年安逸的读书生活，到了22岁时，父亲吴霖起因清高正直不容于官场，于是带着吴敬梓罢官归里，次年即抑郁而死。父亲的去世和官场的黑暗给吴敬梓年轻的心灵蒙上一层浓重的阴影，而这阴影显然成了他后来创作《儒林外史》的生活积累与思想财富。

隋唐以来，科举制度对打破门阀贵族垄断地位、武人专权、宗教政治等都曾起过积极的作用，科举制度本身也在这一过程中逐渐成熟完善起来。但是到了到了明清时代，科举制度从内容到形式完全被定型下来，科举制的腐朽性日益暴露出来，它失去了培养人才、选拔人才的进步意义，反而起到摧残人才、毒害人心的反作用。

一直以来，在《儒林外史》的评价体系中人们过多地关注了它对丑恶现实喜剧性的讽刺和批判，其实作者时刻没有失去自己的希望，虽然希望很多时候表现得比较隐晦和虚渺。正如谢德林评论果戈理的《钦差大臣》时所言："谁也不会否认在这个喜剧中存在着理想。"因为否定性的批判实际上恰恰透露出作者肯定性的追求。同时，在小说中作者还以美言颂笔塑造了一批善良正直清高的正面形象与闪耀着理想光彩的人物。

吴敬梓描写了一批真儒名贤，主要包括杜少卿、迟衡山等人。从儒林小说这个角度来看，有人认为范进、周进、王冕、杜少卿四人才是《儒林外史》全书主人公，他们代表了作者理想中"真儒"，体现了作者改造社会的理想。作者理想的人物具有遗世独立的精神气质，不囿于世俗的个性，不刻板死守礼法的治学态度以及不屑于功名利禄的志趣，不仅有传统儒家美德还有六朝名士风度的文人，追求道德和才华互补兼济的人生境界。

吴敬梓改造社会的理想与时代进步思潮相呼应，但披着古代"礼乐兵农"的外衣，他将儒家仁政思想加以理想化而用于改造现实，走的是一条托古改制的老路。事实上，吴敬梓已经明显地感觉到了自己这种理想幻灭的悲哀，因此书中笼罩着幻想破灭的悲凉情绪。曾几何时传闻天下的泰伯祠就墙倒殿斜，乐器祭器尘封冷落，"贤人君子，风流云散"；萧云仙武功文治，虽轰轰烈烈，到头来也不过是被工部核算追赔，破产还债。

富有民族特色的讽刺艺术是《儒林外史》最主要的艺术成就。《儒林外史》为讽刺小说的创作，提供了丰富的艺术经验。

第一，讽刺的生命是真实，《儒林外史》的讽刺，不仅能够面向社会，挖掘其社会根源，而且还将诙谐的讽刺与严肃的写实结合起来，显示出了讽刺的客观真实性。如在周进撞号板、范进中举发疯、马二先生游西湖无心风景、只是留意八股文选本的销路等，都使读者感觉到是当时社会环境的真实产物。也正因为如此，作者对这些被科举制度和社会追逐功名富贵风气所毒害的具体的讽刺对象，往往是饱含着怜悯的，其讽刺是一种带泪的讽刺。

第二，作者善于把握讽刺的分寸，针对不同人能做出不同程度、不同方式的讽刺。如对周、范进、马二先等腐儒形象的讽刺往往是饱含怜悯的，作者批判的矛头没有仅仅指向个人，而是指向整个封建礼教；对严贡生、王德、王仁、王惠、汤奉等贪官污吏与土豪劣绅，作者的讽刺则是愤怒的讽刺，是无情揭露与严厉鞭挞。

第三，作者注意借助喜剧性的情节，揭示其悲剧性的内容，具有悲喜交融的美学风格，讽刺冷峻，振聋发聩，不仅显示出了作品讽刺的深刻性，而且也表现了它独特的艺术品性。作者真实地展示出讽刺对象中悲喜交织的二重结构，显示出滑稽的现实背后所隐藏着的悲剧性内蕴。如严监生临死前为了两根灯草不肯咽气、范进中举后范母喜极一命呜呼、王玉辉劝女殉夫的大笑等瞬间的可笑又蕴含着深沉的悲哀，这最惹人发笑的片刻恰恰是内在悲剧性最强烈的地方。其中，王玉辉的形象更蕴涵有深厚的悲剧意味。受封建礼教思想毒害，他怂恿女儿殉夫以，但是作者又写了作为父亲，人性化的一面，在神主入节孝祠那天，全县官绅公祭，王玉辉"转觉伤心，辞了不肯来"，在家看到妻子伤心悲痛，也觉"心下不忍"。作者通过真实细腻的描写，将一个实实在在的悲剧形象展现在读者面前。

（二）《红楼梦》

曹雪芹（约 1715—1763），名霑，字梦阮，号雪芹，又号芹圃、芹溪。曹雪芹的家世从鲜花着锦之盛，一下子落入凋零衰败之境，使他深切地体验着人生悲哀和世道的无情，也摆脱了原属阶级的褊狭，看到了封建贵族家庭不可挽回的颓败之势，同时也带来了幻灭感伤的情绪。他的人生体验，他的诗化情感，他的探索精神，他的创新意识，全部熔铸在这部呕心沥血的旷世奇书——《红楼梦》里。"

强烈的悲剧气氛,是《红楼梦》给人印象最深的方面之一,从皇帝后妃到贩夫走卒、婢女优伶在小说中都有所反映,小说不仅描写贵族生活的豪富、了阶级压迫以及下层人民的困苦,也反映了封建礼教、科举制度以及不同人的命运等。《红楼梦》的描写是以贾府与贾宝玉为中心的,随着贾府这一封建大家族的不断衰落,贾府中的人,尤其是那些纯洁美丽、惹人怜爱的"女儿"也一个个无可挽回地酿成悲剧。

《红楼梦》的艺术成就主要体现在以下方面。

《红楼梦》的创作采用了现实主义的真实描写,这种现实主义是一种在现实生活的基础上提炼出的艺术真实。曹雪芹以其自己独特的方式去感觉与把握现实人生,又以独特的方式把自己的感知艺术地表达出来,形成了独特的叙事风格,即写实和诗化的完美融合,不仅显示了生活的原生态而且充满诗意朦胧的甜美感,不仅是高度的写实而且充满了理想的光彩,不仅是悲凉慷慨的挽歌而且蕴蓄着青春的激情和幽深的思考。

《红楼梦》借景抒情,移情于景,寓情于景,从而创造出了一种诗画相融的优美意境。作者把情与景、美与丑、人与人进行深刻的对比,获得了强烈的艺术感染力,从而产生了鲜明的爱憎情感。作者把作品所要歌颂的生命、青春、爱情加以诗化,唱出了美被毁灭的悲歌。例如,"花谢花飞飞满天,红消香断有谁怜?……闺中女儿惜春暮,愁绪满怀无释处;手把花锄出绣帘,忍踏落花来复去?……一朝春尽红颜老,花落人亡两不知。"这首绝代悲凉的《葬花吟》正是由诗化的景色与少女万般的辛酸之情融合而成。黛玉寄人篱下,一年到头生活在"风刀霜剑"的日子里,因此,她看见落花,便分外伤情。她希望自己能和落花一起飞到想象中的"天尽头"去,无情的花经过移情于景的艺术描写,而有了人的感情、人的灵魂。这一首《葬花吟》把黛玉那难以言传的苦情愁绪,委婉含蓄而又淋漓尽致地表现出来,从而使景物更添气韵、人物更添神采,叙事更优美、空灵、高雅。

《红楼梦》通过独具匠心的象征手法的运用,使作品像诗一样具有了含蓄、朦胧的特点。在刻画人物时,作者用用孤峭劲直、宁折不弯的竹子,清香雅洁、出污不染的芙蓉,斗霜傲艳、千古高风的菊花来象征林黛玉的品格;垂檐绕柱、萦砌盘阶的藤蔓,清清冷冷、"雪洞一般"的闺房,大寒大冷、并需雨露霜雪来合药的"冷香丸"来象征薛宝钗的品格;用孤峭如笔、艳如胭脂、香欺兰蕙、独具一格的寒梅来象征妙玉的品格;用千红一窟(哭)、万艳同杯(悲)、花谢花飞、红消香断来象征少女的离情伤感和红颜薄命;等等。

以往中国传统小说采用的多是全知全能的叙述者,而《红楼梦》虽然也残留了说书人叙事的痕迹,但作者和叙述者分离,作者逐渐退隐到幕后,由作者所创造出的虚拟化、角色化的叙述人来叙事,有利于作者根据不同的审美需要、构思来创造不同的叙述人,有利于体现作者的个人风格、有利于展示人物的真实面貌,深入人物的内心世界,进行细致、深刻的心理描写,从而达到展现人物个性化的目的。

《红楼梦》的叙述语言用词准确生动,富有立体感。在描写风景时,则有强烈的抒情气氛与浓厚的诗情画意,别具一番情趣。《红楼梦》的人物语言达到个性化的高度,小说中人物语言能准确地显示人物的身份和地位,能形神兼备地表现出人物的个性特征,如宝玉语言温和、奇特、性灵,黛玉语言机敏、尖利,宝钗语言圆融、沉稳,湘云语言爽快、坦诚,凤姐语言机智、诙谐、妙语连珠,贾政语言装腔作势,枯燥乏味等。

总之,《红楼梦》在中国文学史上具有崇高的地位和深远的影响。《红楼梦》刊行后,相继出现了一大批续书,续书数量之多,续书时间之长,都是文学史上绝无仅有的。不仅如此,它还引起了人们对它广泛的评价和研究,并出由此形成一种专门的学问——"红学"。从早期的以评点、索引、题咏为代表的旧"红学",到以考证、评论为代表的新红学",再到后来的新时期红学",《红楼梦》的思想内涵、人物;形象、艺术特征等方面,都得到了日益深细的探讨、解析"红学"发展呈现出一派生机勃勃、欣欣向荣的景象。

参 考 文 献

[1] 许洁. 中国古代文学[M]. 南京. 南京大学出版社, 2019.
[2] 中古古代文学史编写组. 中国古代文学史[M]. 北京：高等教育出版社, 2023.
[3] 詹福瑞，张晓慧，石云涛等. 多元视野下的古代文学研究[M]. 北京：外语教学与研究出版社
[4] 杨庆存. 中国古代文学研究[M]. 北京：中华书局, 2016.
[5] 葛晓音. 中国古代文学通识读本[M]. 北京：中国传媒大学出版社, 2020.
[6] 郭丹，陈节. 简明中国古代文学史[M]. 北京：高等教育出版社, 2023.
[7] 欧阳帧人, 中国古代文学史教程[M]. 北京：北京大学出版社, 2023.
[8] 马瑞芳. 中国古代小说发展研究丛书·古代小说构思学. 济南：山东教育出版社, 2017.
[9] 傅斯年. 中国古代文学史讲义[M]. 上海：上海古籍出版社, 2012.
[10] 葛晓音. 先秦汉魏六朝诗歌体式研究[M]. 北京：北京大学出版社, 2012.
[11] 郭英德, 过常宝. 中国古代文学史[M]. 北京：中国人民大学出版社, 2012.
[12] 郭预衡. 中国大古代文学史简编[M]. 上海：上海古籍出版社, 2013.
[13] 杜晓勤. 唐代文学的文化视野[M]. 北京：中华书局, 2022.
[14] 戴伟华. 唐代文学综论[M]. 北京：商务印书馆, 2006.
[15] 鲁迅. 中国小说史略[M]. 北京：商务印书馆, 2013.
[16] 钱穆. 国史大纲[M]. 北京：中华书局, 2013.
[18] 罗嗣瑜. 中国古代文学史[M]. 上海：上海古籍出版社, 2016.
[19] 王士禛. 唐诗选注[M]. 长沙：岳麓书社, 2019.
[20] 刘义庆. 世说新语[M]. 上海：上海古籍出版社, 2014.
[21] 陈寅恪. 唐代文学史稿[M]. 北京：中华书局, 2014.
[22] 程树德. 全宋词[M]. 北京：中华书局, 2016.
[23] 吴承恩. 西游记[M]. 北京：人民文学出版社, 2015.

[24] 施耐庵. 水浒传[M]. 北京：人民文学出版社，2019.

[25] 曹雪芹. 红楼梦[M]. 北京：人民文学出版社，2013.

[26] 罗贯中. 三国演义[M]. 北京：人民文学出版社，2013.

[27] 孙元璋. 两汉的文学观与两汉文学[J]. 文史哲，1989（5）：7.

[28] 聂石樵. 先秦两汉文学史稿：两汉卷[M]. 北京师范大学出版社，1994.

[29] 李婷婷. 从文学视角看秦代文学到汉赋的发展与流变[J]. 哈尔滨学院学报，2015（10）：5.

[30] 陈永凤. 泰国古代文学发展及其影响因素初探[J]. 最小说，2021（3）：142-143.

[31] 李安飞. 探讨多元文化冲击下的古代文学传承与发展[J]. 文学少年，2021（17）：1-2.

[32] 王玉琦. 中国古代文学传播发展脉络及其基本特征[J]. 江西财经大学学报，2009（5）：6.

[33] 赵振江. 中国古代文学研究的守正创新与使命担当[J]. 2021（05）：39.

[34] 俞晓红. "中国古代文学史"教学中应注意的若干问题[J]. 中国大学教学，2010（7）：5.